시간의
조정자

시간의 조정자 3
김욱 新무협 판타지 소설

초판 1쇄 찍은 날 § 2003년 10월 10일
초판 1쇄 펴낸 날 § 2003년 10월 20일

지은이 § 김욱
펴낸이 § 서경석

편집장 § 문혜영
편집 § 권민정 · 유경화
마케팅 § 정필 · 강양원 · 이선구 · 김규진 · 홍현경

펴낸곳 § 도서출판 청어람
등록번호 § 제1081-1-89호
등록일자 § 1999. 5. 31
어람번호 § 제2-0266호

주소 § 경기도 부천시 원미구 심곡1동 350-1 남성B/D 3F (우) 420-011
전화 § 032-656-4452   팩스 § 032-656-4453
E-mail § eoram99@chollian.net

ⓒ 김욱, 2003

값 8,000원

ISBN 89-5505-808-X 04810
ISBN 89-5505-805-5 (SET)

김욱 新무협 판타지 소설

시간의 조정자

3

동방의 신성

도서출판
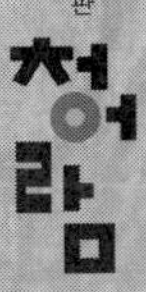
청어람

3권 | 동방의 신성

부현은 무지막지한 자신만의 특기를 십분 발휘하며 수적들을 물리
치고 있었다.

"아아압!"

퍼펑!

"크아아악!"

그의 손에서 시커먼 기운이 뭉클 솟아날 때마다 수적들은 방어 한
번 제대로 못해본 채 서너 명씩 피를 토하며 날아갔다. 형편이 이러니
현무가 모습을 갖출 정도로 진기를 끌어올릴 필요조차 없었다.

'뭐, 이렇게 허약한 자식들이 수적질을 해먹는데?

부현이 의아한 생각을 하고 있을 때였다.

슈아아악!

부현은 자신의 등을 노리고 쏘아져 오는 강맹한 기운을 느낄 수 있었다.

"내가 이럴 줄 알고 있었다, 이 자식들아!"

부현은 이미 알고 있었다는 듯 크게 소리치며 뒤를 향해 좌장을 뻗어냈다.

콰우우우!

수적들을 공격할 때와는 달리 시커먼 현무의 모습이 완벽하게 나타나는 것으로 보아 감정이 잔뜩 실린 일장임에 분명했다.

'어떠냐, 요놈아? 니가 뒤에서 공격할 것 같아서 준비하고 있었어.'

부현은 자신을 공격한 것이 곽부랑이며, 이제 곧 현무장에 쓸려 비명을 토해낼 것이라 생각하고 있었다. 그런데 눈으로 확인한 결과, 공격한 자가 곽부랑인 것은 맞았으나 비명을 지를 상태는 아닌 것 같았다. 그는 쌍룡 형제와 함께 현무장에 당당히 맞서고 있었기 때문이다.

'좋아, 너희들이 합공을 하겠다 이거지?'

부현은 오기가 생겨 쌍장에 전신 진기를 끌어 모았다. 단번에 세 명을 박살 내겠다는 생각으로 말이다. 하지만 그는 아직 모르고 있었다, 그의 현무장을 이들이 막을 수 있었던 것은 함께 힘을 합한 이유도 있지만 로스티드가 준 약을 복용했기 때문이란 사실을.

로나, 로사 자매는 비릿한 미소를 배어 물며 부현을 바라보았다.

'너도 이제 끝이다, 멍청이! 저들은 본원진기를 폭발시켜 마지막 한 줌까지 불사르는 약을 복용했기 때문에 평소의 두 배 가까운 힘을 내고 있다. 게다가 수적들도 아직 남아 있고, 무엇보다 중요한 것은 네가 우리의 정체를 아직 모른다는 사실이지.'

그때 수적 두 명이 부현의 등을 노리고 달려들었다. 그러자 로나, 로사 자매는 기다렸다는 듯이 그들의 앞을 막아섰다.

"이들은 우리가 막을 테니 전 공자님은 저들을 상대하세요."

두 자매의 말을 그대로 믿은 부현은 뒤를 완전히 그녀들에게 맡겨놓은 채 앞의 세 명에게만 신경을 집중했다.

'너희들, 오늘 임자 만난 거야.'

부현은 쌍장을 옆구리로 잔뜩 오므렸다가 앞으로 쭉 뻗어냈다.

"현무장!"

그가 알고 있는 단 하나의 장법이지만 거대한 현무가 쏟아져 나가는 모습은 대단히 위력적이었다.

콰우우우웅!

노호쌍룡 형제는 부현의 장력이 다가오자 노호가 도를 휘둘러 정면으로 맞서는 한편 황룡노와 청룡노가 좌우로 솟구치며 그를 공격해 들어갔다.

"탄폭반산(彈爆盤算)!"

"분천일필(分天一筆)!"

황룡노는 허공에서 쇠 주판을 폭발시켜 수백 개의 주판알을 동시에 쏘아냈고, 청룡노는 천지를 단번에 가를 기세로 철필을 그어냈다.

파파파팟!

쐐쐐쐐쐐!

부현의 안색이 대번에 핼쑥하게 변했다. 이런 공격은 처음이었기 때문이다. 그의 능력으로 봤을 때 경험만 많았다면 그다지 놀랄 일도 아니었건만, 이렇게 협공을 받을 때는 어떻게 해야 할지 누구에게도 배운 적이 없으니 어쩌겠는가.

"에라, 이 치사한 놈들아!"

부현은 쌍장을 사방으로 마구 뿌려댔다. 할 줄 아는 무공이라곤 현무장 하나고 아는 방법이라곤 무작정 막아보기(?)밖에 없었으니까.

퍼펑! 콰르르르―

워낙 빠르게 장을 뻗고 회수했기에 현무가 선명하게 나타나지는 않았지만 검은 기운이 사방으로 뭉클뭉클 솟아 나가며 노호쌍룡의 공격에 맞서갔다.

파파파팟!

쩌저적!

"크아아아악!"

"커어어억!"

아무리 좋게 봐줘도 마구잡이 장법이었을 뿐인데, 놀랍게도 부현은 노호쌍룡의 공격을 막아낼 수 있었다. 뿐만 아니라 그들을 모두 황천길로 인도하기까지 하였다. 하지만 그도 무사한 것은 아니었다. 주판알을 모두 퉁겨내고 곽부랑의 도를 꺾어버리기는 했지만 신필합일(身筆合一)의 수법으로 공격해 들어온 청룡노가 자신의 목숨을 버리며 찔러낸 철필만큼은 막을 수 없었던 것이다.

"끄으으… 이 못된 자식……."

퍼어어엉!

부현은 자신의 복부에 철필을 쑤셔 넣은 채 죽어 있는 청룡노의 시신을 일장에 날려 버렸다. 하지만 그렇게 한다고 고통이 사라지는 것은 아니었다.

수천 가닥의 철사로 이루어진 필봉(筆鋒)이 복부에 박혀 있으니 그 고통은 말해 무엇 하겠는가. 그럴 수만 있다면 청룡노를 다시 살려내서 죽을 때까지 때려주고 싶은 부현이었다.

그가 이렇게 자신의 부상에만 신경 쓰고 있는 사이 로나, 로사 자매는 새파랗게 독이 발린 손톱을 세운 채 뒤에서 그의 목을 노리고 있었다.

"부현아, 그 여자들을 조심해!"

저만치 떨어진 배에서 은강이 절규하듯 외쳤다. 그러나 불행하게도 부현은 그 소리를 제대로 듣지 못한 것 같았다.

"뭐라고?"

아니, 어쩌면 로나, 로사 자매를 전혀 의심하고 있지 않았기에 알아듣지 못한 것인지도 몰랐다.

"니 뒤의 두 여자를 조심하라고, 이 바보야!"

그제야 알아들은 듯 부현은 고개를 뒤로 돌렸다.

"두 여자라면……."

쉬이잇!

"크억!"

부현은 목을 움켜쥐며 뒤로 비틀비틀 물러났다. 순간적으로 상체를 젖혀 엄중한 부상을 당하지는 않았지만 극독이 발린 손톱이었기에 그 고통은 이루 말할 수 없었다. 하지만 부현은 지금 그 고통보다 더욱 참을 수 없는 것이 있었다.

"당신들이 왜……."

현대의 삶에서는 누구도 눈여겨보지 않는 천덕꾸러기요 아무런 희망도 없는 그였지만, 이곳 과거로 온 이후로 얼마나 많이 변했던가? 그는 누구도 무시할 수 없는 강자가 되었고, 세상을 좌지우지할 수 있는 사람들을 친구로 두었다. 그래서 이제는 모두가 자신을 좋아한다고 생각하고 있었다.

그런데 어제까지만 해도 자신에게 모든 것을 다 바칠 듯 애교를 부리던 로나, 로사 자매에게 암습을 당했으니 그 심정이 어떠하겠는가. 방금까지 웃고 떠들던 친구에게 뺨 맞은 기분이랄까?

"이 못된 종자들… 다 죽여 버릴 테다!"

부현은 자신이 독에 중독되어 얼굴이 검게 변하고 있다는 사실도 모른 채 쌍장을 무섭게 뻗어냈다.

콰― 콰우우웅!

엄청난 장력이 로나, 로사 자매에게 쏟아져 들어갔다.

"피해!"

그녀들은 감히 맞대응할 엄두도 못 낸 채 피하기에 급급했다.

"어림없다!"

부현은 그녀들이 미처 착지하기도 전에 쌍장을 다시 한 번 쏘아냈다.

"아아악!"

"까아악!"

순식간에 시커먼 현무에 휘말려 버린 두 여인은 처참한 몰골로 뭉그러지며 강물에 빠져 버렸고, 그때까지 살아남았던 몇몇 수적은 공포에 질려 물속으로 뛰어들었다.

"사, 사람이 아냐!"

"도망가자!"

이제 배 위에는 죽어 널브러진 시체들과 부현뿐이었다.

"크윽!"

독에 당한 상태에서 무리한 진기까지 운용한 부현은 무릎을 꿇고 말았다.

"이제 기 좀 펴고 사나 했더니……."

쿠웅!

갑판에 몸을 눕힌 부현은 거친 호흡을 몰아쉬었다. 그런데 왜 하필 엄마, 아빠의 얼굴이 떠오르는 것일까? 차라리 죽어버렸으면 좋겠다고 생각했던 그 두 사람의 얼굴이…….

'둘 다 이제 정신 좀 차려요.'

부현은 점점 가물가물해지는 의식의 끈을 놓지 않기 위해 필사적으로 매달려 보았지만 결국 깊은 나락으로 떨어져 내리고 말았다.

"부현아!"

은강은 뱃전에서 발을 동동 굴렀다.

"어떻게 좀 해봐요! 부현이가 죽는단 말예요!"

거의 절규에 가까운 외침이었지만 바람과 진소희 등은 로스티드를 상대하느라 다른 곳으로 신경을 분산시킬 여력이 없었다.

"무슨 일이 있어도 네놈은 내 손으로 벤다!"

부현까지 당했다는 얘기를 들은 바람은 두 눈으로 시퍼런 광망을 쏟아내며 로스티드에게 쇄도해 갔다.

쾌애애액!

하지만 로스티드는 꺼지듯 사라지는 그 특유의 수법으로 바람의 공격을 피해냈다.

스팟!

그의 모습은 바람과 다섯 걸음 정도 떨어진 곳에 다시 나타났다. 바로 그때,

"이곳에 나타날 줄 알았다!"

그 부근에 대기하고 있던 음월이 싸늘한 음성을 토해내며 도를 그어

냈다.

쓰아앗!

이번엔 로스티드도 피할 재간이 없는 듯 어렵게 상체를 틀어보았지만 그녀의 공격을 완전히 피할 수는 없었다.

스각!

음월의 절명도가 지나간 궤적을 따라 진붉은 선혈이 흩뿌려지고 로스티드의 입에서는 묵직한 신음이 토해졌다.

"크으……."

그 와중에도 그는 다시 모습을 감췄다가 그녀에게서 대여섯 걸음 떨어진 곳에 모습을 나타냈다. 하지만 이번에도 음월은 그가 나타날 자리에 정확히 도착해서 다시 도를 그어내고 있었다.

"이제는 통하지 않아!"

"흐읍!"

로스티드는 또다시 모습을 감추었다. 그러나 이번에도 역시 그가 나타날 자리에 음월이 먼저 도착해 있자 로스티드는 피하는 대신 마법으로 대항하였다.

"아이스 월(Ice Wall)!"

그러자 순식간에 그와 음월 사이에 단단한 얼음 장벽이 생겨났다.

음월이 단칼에 얼음 장벽을 베어버리기는 했지만 그 짧은 순간을 이용해 로스티드는 세 번이나 이동했고, 드디어 음월의 공격에서 한숨을 돌릴 수 있게 되었다.

"음월이라고 했나? 대단하구나, 그 짧은 시간에 내가 움직이는 규칙을 알아내다니."

음월의 일격에 뼈까지 베어진 듯 그의 왼팔은 어깨의 한 뼘 밑 부분에서 금방이라도 끊어질 듯 위태롭게 덜렁거리고 있었다.

"만드는 사람이 있으면 파훼하는 사람도 있게 마련이지."

"좋아. 오늘의 싸움은 내가 진 것으로 하지. 하지만 다음번에도 또 이럴 것이라 생각하지는 말아라. 오늘은 상대를 낮추어 본 내 교만이 만들어낸 결과일 뿐이니까."

그는 더 이상 싸울 생각이 없는 듯 배의 가장자리로 이동했다. 그러자 바람이 번개처럼 몸을 날리며 소리쳤다.

"도망칠 생각은 말아라!"

쐐애액!

바람은 검을 뿌려냈지만 열 걸음 가까이 떨어져 있던 로스티드는 여유있게 배 밖으로 몸을 날렸다. 바람은 그가 물속으로 뛰어드는 줄 알고 함께 뛰어내리려 하였다. 그런데 놀랍게도 그는 허공에 둥둥 떠 있지 않겠는가?

눈에 보이지는 않았지만 투명한 구의 형태를 이루며 그의 몸을 에워싼 기운을 일행은 분명히 느낄 수 있었다.

"어떻게 저런 일이……."

내공이 화경에 이르면 공중부양이 가능하다는 얘기는 들은 적이 있지만 이런 경우에 대해서는 금시초문인 바람이었다.

로스티드는 배에서 서서히 멀어지며 말하였다.

"미안하지만 오늘은 이것으로 끝이다. 내 목적은 달성했으니까. 하지만 조만간 너를 다시 찾겠다. 은강과 그대, 그리고 저 엉터리 도사를 마저 죽여야 하니까."

"절대로 그냥 보내지 않겠다!"

바람은 맹수가 으르렁거리듯 낮게 소리치며 검을 천천히 들어 올렸다. 그러자 그의 검에 푸르스름한 기운이 어리기 시작했다.

‘아직 완성하지는 못했지만······.’

바람은 이 한 수를 마지막으로 죽어도 좋다고 생각하며 남아 있는 진기를 모조리 끌어올렸다.

지이잉!

푸른 기운이 더욱 진해지며 검신이 낮은 울음을 토해내기 시작했다.

“저것은······!”

뒤에서 보고 있던 진소희의 입에서 탄성이 터져 나왔다.

“검술의 극치라는 검강을 보게 될 줄이야······.”

공중에 떠 있는 로스티드도 놀라기는 마찬가지였다.

‘설마 검강을 사용할 수 있으리라고는 상상도 못했건만······.’

로스티드는 마음이 조급해졌다.

‘허공에 떠 있는 동안에는 다른 마법을 쓸 수 없는데··· 속도를 지금보다 더 빨리할 재간도 없고.’

그때 바람의 입에서 하늘을 가르는 기합성이 터져 나왔다.

“섬검뇌전(閃劍雷電)!”

순간,

쩌저저저저적!

뇌전이 대기를 가르는 소리가 울림과 동시에 바람의 검에서 푸르스름한 기운이 검의 형태를 이루며 빠르게 쏘아져 나갔다. 검의 형태를 빌었으나 그것은 섬전이었고, 뇌전이었다.

파가가각!

검강이 구체와 격돌하자 격렬한 파열음이 울려 나오기 시작하였다. 로스티드가 만들어낸 구체도 방어력이 대단한 모양이었다. 그러나 그것은 그리 오래가지 못했다.

찌정!

얼음이 갈라지듯 구체에 균열이 생김과 동시에 바람의 검강이 로스티드에게 쏘아져 들어갔다.

슈아악!

로스티드는 몸을 비틀어 최대한 피했음에도 불구하고 가슴 한쪽이 쩍 벌어지고 말았다.

"크윽!"

구체는 순식간에 사라져 버리고 로스티드는 황톳빛 강물 속으로 빠져들어 갔다. 상태로 보아 중상임에는 분명했지만 죽었는지는 확실치 않았다.

"네놈의 심장에 꼭 검을 박아 넣고야 말겠다!"

바람이 물속으로 뛰어들려 하자 음월이 다급히 소리쳤다.

"잠시만 기다리세요!"

멈칫!

그녀의 말이 아니더라도 바람은 멈출 수밖에 없었다. 로스티드를 향해 빠르게 다가오는 거무스름한 물체들을 보았기 때문이다.

마치 물고기처럼 빠르게 헤엄쳐 온 그 물체들은 로스티드 근처에 이르러 모습을 드러냈다.

촤아악!

물살을 가르며 부상한 그들은 바람 쪽을 힐끔 쳐다보더니 로스티드를 끌고 빠르게 헤엄쳐 달아나기 시작했다. 그러나 바람은 미처 쫓아갈 생각도 못하였다. 아니, 그들의 이동 속도가 너무나 빨라 쫓아가기에는 불가능해 보였다.

　　정수리가 뾰족한 두상에 목은 어깨에 붙어 있는 듯하고, 가슴 근육이 비정상적으로 발달한 반면 허리는 짧았다. 그리고 팔다리는 정상인에 비해 월등하게 긴 해괴한 모습. 한마디로 물에 살기 위해 만들어진 종족이었다.

　　숭어가 강물을 거스르듯, 그들은 배보다 빠른 속도로 멀리 사라져 갔다.

　　진소희가 바람의 뒤로 다가와 말하였다.

　　"하백의 후예라 불리는 수이족(水異族) 같은데… 로스티드는 참으로 다양한 수하를 부리고 있군요. 제 생각이 맞다면 배에 구멍을 낸 것도 저들 짓일 거예요."

　　"결국 놓쳐 버리다니……."

　　바람은 분한 마음을 지울 수 없었지만 이미 놓쳐 버린 로스티드에게 연연하고 있을 여유가 없었다. 부현과 나연이 사경을 헤매고 있었으니 말이다.

　　"나연 언니, 부현아……."

　　은강은 나연을 끌어안은 채 부현이 쓰러져 있는 배를 바라보며 넋두리처럼 중얼거리고 있었다.

　　드디어 배가 가까워지자 바람은 몸을 날려 부현에게로 갔다. 목을 길게 가른 두 개의 상처가 있었으나 그 자체로는 치명적이지 않았다. 다만 그 부위가 검푸른색으로 심하게 물들어 있고, 얼굴과 목, 그리고 가슴까지 검게 물들어가는 것으로 보아 그도 극독에 중독되었다는 것을 알 수 있었다.

　　"일단은 뭍으로 데리고 나가는 것이 급선무다."

　　바람은 부현을 들쳐 업고 일행이 있는 배로 돌아와 나연 옆에 뉘었다.

“전 공자도 독에 당했군요.”

진소희가 물었다.

“그렇소. 일단 뭍으로 나가 응급조치를 취해야 되겠소.”

“알았어요.”

진소희는 몇몇 수적들의 배를 장악하고 있는 도격문 사람들에게 뭍으로 나가라는 신호를 보냈다. 그녀의 신호에 따라 배들은 뭍으로 향했고, 얼마 지나지 않아 강변에 도달할 수 있었다.

도격문 사람들은 수적들의 배를 뜯고 밧줄로 엮어 급히 임시 거처를 마련했다. 덕분에 일행은 진소희와 함께 비를 피할 수 있었다.

잠시 후 뗏목을 만들어 타고 있던 상인과 문인들도 강변에 도착했고, 벼락도 일행의 말들을 이끌고 은강이 있는 곳을 찾아왔다.

임시 거처에서는 바람과 진소희가 부현과 나연의 명문혈에 진기를 불어넣어 독을 몰아내는 노력을 경주하는 중이었다.

“후우우……”

한동안 진기를 불어넣던 바람은 굵은 땀방울을 흘리며 부현의 등에서 손을 뗴었다.

“무슨 독인지 몰라도 진기가 들어가면 급속도로 소멸시켜 버려서 아무런 도움을 줄 수가 없소.”

“나연 소저도 마찬가지예요.”

진소희도 손을 거두며 말했다.

“도대체 무슨 독인지 알 수가 없네요.”

“로스티드는 이쪽 사람이 아니니 그쪽만의 비법으로 만든 독일 것이오. 약재도 그들의 땅에서 자생하는 것을 사용했을 테고.”

“그렇다면 해독약을 찾기가 쉽지 않겠군요.”

"이대로는 오늘 하루를 넘기기도 힘들 것 같은데……."

바람의 안색은 착잡하기 그지없었다.

"잠시 나 총관과 얘기를 나누고 오겠어요."

진소희는 일행에게 양해를 구한 뒤 나 총관과 함께 바깥으로 나가더니 잠시 후 작은 목갑을 하나 들고 들어왔다.

"이것은 저희 도격문에 전해 내려오는 신단(神丹)이에요. 조사님과 친분이 두터우셨던 신의(神醫) 화타(華陀)께서 최악의 경우를 당했을 때 복용하라고 지어주신 신단이라고 해요."

"화타라면 마비산(麻痺散)을 사용하여 아무런 고통 없이 환자의 살을 가르고 뼈를 깎아냈다는 그 명의를 이르는 말이오?"

"맞아요. 흔히들 관우 장군의 무용을 칭송하느라 화타가 뼈를 깎을 때도 눈 하나 깜짝하지 않았다고 말하지만 사실은 그 마비산의 덕이 컸다고 하지요."

"그런 분이 만든 신단이라면 귀문의 커다란 재보(財寶)일 텐데……."

"그래서 나 총관과 상의할 필요가 있었던 것이지요. 문주인 제가 위급한 상황이 아니라면 장로회의를 거쳐서 사용하는 게 원칙이지만 상황이 위급하니 우선 문주의 권한으로 사용하고 추후 장로회의의 추인을 받을 예정이에요."

"만약 장로회의에서 추인을 허락하지 않는다면 어찌 되오?"

"최악의 경우 문주 직을 박탈당하겠지요. 하지만 걱정 마세요. 여러분은 본 문의 귀한 손님이고, 본 문에서 방비를 소홀히 한 과오로 독상을 당했으니 장로들도 이견이 없을 거예요. 그보다 문제는 신단이 한 알뿐이라는 사실이에요. 환자는 둘인데 약은 하나뿐이니……."

그것은 확실히 문제가 되었다. 하나를 살리자고 다른 하나를 죽게 내버려 둘 수는 없는 일이었으니 말이다.

"어떻게 하지요? 반을 갈라 먹이면 둘 다 제대로 된 효과를 못 보게 될 텐데……."

"어쩔 수 없는 일이오. 우리에게는 둘 중 하나를 선택할 권한이 없으니 반을 갈라 먹이도록 합시다."

"그렇게 했다가 둘 다 아무런 효과를 못 보면요?"

"하늘의 뜻이라 여기겠소."

"좋아요. 그럼 결정났으니 반을 갈라 먹이도록 하지요."

진소희는 조심스럽게 목갑을 열었다. 그러자 마치 향을 사른 듯 청아한 향기가 주변으로 퍼져 나갔다. 이 한 가지만으로도 신단의 효능이 어떠할지 짐작할 수 있었다.

진소희는 칼을 대지 않고 손으로 신단을 갈라 두 사람의 입에 살며시 넣어주었다.

스르르…….

두 사람이 뿜어내는 독 기운에 반응한 것일까, 아니면 습기에 반응한 것일까? 신단은 금방 녹아들며 두 사람의 목 안으로 넘어갔다.

사람들은 숨을 멈춘 채 부현과 나연을 내려다보았다. 신기한 반응이 일어나 얼른 눈을 뜨길 바라며. 그러나 한동안 시간이 흐른 후에도 두 사람에게선 별다른 변화가 일어나지 않았다.

그렇게 시간이 흘러가고 드디어 사람들의 얼굴에는 실망과 절망의 표정이 떠오르기 시작했다.

"신단으로도 아무런 효과가 없다니……."

침묵을 깨고 가장 먼저 입을 연 사람은 진소희였다. 그러자 모두의 입에서 한숨이 흘러나왔다.

"왜 모두 한숨을 쉬고 난리예요? 누가 죽기라도 한대요?"

은강이 괜히 골을 부렸지만 아무도 나무라는 사람은 없었다. 그 심정을 모두 알고 있으니까.

"잠깐!"

은강이 갑자기 소리치자 모두의 시선이 그녀에게로 쏠렸다.

"나연 언니가 가지고 있던 돌, 그 돌 속에 깃들어 계신 신령님이라면 치유할 수 있을지도 몰라!"

그녀는 해결책을 찾기라도 한 듯 기쁜 표정이었지만, 영문을 모르는 사람들은 어리둥절한 표정이었다.

은강은 얼른 나연의 품속을 뒤져 시간의 돌을 찾아냈다.

"가만… 이름이 뭐라고 했더라?"

노몽과 깨몽의 이름을 잊은 듯 한동안 머리를 굴리던 은강은 도무지 생각이 안 나자 그냥 돌을 문지르며 말하였다.

"신령님, 잠깐만 나와보세요. 부현이와 나연 언니가 금방 죽게 생겼어요. 그러니 제발……."

애원 어린 그녀의 말이 다 끝나기도 전이었다.

뭉클!

노몽이 예의 그 부스스한 얼굴을 불쑥 내밀었다.

"뭐여? 두 아이가 죽게 생겼다고?"

흠칫!

진소희와 나 총관 등은 돌 속에서 사람 머리가 불쑥 튀어나오는 해괴한 상황에 놀라 자신도 모르게 뒤로 한 발짝씩 물러섰다. 그리고는 놀라움과 의문이 어우러진 눈으로 노몽을 바라보았다.

'저 노인이 정말로 산신령이란 말인가? 몰골을 보아서는 잡귀 같기

도 한데… 어쨌든 저런 돌을 지니고 다니는 걸로 봐서 범상한 사람들이 아닌 것은 틀림없군.'

노몽은 주변을 둘레둘레 쳐다보다가 바닥에 누워 있는 부현과 나연을 보고는 크게 놀라 불쑥 튀어나왔다.

"정말일세? 깨몽, 너도 나와봐야겠다."

"깨몽?"

깨몽까지 튀어나오자 진소희는 자지러질 듯 놀라 뒤로 물러났다.

'저건 웬 괴물이야? 몸통에 눈, 코, 입만 달렸네? 손발은 잘 보이지도 않고.'

노몽은 부현과 나연의 상태를 이리저리 살피며 그답지 않게 근심스러운 표정을 지었다.

"시간의 조정자로 선택된 아이들이 죽으면 우리는 그들이 살고 있는 시대로 돌아가야 하는데… 이거 큰일 났어."

결국 부현과 나연 때문이 아니라 자신의 문제 때문에 걱정을 하고 있는 노몽이었다.

"깨몽, 네가 어떻게 좀 해볼 수 없겠냐?"

"깨몽."

깨몽도 나름대로 근심스러운 표정을 지었다.

"별다른 방법이 없어?"

"깨몽."

"그럼 어쩌냐? 애들이 죽으면 비밀의 샘도 못 찾게 될 텐데… 한번 돌아가면 이 시대로 다시 돌아올 힘도 남아 있지 않고……."

"방법이 없는 거예요?"

은강이 다그쳐 묻자 노몽은 어깨를 늘어뜨리며 답하였다.

"가만히 좀 있어봐. 급한 것은 우리니까."

노몽은 잠시 염두를 굴리는 듯하더니 비장한 눈빛으로 깨몽을 바라보았다.

"마지막 힘을 써보자. 비밀의 샘을 찾았을 때 밖으로 나올 한 줌의 힘만 남겨놓고."

"깨몽!"

"그래, 위험한 일이기는 허여. 하지만 애들이 죽어도 어차피 끝이여. 그러니 애들을 살려놓고 따지는 것이 순서여."

"깨몽."

깨몽이 어쩔 수 없다는 듯 수긍하자 노몽은 은강에게 말하였다.

"우리는 점점 쇠약해지고 있어서, 가만히 있어도 너희들 시간으로 일 년만 지나면 소멸될 처지여. 그런데 오늘 애들을 살리기 위해 힘을 쓰면 앞으로는 돌 속에서 계속 잠을 자야 허여. 이후로 돌 밖으로 모습을 드러낼 수 있는 것은 단 한 번, 아주 짧은 시간뿐이지. 그러니 애들이 살아나면 너희가 함께 비밀의 샘을 반드시 찾아내서 우리를 살려줘야 허여. 약속할 수 있겠어?"

"약속할게요."

"나머지 두 사람은?"

"우리가 죽지 않는 한 약속을 지키겠소."

"저도요."

"좋아. 그럼, 우리가 힘을 써볼 거여. 하지만 완전히 낫는다고 보장할 수는 없어. 혹시 어떤 부작용이 생길지도 모르지. 그래도 약속을 지킬 거여?"

"설혹 이들을 살리지 못한다 해도 노인장과의 약속을 지키겠소."

바람이 대답하자 은강과 역리상도 다짐하듯 고개를 끄덕였다.

"여기 온 지 몇 날 되지도 않았는데 좋은 친구들을 사귀었구먼? 그런 재주가 있으면 믿어볼 만하겠어. 깨몽, 이 아이들을 믿고 한번 해보는 거여. 준비됐냐?"

"깨몽!"

"그럼 시작허여!"

"깨몽, 깨몽!"

깨몽과 노몽은 서로 손을 맞잡고 한동안 주문을 외우기 시작했다. 그러나 그것은 인간의 언어가 아니어서 아무도 알아들을 수가 없었다.

한동안 주문을 외우던 그들은 동시에 손을 뻗어 나연과 부현을 가리켰다. 그 순간,

파지지직!

마치 번개 같은 것이 그들의 손에서 뻗어 나와 두 사람의 몸속으로 들어가기 시작했다. 푸르스름한 기운을 띠었고, 그 모습이 번개 같기는 하였지만 그 성질은 매우 부드러운 듯 나연과 부현은 경련을 일으키지도, 괴로워하지도 않았다. 대신 그들의 몸은 그 빛과 한 가지로 서서히 동화되어 갔다.

그러기를 얼마나 지났을까? 푸르스름한 기운이 검붉은 독 기운을 서서히 밀어내기 시작하자 두 사람의 코, 입, 귀, 그리고 머리카락 모공 등에서 검은 기운이 스멀스멀 흘러나오기 시작했다.

그렇게 한동안 시간이 흐르고 두 사람의 피부 색이 완전히 정상으로 돌아오자 노몽과 깨몽은 탈진하여 그 자리에 주저앉았다.

"허억… 허억……."

"깨몽……."

"다 끝난 건가요?"

"몰라… 우리는 최선을 다했으니… 조금 기다려 봐……. 우리는…
이제… 들어가… 봐야… 허여……."

노몽은 너무 지쳐 말도 제대로 하지 못하였다.

"약속… 지켜……."

"알겠습니다."

"들… 어… 가… 자… 깨… 몽……."

노몽은 깨몽과 함께 시간의 돌 안으로 스며들어 갔다. 이제 비밀의
샘을 찾기 전까지는 다시 나올 수 없을 것이다.

"으음."

노몽과 깨몽의 희생이 효과를 본 듯 부현이 먼저 몸을 뒤척이기 시
작하더니 곧 이어 나연도 가는 신음성을 흘려냈다.

"정신이 들어? 부현아, 나연 언니!"

은강을 필두로 사람들이 부현과 나연의 곁으로 몰려들었다.

"으으… 못된 계집애들… 이 세상에서 계집애들은 씨를 말려야
돼……."

깨어나서 한다는 첫마디가 이따위였으니… 부현을 살리기 위해 노
심초사했던 은강과 진소희 등의 눈빛이 갑자기 서늘하게 변하는 것은
당연한 결과였다.

"이 자식, 기껏 살려놨더니 겨우 한다는 말이 그거냐?"

은강은 환자만 아니면 한 대 때려주고 싶다는 표정으로 쏘아붙였다.

"으, 응?"

로나, 로사에게 장력을 쏘아낸 것을 마지막 기억으로 갖고 있던 부
현은 생각지 못한 은강의 목소리, 그리고 생소한 주변 환경에 어리둥절

한 표정을 지었다.

"여기가… 어디냐?"

"여자만 있는 지옥이다, 이 웬수야!"

"무슨 소리야?"

자신이 깨어나면서 한 말에 대한 기억이 없는 듯 부현은 어리둥절한 표정으로 은강을 바라보았다. 그때 나연도 완전히 정신을 차렸으므로 일행은 그들이 의식을 잃고 있던 동안 일어난 일에 대해 간략하게 설명하기 시작했다.

그런데 설명을 잠깐 듣는 듯하던 부현이 갑자기 소리를 질러대기 시작하였다.

"아이고, 배가 다 찢어진 모양이네. 아이고고……."

중독은 치유가 됐다고 해도 청룡노의 철필에 입은 복부 부상은 그대로였기에 통증이 심한 모양이었다. 그렇다고는 해도 엄살이 워낙 심했기에 일행은 측은함보다는 짜증이 담긴 눈길로 바라보았다.

"사내자식이 조금 다쳤다고 엄살은, 하여간……."

은강이 한마디 하자 부현이 눈을 허옇게 흘기며 소리쳤다.

"이게 조금이냐, 계집애야!"

"그럼, 그게 죽을 만큼 큰 부상이냐? 내장이 쏟아져 나온 것도 아니고 말이야. 그 정도는 참아야 사내자식이라고 할 수 있지 않겠냐?"

"너, 이리 와봐."

"왜?"

"니 배도 이만큼만 찢어주게."

"뭐야?"

"그렇게 잘났으니 니가 한번 참아보라고, 이 계집애야!"

“미쳤냐? 멀쩡한 배를 찢게?”

두 사람이 옥신각신하고 있자니 진소희가 재미있다는 듯 웃으며 말하였다.

“그만 하세요. 제가 통증 가라앉는 약을 드리지요.”

그녀는 엄지손가락만한 도자기 병을 꺼내 부현에게 건넸다.

“발라보세요. 본 문 비전으로 제조한 외상 약인데 효과가 있을 거예요.”

약병을 받아 환부에 바른 부현은 통증이 급격히 가라앉는 것을 느끼고는 놀란 눈으로 말하였다.

“정말 신기할 정도로 잘 듣는 약이군요?”

“저는 또 있으니 가지고 계시다가 통증이 도질 때마다 바르세요. 상처를 빨리 아물게 하는 효과도 있으니 요긴하게 쓰일 거예요.”

“고맙습니다.”

부현은 약병을 챙기며 은강을 한 번 흘겨보았다.

‘이렇게 도움이나 주면서 잔소리를 늘어놓으면 예쁘기나 하지? 그저 입만 살아가지고…….’

그가 한마디 했다가는 둘이 또 옥신각신하게 생겼는지라 바람은 두 사람이 정신을 잃고 있는 동안 일어났던 일에 대해 다시 설명하기 시작했다.

2장 동방의 신성(新星) 고구려

"그럼, 깨몽과 노몽은 비밀의 샘을 찾기 전에는 그 돌에서 못 나오는 거네?"

"그렇지."

"속 시원하게 잘됐네. 그 능구렁이 같은 노인."

혼자 신나서 떠들던 부현은 사람들의 눈빛이 서늘하게 가라앉고 있다는 사실이 느껴지자 얼른 말을 바꾸었다.

"하하… 그 노인네 나올 때마다 힘들어했으니 이번 기회에 푹 쉬고 좋다는… 뭐, 그런 뜻이지요… 네."

"됐네! 벌써 속 다 보여놓고 이제 와서 무슨 변명이야?"

사람들이 합창하듯 쏘아붙였다.

'에이 씨, 괜히 말 한마디 잘못해서 나만 나쁜 놈 됐네.'

부현은 자기 입을 마구 때려주고 싶은 심정이었다. 로나, 로사 자매는 이미 물 건너갔으니 하나 남은 진소희에게라도 잘 보여야 뭔가 이루어질 텐데, 방정을 떨었으니 말이다.

"우리는 노몽과 약속을 했다. 무슨 일이 있어도 비밀의 샘을 찾아주겠노라고."

바람이 노몽과의 약속을 상기시키자 부현이 기다렸다는 듯이 대꾸했다.

"우릴 살리기 위해 자기들의 생명력을 나누어줬다는데 당연히 그렇게 해야죠."

조금 전의 실수를 만회하려는 생각에 부현은 주먹까지 불끈 쥐어 보였다.

"아, 그리고… 나연 낭자와 네가 다시 소생할 수 있었던 것은 어쩌면 진 소저의 힘이 크게 작용했는지도 모른다. 노몽과 깨몽은 자신들의 생명력을 나누어주면서도 성공할지에 대해서는 장담하지 못했었다. 한데 가뿐하게 치유된 걸 보면 그 신단의 힘이 작용한 게 분명해."

"물론 그렇겠지요. 그런데 그 귀한 화타의 신단을 선뜻 내놓으신 진 문주께는 어떻게 보답을 해야 할지……"

이렇게 말하며 슬그머니 진소희의 눈치를 보는 부현의 눈길에선 왠지 음흉함이 엿보였다.

'몸으로 때우라고 하면 석 달 열흘 동안 쉬지 않고 봉사할 수도 있는데……'

"개의치 마세요. 아까도 말했듯이 여러분은 본 문의 손님으로 왔다가 화를 입은 것이니 신단을 내놓은 것은 당연한 일이었어요."

"그, 그래도……"

부현이 여전히 음흉한 눈길을 거두지 않자 곁에 있던 은강이 한마디

내뱉었다.

　“사내자식이 고마운 줄 알면 잊지 않고 있다가 은혜를 갚으면 될 일이지 웬 말이 이렇게 많냐? 지금 니가 뭘 도와줄 건데? 도격문에 가서 설거지라도 해주려고?”

　‘이게 꼭 산통을 깬단 말야.’

　“두 분 다 그만두세요. 여러분은 도격문에 아무런 빚도 없어요. 다만 나중에 후진 땅을 지날 기회가 생기면 도격문에 한번 들러주시길 바래요. 그렇게 해주신다면 감사히 여기고 극진히 대접하도록 하지요.”

　“하하! 그거야 얼마든지…….”

　일행이 대화를 나누고 있는 사이 나 총관은 수하들을 지휘해 수적들의 배들 중 쓸 만한 것 두 척을 골라 출항 준비를 시킨 뒤 진소희에게 수신호를 보내왔다. 그러자 진소희도 수신호로 답한 후 일행에게 말하였다.

　“나 총관이 준비를 끝낸 모양이군요. 모두 배로 가시지요.”

　일행은 그녀와 함께 작은 배에 올라 나 총관이 있는 배로 향하였다.

＊　　　　＊　　　　＊

　황하 강변에서 얼마 떨어지지 않은 곳에 위치한 폐가(廢家).

　로스티드는 어둠 속에 몸을 웅크린 채 이를 갈아붙이고 있었다.

　“감히 내게 부상을 입히다니… 죽여도 곱게 죽이지 않겠다!”

　그의 상체는 오른팔과 얼굴을 제외한 모든 부분이 하얀 헝겊으로 덮여 있었다. 떨어질 듯 덜렁거리던 왼팔에는 부목을 댄 모습이었는데,

어찌 된 일인지 그렇게 위중한 부상을 입고도 전혀 힘들어하는 기색이
엿보이지 않았다.

가슴도 마찬가지지만 뼈까지 잘린 왼팔은 부목을 댄다 해도 회복이
쉽지 않은 일이었다. 그런데 그는 왼팔을 조심스럽게 움직이고 있었
다.

그가 이렇게 빠르게 회복할 수 있었던 것은 옆에 놓여 있는 초록색
물약 덕분이었다. 그것은 그의 사부가 만들어준 것으로 신기에 가까운
치료 효과를 보이는 외상 약이었다. 하지만 이 약을 제조하기 위해서
는 이미 멸종되었다고 알려진 드래곤의 '치유의 눈물' 이 꼭 필요했기
에 그도 많은 양을 얻어 올 수는 없었다. 그런데 오늘 부상을 치료하기
위해 그 물약을 다 써야만 했던 것이다.

"방심만 하지 않았어도 이렇게 당하지는 않았을 텐데……."

스스로를 책망하던 로스티드는 누군가 다가오는 소리를 듣고는 눈
빛을 날카롭게 빛냈다.

삐그덕!

문을 조심스럽게 열고 들어온 것은 물속에서 그를 구해낸 수이족의
족장 그룬타였다. 로스티드는 그가 인사를 올리기도 전에 다그쳐 물었
다.

"그들의 죽음은 확인했느냐?"

"불행하게도 그들은 소생했습니다."

"뭐야!"

소리를 지르던 로스티드는 가슴에 통증을 느낀 듯 인상을 찌푸리며
다시 물었다.

"대체 무슨 방법으로 해독을 했단 말이냐?"

"놈들에게 들킬까 봐 멀리 떨어져 있었기에 말은 들을 수 없었지만, 도격문주가 하나의 환단을 가져와 그들에게 나누어 먹였고, 돌 속에서 튀어나온 이상한 생물체 둘이 그들에게 푸르스름한 기운을 한동안 불어넣어 주는 것을 목격했습니다. 아마 그 두 가지의 힘에 의한 것이 아닌가 사료됩니다."

'음, 시간의 요정들이 비상수단을 쓴 모양이군. 하지만 그들은 이미 기력이 쇠진할 대로 쇠진해 있었을 텐데… 그럼에도 불구하고 힘을 썼다면 소멸되기 직전의 상태가 되었겠군. 좋아. 놈들은 죽이지 못했지만 시간의 요정들이 소멸 직전에 몰렸다면 이 또한 괜찮은 일이지. 그들이 소멸되면 앞으로는 영원히 새로운 시간의 조정자가 탄생하지 못하게 될 테니까.'

생각을 정리하고 있던 로스티드는 앞에 시립해 있는 그룬타에게 물었다.

"놈들은 그럼 배편으로 다시 움직이고 있느냐?"

"그렇습니다. 수적들에게 뺏은 두 척의 배로 이동 중입니다."

"너희 종족은 전사가 얼마나 남아 있느냐?"

"저를 포함해서 일흔여덟 명입니다."

"많은 숫자는 아니군."

"무슨 일인지 세월이 흐를수록 여자들의 번식 능력이 떨어져 계속 줄어들고 있는 추세입니다. 이러다가 멸족되는 것은 아닌지……."

"그 문제는 사부님께 말씀드려 방법을 모색해 보겠다. 조만간 놈들을 다시 습격해야 하니 만반의 준비를 갖추고 대기하도록!"

"명을 받겠습니다."

그룬타가 물러가고 나자 로스티드는 또다시 인상을 찌푸리며 중얼거렸다.

"그런데 도지와 좌공문을 없애라고 보낸 놈들에게선 왜 아직 연락이 없는 것이지?"

서양의 마법사 로스티드… 수많은 종족을 자유롭게 부리며 그 자신 또한 무한한 능력을 지니고 있는 그가 무슨 이유로 시간의 요정과 조정자들을 죽이려 하는지 알 수 없는 일이었다.

*   *   *

로스티드의 명에 따라 도지와 좌공문의 뒤를 쫓던 두 사람, 허스킨과 브로디안은 멀리 떨어진 산등성이에서 만안사를 주시하고 있었다.

"그동안 관찰한 바로는 외부의 침입에 대비한 기관 장치 따위는 없는 것 같으니 오늘 밤에 끝을 보는 게 좋겠군."

"그런데 로스티드님이 보내주신 블랙 몽키 칠십 명으로 가능할까? 저들의 능력은 간단한 것이 아닌데……."

"그래서 로스티드님이 이걸 보내오시지 않았나?"

브로디안은 밀가루처럼 뽀얀 분말이 담긴 작은 병 하나를 꺼내 보였다.

"제아무리 강한 고수라도 이 졸음 가루를 흡입하게 되면 힘을 쓸 수가 없지."

"그래도 나는 왠지 걱정이 되는군."

"허스킨, 자네는 그 소심함이 탈이야."

그때였다.

"가끔은 소심한 게 나을 때도 있는 법이니라."

등 뒤에서 갑자기 나직한 노인의 음성이 들려왔다.

"헉!"

"누, 누구냐!"

황급히 뒤를 돌아보는 두 사람의 눈에 제일 먼저 들어온 것은 아무 근심 없는 편안한 미소였다.

"무얼 그리 놀라느냐? 죄를 많이 지은 중생인 모양이로고."

두 사람을 마치 어린아이 대하듯 하는 이 노승은 말쑥한 안색에 키가 훤칠했으며 깨끗하게 빨아 입은 승복에 긴 염주를 걸치고 있었다. 또한 배꼽까지 내려오는 새하얀 수염을 기르고 있었는데, 도무지 나이를 짐작할 수가 없었다.

"늙은이, 멀리 돌아갔으면 좋았을 걸 괜한 참견을 하여 죽음을 자초하는구나!"

브로디안은 갑작스레 손을 뻗어 노승의 복부를 쑤셔갔다. 손만 뻗으면 닿을 수 있을 만큼 가까운 거리였기에 이 기습은 당연히 성공할 것 같았다. 그런데 노승이 천천히 움직이는 순간 모든 것이 틀어지고 말았다.

마치 시간이 정지하는 듯한 느낌이라고나 할까? 손가락 두 개로 브로디안의 수도를 밀어내는 노승의 움직임은 분명히 느릿했다. 그런데 어쩐 일인지 그 손길이 브로디안의 움직임을 압도하고 있는 것이다.

스윽!

노승은 아무런 무리 없이 브로디안의 수도 공격을 옆으로 밀쳐 냈고, 제 힘에 못 이긴 브로디안은 엉뚱하게도 노인의 곁에 있던 소나무를 가격하고 말았다.

콰직!

아직 어린 소나무는 브로디안의 수도에 맞아 부러지고 말았다.

"쯧쯧, 나무도 생명인데 그리 함부로 다루면 되겠느냐?"

"이 요사스러운 늙은이!"

브로디안은 자신이 상대의 적수가 못 됨을 느꼈는지 한 손에 들고 있던 졸음 가루를 노승의 면전에 확 뿌렸다. 그것은 아무리 내공이 강한 자라도 일단 흡입하거나 다량이 피부에 묻게 되면 쏟아지는 졸음 때문에 더 이상 힘을 발휘할 수 없게 하는 약이었다.

노승을 향해 날아가는 졸음 가루를 보며 브로디안은 회심의 미소를 지었다.

"걸렸다, 늙은이!"

그런데…

휘, 휘!

노승이 커다란 공을 어루만지듯 허공을 두 손으로 아우르자 졸음 가루가 무형의 막에 갇힌 듯 더 이상 퍼져 나가지 못했다. 뿐만 아니라 노승의 손길이 점점 좁아짐에 따라 졸음 가루도 작은 덩어리로 모이고 있었다.

'도저히 우리 상대가 아니다!'

브로디안과 허스킨은 날카로운 휘파람을 불어냈다. 약간 떨어진 곳에 몸을 숨기고 있을 블랙 몽키에게 보내는 신호였다.

그때 노승은 작은 덩어리로 뭉쳐진 졸음 가루를 한 손 위에 올려놓은 상태였다.

"좋은 뜻으로 사용하는 물건이 아닌 것 같으니 없애야겠구나."

츠츠츠츠!

노승의 손 위에서 타 들어가며 푸른 연기를 뿜어내고 있는 졸음 가루를 본 브로디안과 허스킨은 또 한 번 눈을 부릅떠야 했다.

'인간이 아니다! 블랙 몽키가 다 덤벼도 이길 수 없겠어. 그런데 블랙 몽키는 왜 안 나타나는 것이지?'

한 줌의 졸음 가루를 순식간에 연기로 날려 버린 노승은 여전히 마음 편안 미소를 지으며 말했다.

"혹시 사람도, 원숭이도 아닌 괴이한 중생을 기다리는 거라면 포기하거라. 그들은 벌써 재워두었다."

"칠십 명이나 되는 블랙 몽키를 아무런 소리도 없이… 더구나 그들은 땅속에 몸을 숨기고 있는데 어떻게……!"

"이렇게 하였지."

노승은 빙긋이 웃으며 손가락 두 개를 퉁겨내었다.

파아앗!

노승의 손끝에서 뻗어 나간 지공(指功)이 두 사람의 몸에 닿는 순간 그들은 몸이 뻣뻣하게 굳어오는 것을 느끼며 놀란 눈으로 노승을 바라보았다.

'이것이 말로만 듣던 동방 무술의 무서움인가?'

"억지로 움직이려 하면 고통만 따를 뿐이니 가만히 있거라. 너희를 그대로 놓아주었다가는 다른 곳에서 또 나쁜 일을 벌일 것 같으니 세상과 격리를 시켜야 하겠다. 잠시 후에 제자를 보낼 테니 그 아이 말에 잘 따르거라. 녀석은 성질이 못돼서 간혹 살생을 저지르기도 하니 말이다."

노승은 말을 마친 뒤 휘적휘적 산을 내려가기 시작했다.

"도지 녀석이 그간 말썽을 부리지나 않았는지 걱정이로군."

멀어져 가는 노승의 말을 듣고서야 브로디안과 허스킨은 자신들이 얼마나 무모한 짓을 했는지 깨달을 수 있었다.

'저 노인이 신승 혜지였을 줄이야……'

좌공문은 깍듯한 예로 신승 혜지에게 인사를 올린 뒤 만안사에 머무르게 된 사연을 설명하였다.

"사십 년이라… 짧지 않은 세월이로군."

"다 제가 아둔하여 벌어진 일이지요."

"그렇군. 자넨 참말로 아둔한 사람이야."

신승 혜지가 이토록 직설적일 줄 예상치 못했던 좌공문은 잠시 할 말을 찾지 못해 우물쭈물하였다. 그러자 혜지가 이어 말했다.

"그 긴 세월 동안 소리만 질러댔다니 아둔하고도 아둔한 중생이로고… 아무에게도 방해받지 않는 그 좋은 환경에서 왜 깨달음을 얻을 생각은 못하였는가?"

쿠웅!

좌공문은 뒤통수를 한 대 맞은 기분이었다.

'그래, 나는 왜 그 세월 동안 몸부림만 치고 있었던가? 신승 어른의 말씀대로 깨달음을 얻고자 했다면 오히려 행복할 수도 있었을 것을……'

그가 빠져나오겠다는 일념에 사로잡혀 있었던 사십 년과 신승이 좋은 환경이라 말한 사십 년은 단지 생각의 차이일 뿐이다. 하지만 하나는 지옥이요, 하나는 극락이니 집착을 버리라는 불가의 말을 더 이상 어떻게 표현하랴.

좌공문은 신승 혜지의 큰 말씀에 저절로 고개가 숙여짐을 느꼈다.

좌공문이 입을 다물고 있자 혜지가 다시 물었다.

“망상(妄想)을 하는 게로군?”

“망상이라 하심은?”

“돌이킬 수 없는 일을 후회함이 곧 망상 아니던가?”

“그렇군요.”

“지나간 것은 지난 대로 두는 게야. 깨달음은 억겁에 걸쳐 이루어지지만 깨닫는 순간은 찰나일 뿐이라네. 혹시 아는가, 자네도 그것을 얻기 위해 이미 억겁의 세월을 거쳤는지?”

“무슨 말씀이신지…….”

“이 사람아, 이 늙은이가 그 뜻을 어찌 아누? 말은 내가 했으되 그 뜻은 자네의 것이 아니던가?”

도무지 알 수 없는 말이었다. 하지만 지금 신승 혜지가 던지고 있는 것이 바로 화두(話頭)라는 사실 정도는 어렴풋이나마 깨달을 수 있는 좌공문이었다.

“스님의 가르침, 가슴 깊이 새겨두겠습니다.”

“새길 필요 없네. 그저 자신에게 묻고 또 묻는 게야.”

“알겠습니다.”

그때 만액승 도지가 문을 열고 들어왔다.

“모두 가두어두었습니다, 사부님!”

“말조심하거라, 이놈아! 네가 무슨 권리로 그들을 가둬?”

“예? 아까는 분명히 가두라고…….”

“내가 언제 그런 말을 했었느냐? 그들을 격리시키라고 했을 뿐이지.”

“그 말씀이 그 말씀인 것 같습니다만…….”

“그들을 가두는 것이 아니고 선량한 중생들을 그들로부터 풀어준 게야. 그리고 그들의 사악한 생각으로부터 스스로의 영혼이 자유로워질 수 있는 계기를 마련해 주는 것이고. 이런 생각이라면 선업을 쌓는 것이지만, 그들의 자유를 속박하려는 생각으로 한 일이라면 너는 또 악업을 쌓은 게야. 무슨 말인지 알겠느냐?"

"알아들었습니다, 사부님."

"그래? 그러면 이제 나가서 손님 맞을 준비를 하거라."

"누가 오기로 하셨습니까?"

"운학 아우가 올 모양이야. 동남방 하늘에 그의 기운이 느껴져."

스님들은 속세와 인연을 맺지 말아야 하기에 아우라는 말은 가급적 쓰지 않아야 하지만, 신승은 운학 도인에게만은 항상 아우라는 호칭을 썼다.

"나가서 찻물을 올려놓겠습니다."

"뒤뜰에 묻어둔 곡차도 한 단지 꺼내오너라. 운학 아우는 곡차를 즐기는 편이니까."

곡차라면 술을 뜻했다. 스님들이 술이라 부를 수 없으니 곡식으로 담근 차라 하여 곡차라고 부른 것이다. 그런데 신승이 머무는 만안사에 곡차가 있다니 세상 사람들이 들으면 기절할 일이었다. 그것이 아무리 손님 접대용이라 해도 말이다.

밖으로 나온 도지가 찻물을 올려놓고 곡차 한 단지를 꺼내오고, 안주로 씹을 말린 칡뿌리며 더덕 등을 거의 준비했을 무렵이었다. 산문에 사람의 그림자가 어른거리는 듯하더니 순식간에 선방 앞에 이르렀다. 신승의 예견대로 그는 운학 도인이었다.

"어서 오십시오."

"자네 사부는 안에 계신가?"

"사부님께서는 아까부터 기다리고 계십니다."

"알았네. 그런데 그 곡차는 나 주려고 꺼낸 건가?"

"물론이지요."

운학 도인은 술 단지만 보고도 침이 괴는 듯 목젖을 한 번 크게 움직이고는 방 안으로 들어갔다.

"저 왔습니다, 형님!"

"자네 왔는가?"

간단한 인사 한마디가 두 사람이 나눈 대화의 전부였다. 그리고는 서로 흐뭇한 표정으로 마주 보고만 있었다.

잠시 후 도지가 차와 곡차를 내오자 그때야 두 사람의 말문이 다시 열렸다.

"자네 얼굴을 보니 그늘이 드리웠구먼?"

"형님은 여전하십니다."

"속세와의 연은 그리 좋은 일이 아니라네. 많은 인연은 안개와 같고 깊은 인연은 수렁과 같지 않은가?"

"간혹은 수렁에 빠지기도 하고 싶은 법이지요."

"이런, 단단히 작정을 한 모양이로군?"

"그렇게 되었습니다."

좌공문은 두 고인이 나누는 대화를 좀처럼 이해할 수 없었다. 그도 살았다면 꽤 산 나이이건만 느껴지는 기도만으로도 상대의 생각을 어느 정도 읽을 수 있는 두 고인이고 보니, 그들의 마음을 전혀 모르는 좌공문으로서는 도무지 내용을 파악할 수가 없었던 것이다.

두 고인은 도지가 따라준 차와 곡차를 각자 마시며 말을 이었다.

"대체 무슨 일이기에 백 년의 수행을 무위로 돌리려 하는가?"

"형님도 천기는 보셔서 아시리라 사료됩니다만……."

"그 일에 직접 뛰어들겠다는 겐가?"

"혼자서는 힘든 일이지요."

"나도?"

"그렇습니다."

"예끼, 이 사람! 이 늙은 형님이 성불하기를 바래도 시원치 않을 텐데, 진흙탕 속으로 끌고 들어가려 하는가?"

"백 년이나 백이십 년이나 찰나이기는 마찬가지인걸요."

"그래서? 자네의 득도를 위한 백 년 수업을 포기했으니 이 형님도 성불을 포기하라 이 얘긴가?"

"단지 육신의 조국인 고구려를 위해서만이 아닙니다. 천기를 보아하니 이대로 두었다가는 천하만민의 운명이 이 생뿐 아니라 후생까지 완전히 뒤틀릴 가능성이 있기 때문입니다."

"그야 알지만……."

"석가세존께서도 '내가 아니면 누가 지옥에 가랴!' 하고 사자후를 발하신 적이 있지 않습니까?"

"허허, 내 영혼을 지옥에 던져 만민의 후생을 도모하라 이 말인가?"

"저도 여러 날 고민 끝에 내린 결론입니다."

도대체 무엇을 권하고 무엇을 의논함인가? 두 고인의 말은 도무지 의미를 알 수가 없었다.

신승 혜지는 생각을 정리하려는지 눈을 스르르 감고는 명상에 잠겨 들었다. 그러자 운학 도인은 아무 말 없이 곡차 잔을 비워냈다.

그렇게 얼마나 시간이 흘렀을까? 천중에 머물렀던 태양이 서녘에 드리워 봉창에 붉은 물감을 뿌려대고 있을 때까지 신승은 요지부동 명상에 잠겨 있을 뿐이고 운학 도인 또한 곧게 앉아 곡차만 천천히 들이키고 있었다.

시간은 계속 흘러 사위가 완전한 어둠으로 잠겨들 즈음,

"어허! 집착이로고, 집착이야. 성불하겠다는 이 마음도 집착이고 미력한 힘으로 천하를 바꾸려는 것도 집착이야. 아무래도 미련이 많아 이번 생에 성불하기는 그른 것 같구나."

신승이 눈을 번쩍 뜨며 탄식을 토해내자 운학 도인의 안색이 환하게 밝아졌다.

"결심을 하신 모양입니다?"

"어쩌겠는가? 동생이 득도를 포기하고 달려왔는데 나 혼자 성불하겠다면 이 또한 욕심인 것을."

"죄송하게 되었습니다, 형님."

"죄송할 것은 또 뭔가? 결정은 어차피 내가 한 것을."

"기왕 성불을 포기하셨으니 곡차나 한 잔 드시지요?"

"이 사람, 이제는 나를 파계까지 시키려는가?"

"파계도 한번 해볼 만한 것 아니겠습니까?"

"그렇군. 그 또한 재미있는 일이야. 좋네. 한 잔 주게나."

신승이 찻잔을 비우고 곡차를 받자 도지의 눈이 휘둥그렇게 변했다.

'사부님이 정말 파계를 하시려나? 그럼 나는 어떻게 되는 것인가?'

신승은 곡차를 마시려다 말고 마른침을 꿀꺽 삼키고 있는 도지를 힐끔 쳐다보았다.

"걱정 말아라, 이놈아! 네 사부 노릇 그만두겠단 소리는 안 할 테니."

"그, 그게 아니옵고……."

"왜, 너도 한 잔 마시련?"

"아, 아닙니다. 다만 무슨 말씀이신지……."

"잠시 기다리거라, 목부터 축이고 얘기할 터인즉."

신승은 시원하게 한 잔 들이키더니 말린 더덕을 하나 집어 우물거리며 입을 열었다.

"얼마 전부터 이쪽 동북방 하늘에 신성이 출현하였다. 천기를 본즉, 그것은 원래 고구려의 별이었으나 무슨 일에서인지 어둠에 가려 있었더구나. 그러던 것이 어둠을 걷고 모습을 나타냈으니 이는 큰 변화가 있을 조짐이야. 그런데 그 별을 가리고 있던 어둠이 다시 신성을 뒤덮기 위해 용을 쓰고 있더란 말이다. 서천에서 몰려온 어두움이지."

"하오면……."

"운학은 지금 그 어둠을 물리쳐 신성이 마음껏 타오르도록 하자는 얘기다. 그리하면 고구려뿐 아니라 만천하가 평화로워질 게야. 하지만 신성이 다시 어둠에 묻히면 하늘의 기운이 불안정해져서 향후 이천 년간 천하는 쉼없이 혼란에 빠져들게 될 게다."

"그러면 이 나라 고구려의 힘을 돋워 천하의 중심을 잡으시겠단 말씀이십니까?"

"말은 맞는다만 이 나라의 힘을 돋우는 것은 나나 운학이 아니라 너희가 될 게야. 그리고 저 남서쪽 하늘 아래서 움직이고 있는 두 개의 큰 별과 세 개의 작은 별이 해야 할 몫이지. 너희가 만났었다는 그 아이들 말이다."

"도지가 누구를 만났답니까?"

"나는 아까 대충 들었네만, 자네는 모를 테니 저 아이에게 듣도록 하게. 자네 제자도 끼어 있었다고 하니 말일세."

도지는 운학 도인에게 부현 일행과 함께했던 일에 대해 대략적으로 설명해 주었다. 말을 다 듣고 난 운학은 고개를 끄덕이며 말하였다.

"녀석, 걱정을 심하게 했더니 생각보다는 잘 버티고 있는 모양이군. 하지만 진짜 고비는 이제부터가 될 게야. 수도 없는 고비가 앞에 도사리고 있으니까. 그걸 잘 견디면 크게 성장할 테고 그렇지 못하면 이슬로 스러지게 될 테지."

무심한 듯하면서도 걱정이 잔뜩 묻어나는 말투였다.

"허허허, 자네나 나나 늘그막에 우환덩어리를 맡아 고생이 심하구먼?"

"그러게 말입니다."

두 고인의 대화에 도지는 무안한 안색이 되어 고개를 숙였다. 삼백 근이 넘는 거구, 게다가 오십 줄에 들어선 만액승 도지이건만 신승 앞에서는 그저 철없는 아이에 불과할 다름이었다.

"자, 이제 움직이세."

"어딜 말입니까?"

"우리 얘기는 끝났으니 이제 대왕을 뵈러 가야 할 게 아닌가?"

"지금 말입니까?"

"어차피 관여하기로 했으니 빠르면 빠를수록 좋은 일이지."

"그래도 마시던 곡차는 마저 비워야지요."

"지금 출발하면 내일 아침쯤 궁성에 도착할 수 있을 걸세. 어서 움직이세."

"알겠습니다."

운학은 곡차가 입맛에 딱 맞았던지 입맛을 다시며 자리에서 일어났다.

“너희도 함께 가자꾸나. 해야 할 일이 있을 것 같으니.”

“저희도요?”

도지와 좌공문은 얼떨떨한 표정으로 일어났다.

“이제부터 바쁠 게야.”

신승이 훌쩍 방을 나서자 도지와 좌공문이 난감한 표정으로 중얼거렸다.

“아무런 준비도 없이…….”

“어미 배를 나올 때는 준비를 하고 있었는가? 생명을 받을 때도 그랬거늘 잠시 길을 떠나는데 무에 준비할 것이 있는가?”

운학 도인이 뒤이어 나가며 한마디 던지자 도지와 좌공문도 어물쩍 문지방을 넘어야 했다.

강호에서는 그래도 명숙으로 통할 두 사람이건만, 오늘은 완전히 아기가 된 기분이었다.

동방에 떠오른 신성, 그리고 서천에서 다가오는 어둠의 기운. 두 고인의 뜻대로 과연 어둠을 몰아내고 신성을 지킬 수 있을지…….

3장 이상한 숲

고구려의 수도 국내성.

광개토대왕은 갑자기 찾아온 신승 일행을 맞아 이야기를 나누고 있었다.

"하면 두 분의 말씀은 고구려가 대륙으로 뻗어 나갈 국운을 맞이했다는 말씀이십니까?"

"아직 때가 완전히 무르익지는 않았소이다. 그러니 대륙으로 나아가기 전에 남쪽 지방을 통합하여 후방을 튼튼히 하심이 순서일 것이외다."

"통합이라 하심은 백제, 신라, 가야의 왕조를 완전히 무너뜨리라는 뜻입니까?"

"그렇소이다."

"하지만 그들은 우리와 피를 나눈 형제국인데 왕조의 대를 끊는다는 것은……."

"뿌리가 같은 민족이니 더욱더 하나가 되어야지요. 그리고 그들을 정복한다 해도 왕조가 완전히 무너지지는 않을 것입니다. 신라는 대륙에 상당한 영역을 확보하고 있고 백제와 가야는 열도에 지대한 영향력을 가지고 있으니 그들 왕조는 임시 그쪽으로 피신할 것이외다. 어쨌든 남쪽이 평화로워야 마음 놓고 대륙을 도모할 수 있다는 사실을 명심하시기 바라오."

"음… 알겠습니다. 그렇다면 지금부터 준비를 하여 올 가을에 남쪽을 도모하도록 하겠습니다. 그리고 내년 봄에는 거란 등 초원의 무리를 다스려 발호하지 못하도록 눌러둔 뒤에 본격적으로 대륙을 정복해 나가겠습니다."

"아닙니다. 초원의 무리는 누르기보다 적극적으로 수용하심이 옳소이다."

"하지만 그들은 기질이 드세서……."

"아무렴 고구려인의 기질만하겠습니까? 그들을 눌러두기만 하면 언제고 힘을 길러 허를 찔러올 것이니 아예 흡수하여 우리 백성으로 만드는 것이 안전한 길입니다. 게다가 그들 중에는 강한 무사가 많으니 잘만 활용한다면 대륙을 도모함에 있어 커다란 힘이 될 것입니다."

대왕은 잠시 생각에 잠겨 있더니 고개를 끄덕였다.

"신승 어른의 뜻대로 초원의 무리들을 복속시키고 교화하여 고구려 백성으로 삼는 것이 더욱 좋은 방법이겠군요."

"이제 저희의 생각은 대략 알려 드렸으니 훌륭한 인재를 널리 모아 만반의 준비를 갖추십시오. 아마도 오랜 싸움이 될 것입니다."

"두 분은 떠나겠단 말씀이십니까?"

“이 늙은이들은 따로 할 일이 있습니다. 주제넘게 산을 내려와 전쟁을 일으키도록 부추긴 죄를 속죄도 해야 하고요.”

그들이 아니었더라도 어차피 일어날 전쟁이라는 사실을 두 사람은 잘 알고 있었다. 하지만 어찌 되었든 그 일에 자신들의 의견이 개입됐으니 불법과 도를 닦는 그들로서는 씻을 수 없는 죄를 지은 것이나 마찬가지였다.

“제가 비록 이 나라의 왕이기는 하나, 경험은 적고 혈기만 왕성하여 큰 잘못을 저지르지 않을까 걱정입니다. 두 분은 부디 제 곁에 남아 고언(苦言)을 해주시기 바랍니다.”

“대왕께서는 충분히 현명하시니 이 늙은이들이 없어도 잘 해 나가실 겁니다. 다만 정 원하신다면 가끔 왕궁에 들르도록 하겠습니다.”

두 고인이 이렇게 마음먹은 이상 되돌릴 수 없다는 사실을 잘 알고 있었기에 대왕은 더 길게 얘기하지 않았다.

“대신 자주 들러주셔야 합니다.”

“노력하지요.”

얘기가 거의 마무리되어 가자 그동안 가만히 앉아 있던 운학 도인이 품속에서 두툼한 서책 두 권을 꺼내놓으며 말하였다.

“한 권은 전쟁에 임해 병사를 움직이는 책략이 담겨 있고, 다른 한 권은 공성(攻城), 도하(渡河) 등에 필요한 기구와 무기를 만드는 설계도입니다. 제가 아직 혈기 왕성했던 수십 년 전의 생각들을 담아놓은 것이라 얼마나 도움이 될지는 모르겠으나 잘만 사용하면 피아의 희생을 최대한 줄이면서 전쟁을 수행할 수 있을 것입니다.”

“이렇게 귀한 책을… 감사히 쓰겠습니다. 그리고 두 분 고인의 뜻을 받들어 피아 간의 인명 손실을 최하로 줄이도록 노력하겠습니다.”

“그렇게 해주신다니 늙은이들의 어깨가 조금이나마 가벼워지는 것 같소이다.”

“그럼, 이 늙은이들은 이만 물러갔다가 가을쯤에나 다시 들르겠습니다.”

신승과 운학 도인은 광개토대왕과 작별을 고한 뒤 좌공문과 도지를 데리고 접견실을 빠져나갔다.

대왕은 그들을 잡아두지 못해 약간 아쉬운 표정이었지만, 어려서부터 꿈꿔온 대륙 수복의 야심 찬 계획에 적극적으로 동참할 원군을 얻었다는 점에서 매우 흡족하게 생각하고 있었다.

‘저들 한족이 중원이라고 부르는 황하의 남북 수천 리 땅은 원래 우리 민족의 터전이었다. 하지만 서쪽에 기반을 둔 한족들이 몰려들면서 서서히 동북방으로 밀려 결국은 이곳 동쪽 끝으로 물러나 앉았지. 지금 대륙의 북쪽은 북방 민족들이 세운 왕조가 난립하여 그 힘이 분산되어 있고, 한족의 동진은 그들의 기세에 밀려 장강 이남으로 내려가 있으니 고토를 회복하기에는 더없이 좋은 기회이지. 게다가 천부인의 등장과 미래에서 온 두 사람 또한 상서로운 징조라는 신승의 말이고 보면 이보다 더 완벽한 기회는 다시없겠지.’

대륙 수복이라는 웅대한 뜻을 품고 있는 젊은 대왕은 가슴 깊은 곳에서부터 뜨거운 피가 숫구쳐 오르는 것을 느낄 수 있었다.

‘기다려라, 대륙이여!’

대왕은 마음속으로 외치며 주먹을 와락 움켜쥐었다.

*　　　　*　　　　*

넓고 화려했던 도격문의 배에 비하면 냄새 나고 좁은 수적들의 배는 불편하기 그지없었다. 그러나 속도만큼은 빨랐기에 갈 길이 바쁜 일행에게는 오히려 다행스러운 일이었다.

수적들의 공격이 있은 후 상인과 문인들은 겁에 질려 동승하지 않았기에 지금 배에 타고 있는 것은 도격문 사람들과 부현 일행뿐이었다.

그들은 지금 뱃전에 나와 강바람을 쐬고 있었는데, 부현이 문득 궁금한 표정으로 물었다.

"로스티드는 어떻게 됐을까요?"

"간단치 않은 부상이었으니 당분간은 움직이기 힘들 거다."

바람의 대답이었다.

"하지만 그 인간은 좀 별종이잖아요. 어쩌면 이상한 방법으로 상처를 후닥닥 치료해 버리고 또 공격해 올지도 몰라요."

"그래 준다면 오히려 고마운 일이지."

"네?"

"놈에게 갚아야 할 빚이 남아 있으니까."

"형님은 어떤지 몰라도 나는 싫으니 농담이라도 그런 말 하지 마슈."

"놈의 목표는 우리 모두의 목숨이다. 그러니 피한다고 될 일이 아니야."

"도대체 우리와 무슨 원수를 졌다고 그러는 거래요?"

"확실한 이유는 말하지 않았지만, 아마도 사상문의 사주를 받은 것이 아닌가 생각된다."

"사상문, 그 우라질 자식들이……."

그때였다.

쿠웅!

일행이 타고 있는 배에서 심한 진동이 일어났다.

"무슨 일이냐?"

"수이족이 또 공격해 온 듯합니다, 문주님!"

나 총관의 보고를 받은 진소희의 양안에 불길이 확 일어났다.

"우리 도격문과 끝까지 해보겠다는 것인가?"

진소희는 자리를 박차고 일어나 발 빠르게 움직이기 시작했다.

"배의 파손 정도는 얼마나 되나요?"

"밑 부분에 커다란 구멍이 뚫려 오래 버티기 힘들 것 같습니다."

"다른 한 척은?"

"마찬가지입니다."

"일단 뭍으로 나가도록 하세요."

"알겠습니다."

이런 사태가 벌어질 것을 대비해서 강변에서 멀리 떨어지지 않은 채 운항하고 있었으므로, 당장 배가 두 동강 나지 않는 이상 뭍까지 나가는 것은 큰 무리가 없어 보였다. 그런데 곧 이어 터져 나온 다급한 음성은 상황이 쉽지 않음을 말해 주었다.

"키가 파손되어 방향이 틀어지지 않습니다!"

"놈들이 배를 강 중앙으로 끌어가고 있습니다!"

도격문 사람들의 외침은 절망적이었다.

배는 자꾸 가라앉는데 키는 부서지고 뭍과는 점점 더 멀어지는 상황. 이대로 간다면 수이족과 물속에서 싸워야 할 형편이었다.

뭍에서 더 멀어지기 전에 뛰어내릴 것인지, 조금 더 버티며 다른 방법을 강구할 것인지 진소희는 고민에 빠져들었다. 그때,

“우아아아아!”

부현이 비명 같은 고함을 질러대며 물로 뛰어들고 있었다.

“혼자서는 그들을 당할 수 없어요!”

진소희가 놀라서 부르짖었다. 그러나 이미 던져진 몸을 되돌릴 수는 없는 일이었다.

풍덩!

부현은 누런 황토물 안으로 사라져 버렸고 진소희는 다급하게 외쳤다.

“배를 버리고 물속에서 싸운다! 각자 능력껏 뭍으로 나가라!”

그녀의 명에 따라 모두 배에서 뛰어내리려 하는데 이번엔 역리상이 큰 소리로 외쳤다.

“잠깐만 기다리시오! 내가 수이족 놈들을 벼락으로 지져 버리겠소.”

멈칫!

물과 벼락이 만나면 그 증폭 효과는 어마어마하다. 따라서 역리상의 도술이 통하기만 한다면 수이족은 더 이상 겁낼 상대가 아니었다. 하지만 그렇게 되면 물속에 있는 부현은 어찌 되겠는가?

“전 공자가 물속에……!”

진소희가 빠르게 외쳐 보았지만, 그녀의 말이 채 끝나기도 전에 역리상의 손가락은 강물을 가리키고 있었다. 언제 던졌는지 커다란 부적은 하늘 높이 솟아오르는 중이었고.

까마득히 솟아오른 부적 주변의 대기가 심하게 요동 치는가 싶더니 부적이 팍 꺼져 버림과 동시에 그 지점에서 엄청난 규모의 벼락이 생성되며 강물로 내리꽂혔다.

꽈과과콰쾅!

강물로 떨어진 벼락은 순식간에 물에 흡수되어 사방으로 퍼져 나갔다.

파지지직!

뇌전이 퍼져 나가는 속도에 맞춰 수면 위로 작은 물방울들이 확 솟구쳐 올랐다 떨어지는 모습이 장관이었다. 물론 그 안에서 지져지는 사람들은 죽을 맛이겠지만.

그때 부현은 물속에서 대여섯 명의 수이족에게 붙잡혀 물을 실컷 먹는 중이었다.

꼬르르륵!

허파에 공기 대신 물이 들어차기 시작하자 삼 갑자의 내공이고 뭐고 다 소용이 없었다. 어떻게든 물 위로 올라가기 위해 몸부림을 치고 있을 따름이었다.

'놔! 이 물귀신들아! 난 공기가 필요하단 말야!'

급한 김에 소리를 쳐보았지만 아까운 공기만 뽀그르르 빠져나갈 뿐이었다.

'물에 빠져 죽는 건 정말 싫단 말야!'

이렇게 속으로 울부짖던 부현은 뿌연 수면 저 위에서 뭔가 무시무시한 것이 빠른 속도로 떨어져 내리고 있는 모습을 발견하고는 눈을 부릅떴다.

'역리상, 이 우라질 인간!'

그의 생각이 빨랐는지 번개가 빨랐는지는 모를 일이었다.

'으갸갸갹!'

사람이 번개를 맞으면 보통은 죽거나 기절하게 마련이니까.

배 위에 있는 사람들도 뇌전의 섬뜩한 기운을 어느 정도는 느낄 수 있었다. 뭔가 몸을 확 쓸고 지나가며 머리칼은 물론 솜털까지 꼿꼿하게 일어나는 느낌을 말이다.

어쨌든 엄청난 규모의 뇌전은 수면을 순간적으로 훑고 지나가는 파문으로 저 멀리 사라져 버렸고…

둥실!

수이족 하나가 물 위로 떠오르는가 싶더니 사방에서 수많은 수이족이 등을 보인 채 물 위로 떠오르기 시작하였다. 그리고 제일 마지막으로 부현이 떠올랐는데, 그 짧은 시간에 웬 물을 그렇게 마셨는지 배가 불룩 솟아 남산만하였다.

“나 총관은 전 공자를 구하세요. 모두를 살리겠다는 일념으로 자신의 몸을 던진 분이니 반드시 소생시켜야 해요.”

“알겠습니다.”

나 총관이 두 명의 수하와 함께 먼저 물로 뛰어들자 곧 이어 나머지 일행과 도격문 사람들도 소선을 타거나 헤엄을 쳐서 뭍으로 향하였다.

푸아아악!

부현은 한참 동안이나 물을 토해내고 나서야 겨우 정신을 차릴 수 있었다.

“우웅……”

힘겹게 눈을 뜬 부현은 일행과 진소희 등이 걱정스러운 얼굴로 자신을 내려다보고 있는 모습을 볼 수 있었다.

“정신이 들어요?”

“괜찮은 게냐?”

사람들의 걱정스러운 물음에도 불구하고 부현은 아무런 대답도 안한 채 그들의 얼굴을 하나하나 살펴보았다.

"모두를 위해 몸을 던진 전 공자의 용기는 정말 감동적이었어요. 하지만 그렇게 무모한 짓은 다시 하지 마세요."

일렁이는 눈빛으로 말하고 있는 진소희를 부현은 멀뚱한 표정으로 올려다보았다. 그러더니 갑자기 몸을 벌떡 일으키며 소리쳤다.

"아까 내 등 떠민 게 누구야!"

부현의 고함이 터져 나옴과 동시에 좌중은 썰렁한 침묵에 빠져들었다. 그 일로 인해 부현에게 잔뜩 호감을 갖고 있던 진소희는 물론 다른 일행들까지…….

"수영도 못하는 사람을 물귀신과 싸우라고 떠밀면 어쩌냔 말야! 물 속에서 숨 쉬는 기분이 어떤지 알아? 허파로 물 들어오는 기분이 얼마나 더러운지 아냐고!"

부현이 흥분해서 길길이 날뛰기 시작하자 사람들은 슬그머니 돌아섰다. 이 정도면 생명에 지장이 없는 건 확실했으니까.

"왜 모두 딴청이야! 누가 내 등 떠밀었냐니까?"

혼자 씩씩거리는 부현을 놔둔 채 나머지 일행은 진소희와 함께 추후 대책을 상의하기 시작했다.

"이제부터는 천상 육로를 이용해야겠군요."

진소희가 먼저 운을 떼자 바람이 말하였다.

"오늘의 공격은 어쩌면 우리를 죽이기보다 수로에서 쫓아내려는 의도일지도 모르오."

"그럴지도 몰라요. 오늘 수이족의 공격은 너무 단순했거든요. 우리를 죽이겠다는 살기도 크게 느껴지지 않았고요."

"그렇다 해도 이제는 육로를 택할 수밖에 없는 상황이니 로스티드가

어떻게 나올지 지켜봐야 하겠소. 도대체 무엇을 준비해 두고 우리를
수로에서 끌어냈는지 말이오."

"조심해야 할 거예요. 그자의 능력이 범상치 않아 보였으니까요."

"도대체 그자의 정체가 뭔지 궁금하오. 내공을 사용하는 것 같지도
않은데 허공을 둥둥 떠다니고, 기이한 종족들을 마음대로 부리는 그자
의 정체가 말이오."

"글쎄요. 그자가 무엇 때문에 여러분을 그토록 집요하게 죽이려 하
는지 저로서도 이해할 수 없군요. 특히 전 공자와 나연 소저를 주요 목
표로 삼는 것 같던데……."

'혹시 그들도 천부인을 노리고 있는 것인가?

바람은 이런 의구심이 들었다. 하지만 진소희와 그 문제를 논의하고
싶지는 않았다. 어쩐지 진소희도 천부인과 무관하지 않다는 생각이 들
었기 때문이다.

만약 그녀도 천부인을 원하고 있다면 결국은 서로에게 도검을 겨누
게 될 것이다. 그런 일은 되도록 피하고 싶었다. 어쩔 수 없이 서로 대
적하게 되더라도 최소한 오늘, 혹은 가까운 시일 내에 그러고 싶지는
않았다.

"진 낭자는 어쩌실 셈이오?"

"뭘 말인가요?"

"장안까지 우리와 함께 가실 생각이시오?"

"아, 그것 말이군요? 이제는 조금 힘들 것 같군요. 길이 비슷하니 생
각 같아서는 계속 함께 행동하고 싶지만, 이 많은 인원이 한꺼번에 움
직이려면 속도가 늦어질 거예요. 갈 길이 바쁜 여러분을 괜히 늦어지
게 하고 싶지는 않아요."

　진소희가 헤어지자고 하자 그동안 뒤에 앉아 혼자 궁시렁거리고 있
던 부현이 불쑥 끼어들었다.

　"상관없어요, 진 낭자. 우리도 그렇게 바쁘지는 않……."

　부현이 말을 멈춘 것은 일행의 눈빛이 심상치 않았기 때문이다.

　'널 살리려고 노몽, 깨몽이 죽게 생겼는데 바쁘지 않다고?'

　이런 생각을 담은 일행의 눈초리에 부현은 얼른 말을 바꾸어야 했
다.

　"하하… 조금 바쁘기는 하지요. 하지만 여러분과 같이 움직여도 그
다지 늦어질 것 같지는 않은데……."

　"아니다. 여기서 헤어지는 것이 좋을 것 같다. 이동 속도도 문제지
만, 더 중요한 것은 지금도 어디선가 로스티드가 우리를 감시하고 있을
것이란 사실이다. 많은 인원이 움직이면 놈은 감시하기가 더욱 수월하
겠지. 또한 더 많은 사람들을 죽일 계획을 세울 테고."

　바람의 말은 자신들 때문에 무고한 도격문 사람들에게 피해를 줄 수
없다는 의미였다. 하지만 오로지 진소희에게만 관심이 있는 부현이 이
런 깊은 뜻을 헤아릴 리가 없었다.

　"우리 편이 많으면 좋지, 뭘 그러오?"

　"만남이란 헤어짐을 전제로 하는 것. 다음을 기약하고 오늘은 이만
헤어지도록 하자."

　'에이 씨, 오늘 하루만 같이 지내면 자빠뜨릴 수 있는데…….'

　"저도 전 공자와 헤어지는 게 섭섭하기는 하지만 아무래도 바람 대
협의 의견에 따르는 게 좋겠네요."

　'대협?'

　부현이 눈을 휘둥그렇게 떴다. 대협이란 말은 아무에게나 붙이는 호

칭이 아니었다. 그러니 진소희의 마음에 바람이 어떻게 각인되었는지 묻지 않아도 알 일이었다.

"그, 그러는 게 좋겠네요."

부현은 얼른 동의하였다. 계속 같이 있다가는 진소희가 바람에게 완전히 기울어 버릴지도 모를 일이었으니까.

'내 떡인 줄 알았는데, 알고 보니 아니었네. 죽 쒀서 남 주느니 후일을 기약하는 게 낫지.'

얄팍한 부현의 생각이야 어떻든 도격문 사람들과 헤어지기로 결정을 내린 부현 일행은 떠날 준비를 하였다.

휘이익!

은강이 휘파람을 불자 강변에서 뛰어다니며 젖은 몸을 말리고 있던 벼락이 말들을 몰아왔고, 일행은 각자의 말에 올랐다.

"여러모로 많은 신세를 졌소. 도격문까지 무사히 가시길 빌겠소."

"바람 대협도 사부님을 꼭 찾게 되길 빌어요."

"하던 일 다 해결하고 나면 도격문으로 한번 놀러 갈게요."

"전 공자가 오신다면 언제든지 환영이지요."

"정말이요?"

"물론이지요."

"반드시 놀러 갈게요. 되도록 혼자서."

"왜요? 같이 오셔야지요."

"다, 다른 사람들이 안 간다고 해도 저는 가겠다는… 뭐, 그런 뜻이지요. 하하……."

"속 보이는 소리 그만 하고 가자, 전부현."

"무슨 속이 보여?"

"여기 있는 사람들이 다 너 같은 바본 줄 아냐? 잔말 말고 어서 오기나 해."

'하여간 얘는 단 한 번도 도움이 안 돼.'

부현은 은강을 한 번 흘겨주고는 일행을 따라 천천히 말을 몰기 시작하였다. 이렇게 며칠간의 인연은 일단락되어지고 있었다.

부현 일행과 진소희가 헤어지는 장면을 멀리서 지켜보고 있던 로스티드는 회심의 미소를 지었다.

"드디어 육상으로 올라왔군. 그렇다면 이제 내가 바빠지겠는걸? 너희를 데리고 놀려면 말이야."

로스티드의 팔은 어느새 완전히 회복되어 있었다. 동여맸던 헝겊까지 풀어버린 것으로 보아 가슴의 부상도 완치되었음이 분명했다.

"후후훗! 기다려라, 미래에서 온 자들이여. 숲의 전사 우디족과 리틀 호저들이 너희를 마중 나갈 테니."

이번에는 어떤 함정을 준비했는지 로스티드의 입가에 자신만만한 미소가 매달렸다.

"이번에는 절대로 빠져나갈 수 없을 것. 반드시 너희의 심장을 뽑아 사부님께 바치겠다."

로스티드가 스스로에게 다짐하듯 중얼거리고 있을 때였다.

키이이잇!

허공에서 날카로운 소리가 들려왔다.

'이것은!'

로스티드는 잔뜩 긴장한 눈으로 하늘을 올려다보았다. 그것은 새까만 박쥐였다. 날카로운 이빨과 새빨간 눈을 가진.

휘리리릭!

로스티드가 올려다보자 박쥐는 나선형을 그리며 내려오더니 지상에 이르자 갑자기 사람의 형상으로 불쑥 늘어나며 바닥에 내려섰다.

"오랜만에 뵙습니다, 로스티드님."

박쥐의 형상을 한 사람이라고나 할까?

길고 가늘게 치켜 올라간 눈매와 피를 쏟아낼 듯 붉은 눈동자, 그리고 박쥐의 그것과 똑같은 뾰족한 귀와 날개를 가진 자였다. 까만 날개로 얼굴과 가슴을 가린 채 붉은 눈만을 내놓고 있는 그 모습에 이름을 붙인다면 악마쯤으로 해야 맞을 것 같았는데…

"어서 오시오, 알키루스."

그를 대하는 로스티드의 눈에는 은은한 두려움이 배어 있었다.

"그대가 이곳에 나타났다는 것은… 혹시 스승님께서 오시는 중이오?"

"아닙니다. 저는 단지 루비욘님의 명을 전하러 왔을 뿐입니다."

"스승님께서 무슨……."

"로스티드님께서 시간의 조정자들을 빨리 처치하지 못하신다고 몹시 역정을 내셨습니다. 그리고 만약 로스티드님의 힘만으로 부족하다면 저보고 도와드리라고 하셨습니다."

"아, 아니오. 처음에는 놈들을 너무 가볍게 생각했다가 실패했지만 이번에는 반드시 성공할 수 있소. 그러니 알키루스는 스승님을 계속 보좌해 주시면 고맙겠소."

로스티드는 알키루스와 함께 있는 것을 매우 껄끄러워하는 게 분명했다. 하지만 알키루스는 별로 불만스럽지 않은 표정으로 대답했다.

"알겠습니다. 그대로 전하지요. 하지만……."

알키루스는 파랗고 얇은 입술을 귀밑까지 가늘게 말아 올리며 말을
이었다.

"같은 일로 제가 다시 움직이는 일이 없었으면 합니다. 그때는 로스
티드님을 징계하라는 명과 함께 오게 될 테니까요."

"그런 일은 절대 없을 것이오!"

"저도 그러기를 바랍니다."

"만약 이번에도 놈들을 끝장내지 못하면 어떤 처벌이라도 달게 받겠
다고 스승님께 전해주시오."

"그렇게 하지요. 그럼, 저는 이만."

알키루스는 허공으로 몸을 솟구치더니 다시 조그만 박쥐로 화하여
로스티드의 머리 위를 한 바퀴 맴돌고는 하늘 저편으로 사라져 갔다.

'기분 나쁜 자식.'

알키루스는 언제 보아도 기분 나쁜 존재였다. 인간인지 박쥐인지 구
분이 안 가는 그 모습부터가 마음에 들지 않았고, 스승에 버금가는 엄
청난 능력의 소유자라는 점도 싫었다. 하지만 무엇보다 기분 나쁜 것
은 자신의 마음을 훤히 들여다보는 듯한 태도였다. 언제고 자신이 스
승의 뒤를 이으면 수하가 되어야 할 존재가 자신보다 뛰어난 능력을
가지고 있다는 점이 로스티드는 견딜 수 없었던 것이다.

"내가 스승님의 진전을 모두 이어받기만 하면 너부터 없애줄 테다."

로스티드는 알키루스가 이미 사라지고 없는 하늘을 올려다보며 다
짐하듯 독백하였다.

일행은 드넓은 숲 지대를 지나고 있었다. 진소희와 헤어진 후 점심
무렵에 만난 작은 마을에서 식사를 하고, 곧바로 출발해서 들어선 숲이

건만 날이 저물어가도록 아직 빠져나가지를 못하고 있었다.

"그러게 마을 사람들 말대로 그곳에서 하루 머물자니까 고집을 부리더니……."

부현이 이렇게 투덜거리는 이유는 이 숲에 대해서 말하던 마을 사람의 이야기가 떠올랐기 때문이었다.

"웬만하면 이 마을에서 하루 머물고 가십시오. 지금 출발해서는 오늘 중으로 저 숲을 빠져나갈 수 없습니다요."

돈을 받고 밥을 해주었던 사람은 매우 진지한 표정으로 경고했었다.

"말을 타고도 한나절에 통과할 수 없다고요? 큰 산이 있는 것도 아닌데 웬 숲이 그렇게 크지요?"

은강이 믿지 못하겠다는 듯 묻자 그 사람은 고개를 내두르며 대답했다.

"저 숲에 들어가면 말은 무용지물입니다요. 길이 있기는 해도 워낙 많은 장애물이 널려 있어서 사람이 걷는 것과 별다를 바가 없지요."

"길에 왜 장애물이 많아요? 사람들의 왕래가 그렇게 없나요? 사람이 자주 다니는 곳이라면 장애물이 많을 리가 없는데……."

"물론 그전에는 길이 제법 좋았습죠. 그런데 얼마 전에 그놈들이 나타난 이후로 숲이 엉망이 됐습니다요."

"그놈들이라니요?"

"저 숲에 사는 괴물들 얘기도 못 들으셨습니까? 그러면서 숲을 지나시려고요?"

"괴물이요?"

"저 숲에는 사람을 찢어 죽이는 무시무시한 괴물이 살고 있습지요."

"사람을 잡아먹는 괴물인가요?"

"그런 것 같지는 않습니다요. 간혹 죽은 시신을 봤다는 사람들의 말을 들어보면 찢겨진 육신이며 내장들이 나뭇가지에 고스란히 걸려 있었다고 했거든요. 놈은 먹기 위해서가 아니라 단지 죽이는 자체를 즐기는 것 같다고 했습니다요."

"그런데 왜 '괴물'이라고 하지 않고 '괴물들'이라는 말을 쓰지요? 여러 마리인 걸 본 사람이 있나요?"

"괴물을 만난 사람은 다 죽었는데 딱 한 번 살아 나온 사람이 있었습죠. 그 사람도 괴물을 직접 본 것은 아니고 멀리서 처절한 비명 소리와 함께 여러 마리의 괴물이 소리 지르는 것을 들었을 뿐이랍니다."

"소리만 들었다면 그것이 사람이나 짐승일 수도 있겠군요?"

"만월이 뜰 때면 우리 마을에서도 가끔 놈들이 울부짖는 소리를 들을 수 있는데, 그건 사람이나 짐승이 낼 수 있는 소리가 절대로 아닙니다요."

"그래요? 그 말을 듣고 보니 그놈들을 직접 만나고 싶군요."

"아이고, 농담이라도 그런 말씀은 하지 마십시오. 며칠 전에도 근방의 유명하다는 무사들이 모여 괴물을 잡겠다고 숲으로 들어갔는데, 아무도 살아 나오지 못했습니다요."

"그런데 낮에는 안 나타나나 보죠? 내일 아침에 떠나라고 하시는 걸 보니 말이에요."

"무슨 이유인지는 몰라도 낮에 지나는 사람에게는 해를 입히지 않습니다요."

이 말을 들은 은강은 피식 웃어버리고 말았다. 돈을 벌기 위해 일행을 하루 더 붙잡아두려고 그 사람이 지어낸 말이라고 생각했기 때문이다.

　게다가 바람과 역리상까지 은강의 말에 동의했고, 나연은 결정에 따르겠다고 한발 물러섰기에 부현의 반대에도 불구하고 일행은 그냥 출발하게 되었다.

　그런데 그자의 말대로 날이 저물어가도록 숲의 끝이 보이지 않자 부현이 슬슬 안달을 하기 시작한 것이다.

　"만약 그 사람 말대로 괴물이 나타나기만 해봐라. 나도 괴물 편에서 싸워 버릴 테니까."

　부현이 다시 투덜거리자 은강이 한심하다는 표정으로 물었다.

　"전부현, 이 순진한 바보야. 넌 괴물이 정말 있을 거라고 생각하냐?"

　"없는 얘기를 그 사람이 왜 꾸며내겠어?"

　"그런 괴물이 이 숲에서 살고 있다고 쳐. 그럼 왜 마을은 습격하지 않았겠냐? 재미로 사람을 죽이는 놈이 마을이라고 봐줬겠어? 그 마을은 숲과 몇 발짝 떨어져 있지도 않던데."

　"이 숲을 벗어나면 죽나보지."

　"그런 놈들이 얼마 전에는 어디서 나타났데? 이 숲에서 갑자기 만들어진 건가?"

　"그런 걸 왜 나에게 물어봐?"

　"괴물이 있다고 자꾸 우기니까 그렇지."

　"너야말로 자꾸 우기지 마. 그 사람 말대로 이 숲의 길은 아주 엉망이었잖아. 한 걸음 걸러 웅덩이에, 바위에, 가시덤불에… 이게 어디 길이냐? 길이 아닌 곳은 나무와 넝쿨이 우거져서 도저히 다닐 수가 없고… 열대 지방 밀림도 이거보단 낫겠다."

　"사람이 자주 안 다녔나 보지."

대꾸는 이렇게 했지만 은강도 이 부분만큼은 이상하게 생각하고 있었다. 장애물들을 인위적으로 옮겨다 놓은 흔적이 곳곳에 남아 있었기 때문이다. 하지만 이대로 부현에게 밀릴 은강이 아니었다.

"길은 그렇다고 쳐. 하지만 죽은 사람들은 다 어떻게 된 거지? 너 오는 동안에 해골이나 찢어진 시체, 아니면 핏자국이라도 발견한 것 있어?"

부현은 고개를 갸우뚱했다.

'그러고 보니 그렇네? 그 아저씨 말대로라면 최소한 핏자국은 남아 있어야 하는데……'

대답을 못하고 우물거리는 부현에게 은강이 쐐기를 박았다.

"나와 내기할까?"

"내기?"

"어차피 여기서 하루 야영을 해야 할 것 같으니까 오늘 밤에 괴물이 나타나면 내가 니 소원을 한 가지 들어주고, 그렇지 않으면 니가 내 소원을 한 가지 들어주는 걸로. 단, 가능한 걸로 요구하기."

그녀가 당당하게 나오자 부현은 왠지 내기를 하면 자신이 손해 볼 것 같은 생각이 들었다.

"내기는 무슨……"

"에… 질 것 같으니까 꼬랑지 내리는 거지?"

"지기는 내가 왜 져?"

"그럼 왜 피하는데?"

"잠깐, 말 나온 김에 여기서 야영하는 게 어때요? 어차피 오늘 중에 숲을 빠져나가기는 힘들 것 같으니 더 어둡기 전에 야영 준비나 하지요?"

부현은 화제를 돌리려고 꺼낸 말이었지만 바람과 역리상 등도 같은 생각을 하고 있었기에 쉽게 찬성하였다.

"그러는 게 좋겠다."

"그럼 내가 가서 땔감 구해올 테니 잘 자리는 형님들이 준비해 놔요."

은강에게서 떨어지려는 생각으로 부현은 얼른 말에서 내려 땔감을 찾아 나섰다.

그 속이 훤히 들여다보였기에 일행은 피식 실소하며 야영할 터를 만들기 시작했다. 길에서 멀지 않은 곳의 편편한 터를 찾아 풀을 넓게 베고 돌을 치운 뒤 중앙에 불 피울 구덩이를 파자 야영터는 금방 완성되었다. 이제 각자의 기호에 맞춰 풀을 깔거나 흙을 돋운 뒤 가죽 자리만 깔면 되는 것이다.

그때 부현도 땔감을 모아 돌아왔다.

"숲 속이라 그런지 땔감은 지천으로 널렸네."

그는 넝쿨로 묶은 두 단의 나무를 들고 왔는데 그중 한 단에는 새파란 나무가 하나 들어 있었다. 바싹 마른 삭정이에 섞여 있어서인지 그 나무는 유독 푸르게 보였다.

"그 생나무는 뭐 하러 들고 왔어? 잘 타지도 않게 생겼는데?"

역리상이 나무라는 투로 묻자 부현도 불만스러운 눈으로 마주 보며 대답했다.

"불은 내가 피울 테니까 걱정 마슈."

퉁명스럽게 쏘아붙인 부현은 마른 풀과 삭정이로 밑불을 놓은 뒤 조금 굵은 가지를 올려 불길을 키워 나갔다. 잠시 후 불이 괄게 일어나자 부현은 보란듯이 시퍼런 나무를 집어 들었다.

“불은 원래 생나무를 섞어 때야 오래가는 법이요. 뭘 제대로 알지도 못하면서…….”

부현이 투덜거리며 푸른 나무를 모닥불에 올려놓으려 할 때였다.

“그거 꼭 사람처럼 생겼네?”

은강이 신기한 눈으로 나무를 바라보며 말하였다.

“어, 정말?”

부현은 아무 생각 없이 집어온 것이었는데 은강의 말을 듣고 보니 사람 형태를 갖춘 것 같았다.

물론 사람과 똑같은 모습을 갖춘 것은 아니지만 팔다리처럼 길게 뻗은 가지 끝에 다섯 갈래로 뻗어 있는 여린 가지까지 있어 인간의 형태와 매우 흡사했다.

“이거 눈, 코, 입만 있으면 사람이겠다.”

“그거 태우지 말아라, 부현아.”

“왜? 불에 넣으면 벌떡 일어나기라도 할까 봐?”

“그래도 사람처럼 생겼는데 태우면 불쌍하잖아.”

“불쌍할 일도 많다. 그래 봐야 나문데 뭐가 불쌍해?”

“너, 그거 태우면 귀신이 돼서 꿈에 나타날지도 몰라.”

“저게 꼭 말을 해도…….”

둘이 티격태격하고 있을 때였다.

“둘 다 조용히 해봐!”

바람이 눈빛을 날카롭게 빛내며 주변을 쓸어보았다.

“왜 그래요, 형님?”

“뭔가 움직임이 느껴진 것 같았어.”

“어디에요?”

"지금은 느껴지지 않아. 상당히 많은 숫자 같았는데……."

"그런데 왜 위를 쳐다봐요?"

"나무 위에서 느껴졌으니까."

바람의 말에 일행은 모두 나무를 바라보았다. 모닥불이 제법 밝아서 주변에 있는 나무는 환하게 보였지만, 아무리 찾아봐도 이상한 점을 발견할 수가 없었다.

"혹시 바람에 스치는 소리 아니었어요?"

"글쎄… 내가 잘못 들은 건가?"

바람은 다시 자리에 앉으며 고개를 갸웃거렸다. 아무래도 뭔가 이상하다는 듯이.

4장
사라지는 내공(內功)

바람의 행동 때문에 불안한 마음이 생긴 일행은 모두 입을 다문 채 주변에서 들려오는 소리에 신경을 곤두세우고 있었다. 하지만 한참이 지나도록 아무런 소리도 들려오지 않자 부현은 금방 관심을 잃고 모닥불을 만지기 시작하였다.

"마른 가지를 좀 더 넣고 그 위에 생나무를 올려놓으면 한참 타겠지."

부현이 마른 가지를 넣은 뒤 푸른 나무를 얹으려 할 때였다. 바람은 사방에서 갑작스러운 살기가 일어남을 느끼고 날카로운 눈으로 주위를 쓸어 보았다.

"분명히 뭔가 있어."

부현도 멈칫하며 주변을 둘러보았다. 하지만 감각 훈련이 안 된 그는 아무것도 느낄 수 없었다.

“도대체 뭐가 있다고 그러는 거예요?”

“마음을 가다듬고 자연의 기를 느껴보아라. 그럼 지독한 살기가 느껴질 테니까.”

“살기요?”

“지금은 다시 가라앉았다. 하지만 조금 전에는 분명한 살기가 느껴졌었다. 지독한 살기였지.”

“그럼, 혹시 마을 사람이 말하던 그 괴물들이 주변에서 어슬렁거리고 있는 것 아니에요?”

“아니, 움직임은 전혀 느낄 수 없다. 다만 살기만 순간적으로 나타났다 사라졌을 뿐이야.”

“살기는 느끼면서 움직임이 없다니요? 숲 속의 나무들이 우릴 죽이고 싶어할 리는 없고, 도대체 뭐가 있다는 얘기예요? 괜히 무섭게시리…….”

부현은 들고 있던 푸른 나무를 모닥불에 휙 던져 넣었다. 그 순간, 사방에서 폭사되어 오는 무시무시한 살기를 느낄 수 있었다. 이번에는 바람뿐 아니라 일행 모두가 느낄 수 있을 정도의 살기였다.

“히익! 왜 갑자기 머리털이 곤두서는 거야?”

부현은 겁에 잔뜩 질린 표정으로 주변을 두리번거렸고, 바람은 어느새 검을 뽑아 든 채 불의의 습격에 대비하고 있었다.

“정말 이상한 일이군. 살기는 느껴지는데, 상대는 전혀 보이지 않으니…….”

살기는 모닥불을 중심으로 숲 전체에서 일어나고 있었다. 그것도 아주 가까운 거리에서 말이다.

‘뭘까?

바람은 예리한 눈빛으로 주변을 살펴 나가며 생각해 보았다.

'내가 뭘 놓치고 있는 것인가?'

그 순간 사부가 해주었던 말이 문득 떠올랐다.

"눈에 보이는 것만이 전부는 아니다. 때론 내 눈이 나를 속일 때도 있으니까. 평소에 보아오던 것들이 내 사고에 관념을 만들면 우리는 쉽게 속기 마련이다. 그것을 간파하지 못하고는 상대의 은신술로부터 나를 지킬 수가 없다."

은신술을 쓰는 상대를 제압하는 법을 가르쳐 주며 해준 말이었다.

'평소에 보아오던 것들이 관념을 만들어 내 눈을 현혹하고 있다면……'

이런 생각을 떠올리는 순간 바람은 조금 전까지 자신이 놓치고 있었던 것이 무엇인지 알아낼 수 있었다.

"나무! 저 나무들이다!"

그의 외침에 일행은 멀뚱한 표정으로 서로를 바라보았다.

"나무?"

그때였다.

화르륵!

모닥불에 얹혀져 있던 푸른 나무가 불길에 휩싸인 채 부현에게 달려드는 것이 아닌가!

"뒤를 조심해!"

바람이 소리치며 일검을 그어냈다.

쩌어억!

세로로 양분된 푸른 나무는 시퍼런 연기를 뿜어내며 바닥에 쓰러졌지만, 부현 일행은 벌어진 입을 다물 수가 없었다.

"이게 도대체 뭔 일이야? 쟤가 왜 벌떡 일어나냐고?"

부현은 바닥에 널브러진 채 연기를 뿜어내고 있는 나무에게서 시선을 떼지 못했다. 잘려진 단면으로 푸르고 진득한 액체가 흘러나와 바닥을 적시고 있었다. 아직 완전히 죽지 않은 듯 손가락으로 바닥을 긁어대며 말이다. 그리고 보니 불에 넣을 때는 보이지 않았던 눈, 코, 입도 생겨나 있었다. 아니, 생겨났다기보다는 닫고 있었던 것을 열었다는 표현이 옳을 것 같았다.

"모두 정신들 차려! 이 녀석의 일행이 주변 나무에 잔뜩 매달려 있다!"

일행은 더 놀랄 것도 없는 눈길로 주변 나무를 살펴보았다. 조금 전까지만 해도 평범하게만 보였던 숲 속의 나뭇가지를 잘 살펴보니 온통 푸른 나무들로 뒤덮여 있었다. 그동안 나뭇가지로만 알고 있었던 것이 사실은 푸른 나무들이었던 것이다.

하지만 바람을 제외한 나머지 일행은 아직도 보통의 나뭇가지와 푸른 나무를 구분하기가 쉽지 않았다. 다만 놈들이 감고 있던 눈을 뜨고 있었기에 그 새파란 안광으로 놈들을 구별하고 있을 뿐이었다.

무서운 살기를 뿜어내며 일행을 쏘아보고 있는 새파란 안광들… 백 쌍은 족히 넘을 것 같았다.

"저놈들도 로스티드가 보냈을까요?"

부현의 물음에 역리상이 대답했다.

"그럴 가능성이 커. 고구려부터 천축국까지 이쪽 인종들이 살고 있는 땅의 요괴들에 대해서는 내가 다 알고 있어. 하지만 칠백서른네 가지나 되는 그 요괴들 중 나무의 모습을 하고 있는 것에 대해서는 들은 바가 없어. 그러니 저놈들은 서쪽 끝의 검은 대륙이나 색목인들의 땅에서 데려온 것이 분명해."

"로스티드 그 자식, 정말로 마음에 안 드네. 물귀신으로도 모자라서 이젠 나무귀신이라니……."

부현이 투덜거리고 있을 때였다.

"후후후훗! 이들이 마음에 들지 않는 모양이로군?"

커다란 나무 꼭대기에서 로스티드의 음성이 들려왔다. 마치 공중에 떠 있듯 나뭇가지 끝에 살짝 올라서 있는 모습이었다.

"어라? 저 자식, 다 나은 모양이네? 팔이 잘렸다더니 멀쩡하잖아?"

"그 정도 부상쯤은 아무것도 아니지."

"그렇게 잘났으면 이리 내려와서 직접 한번 붙을 일이지 왜 귀신들은 끌고 다녀?"

"전부현, 입이 살아 있는 걸 보니 이 로스티드님의 진정한 무서움을 아직 모르는 모양이구나? 그렇다면 오늘 절실히 느끼게 해주마. 이들 우디족과 아직은 너희가 모르고 있는 리틀호저들을 통해서 말이다. 하하하하핫!"

"저 나무귀신들 말고도 뭐가 또 있다는 거냐?"

"크흣! 만나보면 알게 될 거다, 그들의 무서움이 무엇인지. 저 어설픈 도사의 말대로 이들은 너희 땅의 몬스터가 아니다. 우디족은 검은 대륙에서, 리틀호저는 사막의 땅에서 살던 종족이지. 극도로 열악한 자연 환경을 이기고 살아남은 종족인만큼 그 저력 또한 대단하니 잘 견뎌보도록. 아마 너희의 기대에 부응하는 훌륭한 상대가 될 것이다."

로스티드는 잠시 냉소적인 미소를 머금고 있더니 주변을 둘러보며 외쳤다.

"나 로스티드가 명하노니, 우디는 죽음으로써 저들을 멸하라!"

그러자 사방에서 소름 끼치는 소리가 터져 나왔다.

키이아아악!

비명 같기도 하고 함성 같기도 한 그 소리는 한참이나 이어졌다. 마을 주민의 말대로 이건 그 어떤 동물도 흉내 낼 수 없는 기이한 울음소리였다.

"그 자식들 시끄러워 죽겠네!"

부현은 제일 가까운 나뭇가지를 향해 일장을 쏘아냈다.

콰우웅!

시커먼 기운이 가지를 덮쳐 가자 우디족은 메뚜기처럼 순식간에 튀어 다른 나뭇가지로 이동했다. 대단한 순발력이었다. 하지만 그보다 더 놀라운 일은 부현의 장력이 현무를 형성하지 못했다는 점이었다.

'이상하다? 내공이 약해진 것 같아… 내 마음대로 힘이 실리지 않는 느낌이랄까?'

생각지 못한 상황에 부현이 당황하는 사이 우디족의 공격이 시작되었다.

키아아악! 캬아악!

소름 끼치는 울음을 토해내며 공격해 오는 우디족, 그들의 공격은 방향이 따로 없었다. 나뭇가지를 이리저리 튀어 다니다 어디서든 쏘아져 왔기에 일행은 바닥을 제외한 모든 방위를 방어해야 했다.

쐐애액!

바람은 쇄도해 오는 우디족 하나를 사선으로 양단해 버렸다. 그런데 놈들은 고통을 느끼지 못하는 듯 아무런 비명도 없었다. 그러고 보니 불 속에서 뛰쳐나온 우디족을 벴을 때도 비명이 없었던 것 같았다.

'이놈들… 나무가 그렇듯 고통을 느끼지 않는구나. 그렇다면 팔다리는 베어도 소용이 없겠어. 고통을 모르니 단번에 즉사시키지 못하면 몸의 일부를 베어도 덤벼들 테니까. 어려운 상대가 되겠어.'

바람은 달려드는 우디족 하나를 더 벤 뒤 일행에게 소리쳤다.

"놈들은 고통을 느끼지 못한다! 단번에 즉사시키지 못하면 놈들에게 오히려 당하기 쉬우니 모두 조심하도록!"

"알았어요. 그런데 이상하게 내공이 그전처럼 모이질 않아요."

부현의 말에 이어 나연도 외쳤다.

"저도 그래요! 뭐가 잘못됐는지 힘이 절반으로 준 것 같아요!"

난감한 일이었다. 부현과 나연이 제 능력을 발휘해도 쉽지 않은 상황인데 내공이 줄어들었다니 말이다.

'독상 치유가 아직 덜 된 것인가?'

이런 생각이 들었지만 지금은 그 이유를 따질 시간이 없었다. 그동안 산발적인 공격으로 탐색을 마친 우디족이 본격적인 공격을 감행해 왔기 때문이다.

키이이익!

한꺼번에 쇄도해 오는 우디족, 살아 있는 통나무 백여 개가 녹색 광망을 번뜩이며 덮쳐 온다고 상상해 보라. 그 얼마나 전율스러운 일인가!

"현무장!"

"폭풍권!"

일행은 가진 바 능력을 총동원하여 공격을 퍼부었다.

위력이 약해졌다고는 하나 부현과 나연의 공격에 걸린 우디족은 폭풍에 휘말린 가랑잎처럼 날아갔다. 그런데 어찌 된 일인지 바닥에 나동그라졌던 놈들이 메뚜기처럼 다시 튀어 일어나고 있었다.

"현무장에 맞고도 멀쩡하니 저게 어떻게 된 일이야?!"

부현이 경악에 찬 외침을 토해내자 등 뒤에 숨어 있던 역리상이 빠르게 말해 주었다.

"저놈들은 약한 피부를 가진 사람과 달리 딱딱한 나무 몸통을 가졌잖아. 따라서 무리하게 버티지 않고 장력에 순응해서 날아가면 큰 타격을 받지 않을 거야. 게다가 인간처럼 혈맥이나 오장육부가 없으니 내상을 입을 이유도 없고. 그러니 바람을 동반한 장력으로는 힘들어. 놈들을 죽이려면 직접 타격을 가해서 부숴 버려야 해!"

"젠장, 저 많은 놈들을 일일이 때려 부숴야 한다고? 거, 뒤에서 말만 하지 말고 형님이 도술 좀 부려보슈."

부현은 다시 덤벼드는 우디족을 내력 실린 장으로 강하게 때리며 소리쳤다.

퍼엉!

직접 가하는 타격은 역시 효과가 있었다. 등이 퍽 터져 나가며 날아가 떨어진 놈은 두 번 다시 일어나지 못했으니 말이다. 나연도 마찬가지였다. 권풍이 아닌 권격에 맞은 우디족은 완전히 부서져 다시는 일어나지 못하였다.

하지만 문제는 그들의 손이 우디족의 숫자를 압도할 수 없다는 데 있었다. 부지런히 손을 놀렸음에도 불구하고 미처 다 막아내지 못한 우디족의 뻣뻣한 손가락이 부현의 옆구리를 쑤시고 들어왔다.

콰직!

"우억!"

단순한 공격이었음에도 불구하고 단단한 나무로 이루어진 놈의 손은 그 자체가 무기였고, 선천적으로 타고난 완력은 곧 내공이었다.

갈비뼈를 부러뜨리며 살을 파고드는 딱딱한 나뭇가지의 느낌이라니…

"이 자식!"

부현은 자신에게 붙어 있는 우디족의 면상에 일장을 날렸다.

퍼어억!

머리통이 산산이 부서져 날아갔지만 몸뚱어리는 여전히 그에게 매달려 있었다.

"나 열받았어!"

부현은 몸통에 붙어 있는 우디족을 날려 버림과 동시에 보이지 않을 정도로 빠르게 쌍장을 휘둘러 대기 시작하였다.

퍼퍼퍼퍼퍽!

사람이 죽음의 위기에 몰리면 잠재되어 있던 힘이 폭발되어 나온다고 하더니 부현의 경우가 그런 것 같았다. 평소의 그로서는 도저히 흉내도 낼 수 없을 만큼 눈부신 속도여서, 쾌검을 바탕으로 하는 바람의 검보다도 빨라 보였으니 말이다.

한 가지 아쉬운 점이 있다면 내공의 감소로 인해 위력이 떨어진다는 점이었지만 그래도 우디족을 죽이기에는 충분한 힘이 실려 있었다.

그의 갑작스러운 변신에 당황한 것인지 쇄도해 오던 우디족들은 공격을 멈추며 모두 나무 위로 올라갔다.

잠깐의 싸움에서 죽인 우디족이 대략 삼십여 명, 일행은 부현을 제외하곤 부상을 입은 사람이 없었다. 이만하면 첫 번째 싸움은 일행의 우세라 해도 괜찮을 것 같았다.

"우라질 자식들아, 왜 도망가는 거야! 내려와! 내려와서 마저 결판을 내잔 말야!"

씩씩거리며 소리치는 부현에게 나무 꼭대기에 서 있던 로스티드가 대꾸했다.

"걱정 말아라, 싸움은 이제부터니까."

"저 자식이 뭘 믿고 큰소리지?"

"로스티드는 두 종족을 데리고 왔다고 했잖아. 그런데 우리는 아직 우디족밖에 못 봤어."

나연이 말하였다.

"맞아. 리틀 뭔가가 있다고 했었지?"

"리틀호저. 호저는 고슴도치의 일종이니까 아마 놈들은 고슴도치처럼 바늘이 솟아 있는 종족일 거야."

"이번엔 바늘귀신이라고? 정말 골고루 데리고 다니네."

"몸들은 대충 풀었을 테니 이제 본격적인 게임을 시작해 볼까?"

로스티드는 작은 곤충을 잡아 장난을 치는 악동의 그것 같은 미소를 짓고 있더니 양손을 벌려 하늘을 우러르며 외쳤다.

"리틀호저여, 너희들의 친구 우디를 도와 미래에서 온 자들과 그 일행을 멸하라!"

그 말을 듣는 순간 부현과 나연의 눈이 휘둥그레졌다.

"우리가 미래에서 왔다는 걸 어떻게 알지? 그걸 아는 사람은 대왕님과 여기 있는 사람들뿐인데……."

그때 우디족들이 커다란 밤송이 같은 것들을 던지기 시작했으므로
부현과 나연은 더 이상 다른 생각을 할 수 없었다.

"저건 또 뭐야?"

"리틀호저라고 했잖아!"

"찔리면 되게 아프겠네."

부현과 나연이 지체하지 않고 장력과 권풍을 날려 놈들을 날려보내
고 있자니, 뒤에서 역리상이 외쳤다.

"단순히 가시만 달린 놈들은 아닐 거야! 극독을 가진 놈들일지도 모
르니 찔리지 않도록 조심해!"

"뒤에서 잔소리만 하지 말고 아무 도술이라도 좀 부려봐요."

부현이 투덜거리자 역리상이 기어들어 가는 소리로 중얼거렸다.

"나도 그러고 싶은데, 벼락을 부르는 부적이 떨어졌어."

"돌겠네, 정말… 그럼 다른 도술이라도 써봐요!"

"그게… 아직 확실히 쓸 줄 아는 게 없어서……."

"정말 단 한 번도 도움이 안 돼!"

"그래도 수이족 공격 때는……."

"아, 시끄러워요! 그때 지져졌던 생각만 하면 현무장을 뒤로 쏘고 싶
어지니까 조용히 좀 해요!"

'치사해서 정말… 내가 이 꼴 보기 싫어서라도 내일부터 열심히 도
술 연마하련다.'

역리상은 잔뜩 부어오른 얼굴로 품속을 뒤져 부적 뭉치를 꺼냈다.
그런데 웬 부적이 그렇게 많은지…….

'사부님께서 그려두신 부적을 몰래 챙겨오길 잘했어. 부적은 그린
사람의 영기에 따라서 효력에 큰 차이가 나니까. 그런데 어떤 도술을

써야 저놈들에게 먹힐까? 아무래도 불 계통이 효과가 있겠지?

역리상은 불에 관한 부적을 골라내기 시작했다. 하지만 불 도술도 종류에 따라 부적이 제각각이었으므로 그것만 해도 수십 장이나 되었다.

'불 중에서도……..'

역리상은 그중에서 다시 몇 장을 골라냈다. 그때 은강의 뾰족한 비명이 터져 나왔다.

"꺄악!"

미처 막지 못한 리틀호저 한 마리가 그녀의 왼쪽 어깨에 박혀 있었다. 놈은 동그랗게 말았던 몸을 재빨리 펴며 조그맣고 날카로운 주둥이로 은강의 목을 물어갔다. 날카롭고 촘촘히 박힌 이빨이 은강의 목에 박혀들려는 순간 바람이 재빨리 검을 찔러내 놈의 몸을 꿰어버렸다.

끼이익!

"괜찮은 게냐?"

"가시에 마비독이 있나봐요. 왼쪽 팔이 움직이지 않아요."

"큰일이군. 이 상태로는 오래 버틸 수 없을 것 같은데……."

바람이 걱정을 하고 있는 것은 바닥에 자꾸 늘어나기 시작하는 리틀호저의 숫자였다. 부현의 장력과 나연의 권풍에 날아갔던 놈들 중 죽지 않은 녀석과 우디족이 잘못 던져 멀리 떨어진 녀석들이 자꾸 늘어나 바닥을 메워 나가고 있었다. 게다가 우디족이 던져 내는 리틀호저의 공격은 끝날 기미를 보이지 않으니 이러다가는 얼마 가지 않아 주변이 온통 리틀호저의 바늘로 뒤덮일 것 같았다.

쓰스스스……..

놈들은 급히 움직이지 않았다. 천천히 무리를 이루어 일행을 둥그렇게 에워쌌고 그 범위는 점점 두터워지고 있었다. 그러나 일행으로서는 마땅한 해결책이 없었다. 당장은 우디족이 던져 내는 리틀호저를 막아 내기에도 벅찬 상황이었으니까.

그렇게 얼마의 시간이 흐르자 주변은 온통 리틀호저의 반들거리는 바늘로 뒤덮이고 말았다. 발 디딜 틈도 없이 빽빽하게 늘어서서 서서히 조여오는 리틀호저, 사방 어디를 둘러봐도 놈들을 피해 빠져나갈 출구는 보이지 않았다. 그런데 리틀호저를 다 던져 낸 우디족이 재공격을 감행해 오기 시작했다.

키아아악!

놈들의 공격은 처음과 같은 형태였지만 리틀호저가 개입된 싸움의 양상은 천지 차이였다. 우디족은 리틀호저의 독에 영향을 받지 않는 듯 놈들을 발로 차거나 손으로 집어 던지며 함께 공격을 해왔기 때문이다.

마비독을 지닌 리틀호저와 강한 나무 몸통을 가진 우디족의 공격이 동시에 이루어지자 제일 먼저 문제가 된 것은 부현과 나연이었다. 리틀호저와는 직접 접촉할 수 없으니 바람을 일으켜 밀어내야 하는 반면, 우디족에게는 직접 타격을 줘야 했기 때문이다. 게다가 바닥을 메우고 기어오는 리틀호저가 두어 발짝 앞까지 다가와 있어서 잠시 후에는 놈들까지 신경 써야 할 판이었다.

"아자자자!"

펑! 콰직! 퍼펑!

부현은 남아 있는 진기를 쥐어짜 내며 방어를 하고 있었다. 그러나 오래 버틸 자신이 없었다.

“다 죽기 전에 무슨 도술이든 좀 펼쳐 봐요!”

다시 한 번 역리상에게 소리를 질렀지만 뭘 하는지 역리상은 묵묵부답이었다.

“뒈졌수? 왜 대답이 없어?”

퍽!

“너 때문에 주문을 욀 수가 없잖아. 조용히 좀 해!”

“아, 싸우기도 힘든 사람 뒤통수는 왜 때려?”

“니가 하도 오두방정을 떠는 바람에 주문을 잊었으니까 그렇지! 처음부터 다시 해야 하잖아! 이 주문은 어려운 거라서 좀 시간이 좀 걸리니까 제발 입 좀 다물고 있어. 알았냐!”

“쓸 만한 도술만 못 펼쳐 봐라. 현무장을 따블로 면상에 날려 버릴 테니까.”

“한 대 더 맞을 테냐?”

“됐수. 어서 주문이나 외워요.”

목숨이 오락가락하는 숨 가쁜 와중에도 한마디도 지지 않는 부현이었다. 그런데…

투두둑! 쉬이익!

“히익! 이 자식들이 무, 무슨 짓을 하는 거야?”

한 발짝 거리로 다가온 리틀호저들이 일시에 새까맣게 튀어 오르고 있었다. 방향도 각도도 일정치 않게 튀어 오르는 리틀호저, 그리고 그 안에 뒤섞여 공격해 오는 우디족까지…

이번 공격은 도저히 막을 수 없을 것 같았다.

“섬섬양천(閃閃亮天)!”

섬전이 하늘을 밝힌다는 뜻을 가진 바람의 초식이 터져 나오고 사력을 다한 현무장과 폭풍권이 시전되어 우디족과 리틀호저의 공격을 막아갔다.

파파파팟!

퍼퍼펑! 콰직!

검광과 장력, 권풍이 난무하며 바스러지거나 베어진 우디족과 리틀호저의 잔해가 사방으로 날아올랐다. 그러나 일행도 무사할 수는 없었다.

"크윽!"

가장 넓은 범위를 방어하고 있던 바람이 우디족의 공격에 옆구리를 부상당한 것을 필두로 은강은 리틀호저에게 왼쪽 무릎을 찔리고 나연은 가슴을 찔려 운신이 자유롭지 못하게 되었다.

그래도 꿋꿋한 것은 부현이었다. 젖 먹던 힘까지 다 발휘하여 우디족과 리틀호저의 공격을 모조리 막아내고 있었으니 말이다. 하지만 그도 오래가지는 못하였다.

"꺄오오!"

방정맞은 비명과 함께 부현은 튀어나올 듯 눈을 부릅떴다. 우디족에게 당했던 옆구리 상처에 리틀호저 한 마리가 정확히 박혀들었기 때문이다.

파앙!

장력으로 재빨리 쳐내기는 했지만 독이 깊숙이 침투해서 옆구리 부근은 이미 감각이 없어진 뒤였다. 부상의 통증이 사라진 것은 오히려 좋은 일이었으나 그로 인해 그쪽 팔을 쓰는 것이 부자유스러웠다.

자유롭게 움직일 때도 겨우 막아냈는데, 모두가 한두 군데씩 부상을 입은 형편이니 이제 더 이상 버틴다는 것은 불가능해 보였다. 그런데 놈들은 오히려 공격의 기세를 배가하고 있었으니…….

슈슈슈슉!

키에에엑!

새까맣게 덮쳐 오는 리틀호저와 무시무시하게 쇄도해 오는 우디족의 공격을 더 이상 막을 수 없을 지경에 이르자 부현은 이판사판의 심정으로 쌍장을 몰아치며 역리상에게 악을 썼다.

"그 우라질 놈의 도술은 도대체 언제나 되는 거야!"

그 순간이었다.

화르릉!

코앞에 갑자기 불이 솟아올라 거대한 벽을 형성하는 게 아닌가!

"우헤헥! 뜨, 뜨거워!"

부현은 앞머리에 확 옮겨 붙은 불을 털어내며 뒤로 한 걸음 물러섰다.

역리상이 만들어낸 불의 장막은 둥그런 원 형태로 일행을 완전히 둘러싸고 있었다. 덕분에 우디족과 리틀호저의 접근은 막을 수 있었지만 부현은 여전히 불만이었다. 나머지 일행들은 불의 장막과 비교적 거리가 있는 반면 자신만 코앞에서 생겨났기 때문이다. 그러니까 부현은 동그란 불의 장막 테두리 안에 가까스로 들어 있는 형국인 셈이었다.

이렇게 불평등한 상황을 그냥 넘길 부현이던가? 인상을 잔뜩 긁으며 한마디 하려는데 바람, 나연, 은강이 무서운 표정으로 조용히 하라는 신호를 보냈다. 괜히 한마디 했다가는 몰매를 맞고도 남을 분위기였기에 부현은 조용히 찌그러질 수밖에 없었다.

'언제부터 이렇게 됐지? 그전에는 항상 저 사이비 도사가 왕따였는

데, 요즘은 내가 종종 그렇게 되는 것 같으니……'

그때 역리상이 알아들을 수 없는 주문을 외우며 손을 양 옆으로 밀어내자 불의 원이 점점 커지며 바깥으로 영역을 넓혀 나가기 시작했다. 그렇지 않아도 불길이 너무 가까워 뜨거움을 느끼고 있던 일행은 여유로워진 반면 주변을 포위하고 있던 우디족과 리틀호저는 도망치기에 바쁜 모습이었다.

나무 꼭대기에서 이 모습을 내려다보고 있던 로스티드의 인상이 보기 싫게 일그러졌다.

"이번에도 저 도사 녀석이 문제로군. 처음 봤을 때는 능력도 없이 잘난 척만 하는 줄 알았는데, 벼락 도술에 이어 불 도술까지 구사하다니……."

로스티드는 머리가 혼란스러웠다. 부현 일행은 어딘가 한 군데 모자란 구석이 있는 듯하면서도 결정적인 시기가 올 때마다 그의 상상을 뛰어넘는 저력으로 난관을 돌파해 나가곤 했기 때문이다.

"좋아. 내가 도사 녀석을 과소평가했다는 점은 인정하지. 하지만 그렇다고 달라질 것은 없어. 저 정도 도술은 얼마든지 파훼해 줄 수 있으니까."

로스티드는 정신을 집중하며 주문을 외기 시작하였다. 불에 상극인 물을 부르기 위한 마법 주문을……

역리상이 만들어놓은 불의 장막 안에 들어 있는 일행은 나름대로 고민에 빠져 있었다. 지금 당장은 안전하지만 잠시 후 도술의 효력이 다해 불의 장막이 거두어지면 다시 공격을 받게 될 것이기 때문이다.

"조금 있으면 이 불이 꺼진다면서요? 그전에 빨리 다른 도술 좀 준비해 봐요."

"가만있어 봐, 나도 생각 중이니까."

역리상은 부현의 채근에 신경질적으로 반응하며 부적을 뒤적였다.

'젠장! 이럴 줄 알았으면 평소에 연습 좀 열심히 해둘걸. 사부님이 그려놓은 부적을 가지고도 쓰는 방법이 헷갈려서 못하고 있으니…….'

역리상은 머리 속에서 따로 놀고 있는 부적의 용도와 사용 주문을 연결시키느라 애를 먹고 있었다.

'불의 길을 만드는 부적이 이거였던가, 저거였던가?'

한참 고민을 하던 역리상은 발이 축축해지는 느낌을 받고는 바닥을 내려다보았다. 바닥이 질척해질 정도로 물이 스며 나와 있었다.

"로스티드가 물을 불러낸 모양이군. 지금은 스며 나오는 정도지만 조금 있으면 마구 솟구쳐 오를 텐데… 그러면 불 도술은 아무런 소용이 없을 거야."

그의 말대로 물은 어느새 퐁퐁, 솟을 정도로 기세를 더해가고 있었다. 따라서 원형 장막을 이루고 있는 불의 장막도 서서히 힘을 잃어가고 있었다.

"빨리 생각이 나야 하는데, 빨리… 에라, 모르겠다. 아무거나 한번 써보면 알겠지."

역리상은 부적 한 장을 집어 들고 주문으로 기를 집어넣은 뒤 허공에 집어 던지며 소리쳤다.

"나타나라, 불의 길이여!"

화르륵!

주문과 부적이 맞지 않았는지 부적은 불의 장막에 닿자마자 맥없이 불타 버리고 말았다.

"이, 이게 아니군."

역리상은 일행의 눈치를 보며 다른 부적을 집어 들고 같은 주문을 외웠다.

"나타나라, 불의 길이여!"

다시 한 번 소리치자 이번에는 직선으로 곧게 뻗은 거대한 불의 장막이 생성되었다. 그러자 역리상은 다시 한 번 주문을 외운 뒤 외쳤다.

"열려라!"

순간, 길게 뻗어 있던 불의 장막이 양 옆으로 갈라지며 불의 벽이 보호해 주는 곧은 길이 만들어졌다. 이번에는 부현도 칭찬을 아낄 수 없었다.

"와! 이번에는 제대로 됐는걸?"

"시간없어! 어서 도망치자."

마음이 얼마나 다급했는지, 역리상은 여자고 뭐고 순서를 정할 틈도 없이 저부터 도망치기 시작했다.

"빨리 와! 잠시 후면 수맥이 터져 오를 거야!"

그 뒤를 부현이 바짝 좇았고, 뒤이어 은강과 나연이 빠져나갔다. 그리고 바람이 마지막으로 빠져나가는 순간,

퍼퍼퍽!

지반 여기저기에 균열이 일어나며 엄청난 물줄기가 분수처럼 뿜어져 나왔다.

치이이이!

원형 불의 장막이 순식간에 꺼져 버리자 주변을 맴돌고 있던 우디족과 리틀호저가 쏟아져 들어왔다. 그리고 불의 길을 통해 달아나는 일행의 뒤를 바짝 쫓기 시작했다.

5장 지옥의 불

일행이 먼저 출발했음에도 불구하고 우디족은 어느새 바람의 옷깃을 붙잡을 만큼 가까이 쫓아와 있었다. 우디족의 속도가 빠르기도 했지만, 더 큰 이유는 일행이 부상 때문에 제 속도를 내지 못한다는 데 있었다. 그중에서도 가장 문제가 되는 것은 은강이었다. 무공이 제일 떨어지는 데다 한쪽 무릎마저 마비되어 거의 달리지를 못하고 있었기 때문이다. 나연이 곁에서 도와준다고는 해도 그것으로는 한계가 있었다.

슈각!

바람은 달리는 속도 그대로 몸을 한차례 회전하며 뒤를 쫓던 우디족 하나를 베어버렸다. 그러나 이것은 임시방편일 따름이었다. 은강이 속도를 빨리 낼 수 있는 근본적인 해결책이 필요했다. 불의 길이 언제까지나 일행을 보호해 줄 수 있는 것도 아니고, 이런 식으로 간다면 일행은 결국 우디족과 리틀호저에게 다시 포위당하게 될 것이다.

"벼락!"

은강은 허공에 대고 벼락을 불렀다. 다른 말이라면 몰라도 벼락이라면 도망가거나 죽지 않고 자신을 태우러 와줄 것이라는 굳은 믿음이 그녀에게는 있었다. 하지만 한참이 지나도록 벼락은 모습을 나타내지 않았다.

"벼락! 어서 나타나란 말이야, 이 자식아! 네 주인이 죽어야 속이 시원하겠냐!"

은강은 나연에게 의지해 달리며 목이 터져라 외쳤다.

"그만 불러. 사방이 온통 괴물들로 뒤덮였는데 벼락이라고 무사하겠냐?"

나연과 함께 자신을 부축해 주는 부현의 말에 은강은 강하게 반발했다.

"벼락은 절대 죽지 않아! 저런 놈들에게 죽을 만큼 허약하지 않단 말야!"

주인의 이런 믿음에 보답이라도 하려는 것일까?

두두두두!

불의 길 바깥쪽으로 벼락의 모습이 나타났다. 다른 말들은 모두 죽었는지 도망쳤는지 보이지 않았다. 하지만 벼락도 왼쪽 뒷다리를 제대로 쓰지 못하는 것으로 보아 다른 말들은 죽었을 확률이 높았다. 자신을 사자로 알고 있는 말도 부상당했을 정도라면 말이다.

어쨌든 벼락은 한쪽 다리가 마비되었음에도 불구하고 상당한 속력을 내고 있었다.

푸히히히힝!

‘나 잘했지요?’ 하는 듯한 울음소리를 울려내며.

"벼락!"

얼마나 반가웠던지 나연과 부현이 잡아주지 않았다면 은강은 불의 벽을 뚫고 벼락에게 달려갈 뻔하였다.

얼마 지나지 않아 불의 길이 끝나는 지점이 나타났고, 제일 먼저 그곳에 당도한 역리상은 다른 도술을 준비하기 위해 빠르게 주문을 외웠다. 그리고 일행이 다 빠져나오는 순간 부적을 날려 길게 뻗은 불의 장막을 다시 만들어냈다.

다행히 이번에는 한 번에 성공을 하여 우디족과 리틀호저의 추격을 저지할 수 있었다. 그러나 이번 불의 장막은 양 옆으로 그다지 길지 않았기에 놈들이 돌아 나오는 데 그다지 오래 걸리지 않을 것 같았다. 그래도 그사이 은강은 벼락의 등에 올라탈 수 있었다.

"됐어! 이제 어서 도망칩시다."

부현의 종용에도 불구하고 웬일인지 역리상은 부적에 주문을 거느라 움직이지를 않았다.

"시간없는데 뭐 하고 있어요?"

부현이 재차 다그쳤지만 역리상은 들은 척도 하지 않고 여러 장의 부적에 주문을 걸고 있을 따름이었다.

"그럼, 천천히 오슈. 우리 먼저 갈 테니까."

부현이 은강, 나연과 함께 먼저 달아나고 나서야 역리상은 주문을 마치고 바람과 함께 뒤를 따르기 시작했다. 그사이 불의 장막을 돌아 나온 우디족과 리틀호저가 일행에게 몰려오고 있었다.

"너희도 이제 끝장이다, 이 끈질긴 녀석들아!"

역리상은 달려나가며 여기저기에 부적을 한 장씩 날렸다. 하지만 아무런 일도 일어나지는 않았다. 부현 같으면 또 실패했냐며 약을 올렸을 테지만 바람은 아무 말 없이 그와 보조를 맞춰 달릴 뿐이었다.

그동안 역리상은 여기저기를 돌아다니며 제법 많은 부적을 뿌릴 수 있었다. 그리고 드디어 우디족과 리틀호저가 그들의 뒤를 바짝 쫓아왔을 때였다.

"지옥의 불이 일어나니 스스로 꺼지기 전에는 무엇으로도 끄지 못할지어다!"

역리상이 마지막 부적을 날리며 소리 높여 외치자 부적이 있던 자리들에서 새파란 불꽃이 폭발적으로 솟구쳐 오르며 사방으로 빠르게 퍼져 나갔다.

그러자 일행의 뒤를 쫓아오던 우디족과 리틀호저는 불에 순식간에 포위당하고 말았다. 그동안 포위만 해오던 놈들이 이번에는 거꾸로 포위를 당한 형국이었다.

"바람, 어서 도망가야 해."

몇 놈 남겨놓지 않고 보기 좋게 불로 포위해 버렸건만, 무슨 이유에선지 역리상은 매우 초조한 기색이었다.

"불에서 벗어나 있는 놈들을 마저 없애 버려야 하네. 그냥 놔두면 사람들에게 피해를 줄 게 분명하니까."

"이제는 저놈들이 문제가 아니야. 불을 피해야 한단 말이야."

"걱정 말게. 난 불에 타 죽을 만큼 느리지 않아."

바람이 그의 경고를 무시한 채 불에 갇히지 않은 우디족과 리틀호저 몇 마리를 마저 죽이기 위해 움직이려 하자 역리상이 다시 소리쳤다.

"저 불은 지옥의 불이야! 옷깃이든 어디든 한 번 옮겨 붙으면 절대로 꺼지지 않는 불이라고! 만약 솜털 하나에라도 불이 옮겨 붙었다가는 뼈도 남지 않고 타버릴 거야!"

이 무시무시한 경고에는 바람도 멈칫할 수밖에 없었다. 불 속에 갇힌 우디족과 리틀호저를 보니 그의 말대로 조금이라도 불이 붙은 놈들은 흙에 비비고 별 짓을 하여도 불이 꺼지지 않았다. 뿐만 아니라 불붙은 놈이 살짝 스치고 지나기만 해도 다른 놈에게 불이 옮겨 붙어 순식간에 전체 우디족과 리틀호저에게 퍼져 나가고 있었다.

"이래서 사부님이 숲이나 사람이 많은 곳에서는 이 도술을 절대 쓰지 말라고 했는데… 동굴 같은 곳에서 요괴를 잡을 때나 쓰는 도술이라고……."

역리상은 스스로 저질러 놓고도 겁이 나는 모양이었다.

'설마 어디선가는 숲이 끝나겠지. 만약 그렇지 않으면 이 불이 천하를 다 태워 버리고 말 거야.'

살아남은 우디족 서넛과 리틀호저 대여섯 마리가 뒤를 쫓아오고 있었지만 바람은 그들을 개의치 않은 채 역리상과 함께 달려나갔다. 저만치 앞서 가는 나머지 일행을 좇아서.

로스티드는 지옥의 불에 우디족과 리틀호저가 갇힌 것을 본 순간 물마법을 일으켜 지하 수맥을 끌어 올렸다. 그러나 물이 아무리 솟구쳐도 불이 꺼지지 않자 당황하기 시작했다.

"물에도 꺼지지 않는 불이 존재하다니… 어떻게 저런 일이 가능하단 말인가?"

로스티드는 인정할 수 없었다. 멍청하기 그지없는 도사 따위가 일으킨 불을 자신의 능력으로 끌 수 없다는 사실을 말이다. 하긴 역리상이 가지고 있는 부적에 고구려 최고의 도사 운학 도인의 정기가 담겨 있다는 사실을 모르는 그였으니 이렇게 생각하는 것이 어쩌면 당연한 일일지도 몰랐다. 역리상의 도력과 로스티드의 마력만을 비교한다면 역리상이 절대로 이길 수 없는 게 사실이었으니까.

그러나 로스티드가 결정적으로 잘못 알고 있는 것이 한 가지 있었으니, 자신들의 마법이 도사들의 도술보다 한 단계 위라고 생각하는 자만심이 바로 그것이었다.

"어떤 일이 있어도 놈들의 도술이 우리의 마법을 능가할 수는 없다. 반드시 꺾어주고야 말겠다!"

로스티드는 이를 갈아붙이며 주문을 외기 시작했다.

"대기에 깃든 정령들이여……."

역리상은 부현 등과 합류한 뒤에도 한참 동안 쉬지 않고 달려서 지옥의 불과 상당한 거리를 두고 나서야 안도의 한숨을 몰아쉴 수 있었다.

"휴우… 이 정도면 안전하겠지."

그때 끈질기게 쫓아온 우디족과 리틀호저 몇 마리가 일행을 덮쳐 왔다. 그러나 이제 그들은 일행에게 전혀 위협이 되지 못했다.

"타아압!"

그렇지 않아도 그들을 완전히 없애고 싶어했던 바람이 나서서 놈들을 모두 베어버렸다.

이제야말로 모든 위협에서 벗어났다는 생각이 들자 일행은 갑자기 맥이 쭉 빠지는 느낌이었다.

"아이고, 힘들어. 여기서 조금만 쉬었다가 갑시다. 지옥의 불인지 뭔지… 그게 얼마나 무서운지 몰라도 아직 거리가 있으니까 잠깐 쉬는 건 상관없겠지."

부현은 나머지 일행의 의견을 묻지도 않은 채 바닥에 털썩 주저앉았다. 그런데 지옥의 불길이 타오르고 있는 쪽에서 갑자기 바람이 불어오기 시작했다. 처음엔 가지가 조금 흔들리는 정도였으나 그것은 곧 거센 돌풍으로 바뀌었다.

우우우웅, 휘이이이…….

이건 예사 바람이 아니었다. 가지가 휘다 못해 꺾일 정도였으니 말이다.

"이건 자연적이 바람이 아니야!"

역리상이 놀란 얼굴로 외치자 부현이 대꾸했다.

"이번에도 로스티드 짓이오?"

"그런 것 같아."

"그 우라질 자식을 빨리 없애 버려야 이 고생을 안 할 텐데…….'

"어서 도망쳐야 해! 불똥 하나라도 몸에 튀었다간 살아남지 못할 테니까."

"불똥 하나로도?"

"괜히 지옥의 불이라 부르는지 알았어?"

"이런 젠장… 불은 바람의 속도에 따라 번지는 법인데, 이 거센 바람의 속도를 어떻게 따라잡으란 말이야?"

"잔소리 말고 빨리 뛰기나 해!"

"그러게 그냥 불이나 놓지 왜 지옥의 불을 만들어서 이 고생을 시켜요?"

"로스티드가 물을 쓰니까 그랬지."

"하여간 도움이 될 듯하다가도 꼭 이렇게 결말을 낸다니까."

일행은 이제 죽기 살기로 도망쳐야 했다. 불과 싸울 수는 없는 노릇이었으니 말이다.

은강은 그래도 벼락이 있어서 다행이었지만 나머지 일행이 문제였다. 역리상을 제외하면 모두 부상을 입은 몸이어서 제대로 달릴 수가 없었기 때문이다.

"만약 지옥의 불이 몸에 옮겨 붙으면 살 수 있는 방법이 전혀 없는 거요?"

부현이 숨을 헐떡이며 역리상에게 물었다.

"불붙은 부위를 빨리 잘라 버리는 수밖에 없어."

"내 몸을 내가 잘라야 한다고?"

"주저하면 더 큰 부위를 잘라야 하니까 빠르면 빠를수록 좋아. 손가락에 붙었을 때 빨리 결단을 내리면 손가락 하나로 끝낼 수 있지만 조금 지체하면 손을, 더 지체하면 팔을, 그래도 머뭇거리면 죽을 수밖에 없지."

"젠장! 그러다 머리에 붙으면?"

"죽어야지. 머릴 떼어내고도 살 방법이 있다면 모를까."

"말은 잘하네. 그렇게 무서운 걸 그러게 왜 만들어내?"

"안 그랬으면 괴물들에게 벌써 죽었을 텐데, 왜 자꾸 시비냐?"

역리상도 화가 난 듯 소리를 버럭 질렀다.

"떠들 시간 있으면 제발 빨리 좀 움직여요! 불이 벌써 저만큼 다가왔잖아요!"

보다 못한 나연이 두 사람에게 소리쳤다. 그녀의 말대로 불길은 어느새 일행을 집어삼킬 듯 거대한 혀를 날름거리며 다가들고 있었다.

"히익! 언제 저만큼 쫓아왔데? 이러다간 오 분도 못 가서 타 죽게 생겼네!"

"그보다 더 큰 문제가 생겼다."

바람이 달리는 속도를 늦추며 좌우 측면을 가리켰다. 속도를 올려도 시원치 않을 상황에서 오히려 늦추고 있는 바람을 일행은 이상한 눈으로 바라보았다. 하지만 그의 손길에 따라 시선을 돌리던 일행은 입을 쩍 벌린 채 다물 수가 없었다.

어찌 된 일인지 좌우 양측의 불길이 더욱 빠르게 앞질러 나가고 있었기 때문이다. 언제부터 그런 것인지 좌우의 불길은 벌써 많이 앞서 나간 상태였다. 한마디로 일행은 지옥의 불이 만들어낸 호리병 안에 갇힌 셈이었다. 뿐만 아니라 양쪽의 불길은 서서히 일행의 진로 앞쪽으로 조여오고 있었다. 일행의 이동 속도와 남은 거리를 대략 가늠했을 때 빠져나가기는 이미 늦은 것 같았다.

"로스티드가 바람을 조절해서 이렇게 만든 모양인데, 이제 어떻게 하지?"

역리상이 안절부절못하며 묻자 부현이 신경질적으로 소리쳤다.

"그걸 왜 우리한테 물어요? 상황을 이렇게 만든 사람이 해결해야지!"

"역리상의 잘못이 아니니 그를 몰아세우지 말아라."

바람이 부현을 나무랐다.

"그러게 내가 마을에서 하룻밤 자고 출발하자고 했을 때 말을 들었으면 됐잖아요."

"지난 일을 얘기해서 무얼 하려느냐? 이제 그만 하고 위기를 모면할 방법을 생각해 보자."

말은 이렇게 하고 있었지만 바람도 현재로서는 절망이었다.

"하늘로 솟거나 땅으로 꺼지는 재주를 갖지 못한 이상 무슨 방법이… 가만?"

여전히 뚱한 표정으로 대꾸하던 부현은 갑자기 좋은 생각이라도 떠오른 듯 표정을 환하게 밝혔다.

"그래, 맞았어! 땅으로 꺼지면 되는 거야!"

"흙을 파고 숨잔 말이냐?"

"그래요. 불이 지나갈 동안만 숨어 있으면 되잖아요."

"숨은 어떻게 쉬고?"

나연이 물었다.

"무림고수들은 귀식대법이라고 해서 숨을 안 쉬고도 한참 동안 버티는 방법을 안다고 하던데… 두 분 형님은 그거 할 줄 몰라요? 여럿이 들어간 지하 공간에서 두세 사람이 호흡을 않고 참을 수 있다면 나머지에게 돌아갈 공기가 더 충분해지니까 얼마간은 버틸 수 있을 것 같은데."

"따로 배운 적은 없지만 심장의 박동을 늦추고 가수면 상태에 들어가면 호흡을 않고도 얼마간을 버틸 수 있다."

"나도 조금은 할 줄 알아."

바람에 이어 은강까지 가능하다고 하자 부현은 역리상을 바라보았다. 그만 가능하다면 살 확률이 그만큼 높아지는 것이다.

"도술을 배우는 사람에게 그건 초보적인 기술이지."

"됐어요. 그럼 어서 땅굴을 파자고요. 가능한 한 크게 파고들어 간 뒤 입구를 흙으로 막고 천장이 무너지지 않게 다섯이서 떠받치고 있으면 될 거예요."

과연 잔머리는 수준급인 부현이었다. 그런데 웬일인지 역리상이 고개를 저었다.

"소용없는 일이야."

"왜요?"

"지옥의 불은 대상이 모두 탈 때까지 절대 꺼지지 않는다고 했잖아. 일단 불이 붙은 나무는 물속에 넣어도 재가 될 때까지 탄다고."

"그게 우리 숨는 거와 무슨 상관이에요?"

"이 땅속에는 나무뿌리가 거미줄처럼 얽혀 있으니 상관이 있지. 그 뿌리까지 타 들어올 텐데, 무슨 재주로 몸에 실뿌리 하나 닿지 않게 숨어 있을 수 있냔 말이다. 하다못해 발바닥에라도 실뿌리가 닿지 않겠어?"

맞는 말이었다. 지상부가 타면 그 불은 자연히 뿌리로 옮겨 붙을 테고 그것은 다시 일행의 몸에 옮겨 붙을 것이다.

"제기랄… 그럼 아무 방법도 없단 얘기잖아?"

일행을 둥그렇게 에워싼 지옥의 불길은 점점 기세를 더하며 몰아쳐 오는데, 일행은 발만 동동 구를 뿐이었다.

"크흣! 드디어 잡았군. 이런 경우를 너희들 말로 자승자박이라고 하던가? 무엇에도 꺼지지 않는 불… 시도는 좋았다. 하지만 나도 바보가 아니라는 것쯤은 알았어야지."

로스티드는 투명한 둥근 구체에 몸을 의지해 허공 높이 솟아오른 상태에서 사태를 관망하고 있었다. 하지만 불길이 워낙 높이 치솟고 있었으므로 일행 가까이는 가지 못하고 있었다. 그래도 일행이 당황해서 우왕좌왕하는 모습은 똑똑히 볼 수 있었으므로 그는 충분히 만족할 수 있었다.

일행의 양 옆을 멀리 돌아 나간 불길은 드디어 입구를 완전히 봉쇄했고, 급기야 일행을 향해 사방에서 휘몰아쳐 갔다.

그 거센 기류를 타고 불똥이 옮겨간 듯 일행 주변에서도 불길이 일기 시작하더니 종내에는 일행 부근의 숲 전체가 시뻘겋고 푸른 화마로 뒤덮여 버렸다.

하늘 높이 치솟는 연기와 불길로 인해 일행의 모습이 더 이상 보이지 않게 되자 로스티드는 구체를 천천히 뒤로 움직여 나갔다.

"불 속에서 괴롭게 몸부림치는 모습을 가까이에서 보지 못하는 점이 못내 아쉽기는 하지만 너희를 완전히 끝냈다는 사실로 위안을 삼으마. 잘 가거라, 시간의 조정자들이여. 이제 너희가 죽음으로써 미래는 변하지 않을 것이며, 우리 백색 인종들이 향후 수천 년, 아니, 영원토록 이 세계를 지배하게 될 것이다. 하하하하핫!"

로스티드는 통쾌한 웃음을 터뜨리며 숲에서 서서히 멀어져 갔다.

*　　　　*　　　　*

부현 일행이 서남 방향을 택한 것과 달리 서쪽으로 움직이던 진소희는 한 마을의 객점을 얻어 잠을 청하고 있었다. 그런데 남창(南窓)에 돌연 붉은 기운이 드리우는 것을 보고는 자리에서 일어났다.

"어디 큰불이라도 난 모양이로군."

진소희는 창문을 열어보았다. 남쪽 저 멀리 있는 거대한 숲이 불타는 모습이 눈에 들어왔다.

"전 공자 일행이 지나는 방향 같은데……."

잠시 걱정스러운 투로 중얼거리던 진소희는 피식 웃음을 흘렸다.

“내가 누구를 걱정할 처지던가? 난 무너진 왕조를 재건할 막중한 사명을 완수해야 할 몸이거늘…….”

쓸쓸하게 가라앉은 그녀의 눈동자에 부현의 얼굴이 어른거리는 듯했다. 조금 경망스럽긴 해도 자유분방하기 그지없는 성격. 진소희는 부현의 그런 성격이 좋았다. 물론 바람처럼 강렬한 분위기를 풍기는 사람도 싫지는 않았지만, 하나를 고르라고 한다면 주저없이 부현을 택하고 싶었다.

‘하지만…….’

그녀는 자신의 감정조차 함부로 할 수 없는 막중한 사명을 지고 있는 몸이었다. 그래서 자유분방한 부현을 마음에 두고 있는지도 모를 일이었다.

‘할아버지의 나라를 되찾는 그날까지…….’

선홍색 입술을 꼭 깨물며 창문을 닫으려던 진소희는 건너편 지붕을 소리없이 타 넘는 한 사람을 발견하고는 눈빛을 반짝 빛냈다.

“저 사람은…….”

그녀는 반쯤 닫힌 창문을 통해 바깥을 주시하였다. 방에 불을 켜지 않아 바깥에서는 안쪽이 보이지 않을 터였다.

‘섬검자 같은데…….’

그는 전체적으로 호리호리한 체격이었는데, 각진 턱에 짙은 눈썹을 지니고 있어서 상당히 강렬한 인상을 풍겼다. 하지만 그의 눈을 본다면 강렬함이라는 말 정도로는 그를 평할 수 없음을 알 수 있었다. 바위라도 녹여 버릴 듯한 안광이 줄기줄기 뻗어 나오는 그의 눈은 사람의 그것이라고 하기 힘들 정도였다.

‘분명히 섬검자로군. 눈빛만 봐도 알 수 있어.’

그런데 섬검자라면 바람의 사부가 아니던가? 천부인의 지도를 찾아 돈황으로 향한 이후 종적을 알 수 없다던 그가 이곳에 나타났다면…

'쫓기는 것일까? 아니면 천부인의 지도가 이 근방 어딘가에 나타난 것일까?'

숲의 화재는 시간이 흐를수록 더욱 거세지고 있었기에 이제는 남녘 하늘 전체가 시뻘건 화광에 뒤덮여 있었다.

섬검자는 주변을 한 번 살펴보더니 진소희가 머무는 창문 쪽으로 날카로운 시선을 던졌다.

'누군가 있다. 숨결로 보아 여자인 듯한데… 적인지 아닌지는 알 수가 없군.'

누군가 자신을 주시한다는 사실이 마음에 거슬리기는 했지만 섬검자는 개의치 않기로 결정을 내렸다.

'우선은 놈들을 따돌리는 것이 먼저니까.'

섬검자는 잠시 멈추었던 신형을 움직여 어둠 속으로 몸을 날렸다. 그리고 얼마 지나지 않았을 때였다. 세 명의 흑의인이 섬검자가 있던 자리에 모습을 나타냈다.

진소희는 호흡을 멈춘 채 그들을 바라보았다.

움푹 들어간 눈과 높게 솟은 코로 보아 그들은 갈족(羯族)임에 분명했다. 갈족은 그녀의 할아버지를 죽이고 나라를 빼앗은 부족이었다. 따라서 그녀에게 지워진 막중한 사명은 그들로 인해 만들어졌다고 해도 과언이 아니었다. 물론 그들의 왕조도 이미 멸망한 지는 오래됐지만.

'머지않아 섬검자와 대립하게 될지도 모르지만 오늘만큼은 그의 편이 되어주어야 하겠군.'

그녀는 흑의인들이 섬검자의 뒤를 쫓아 사라짐과 동시에 창문으로 몸을 날려 그들의 뒤를 쫓기 시작하였다.

*　　　*　　　*

"으흐흐흐… 추워 죽겠네……."

지옥의 불길이 쓸고 지나간 자리.

흙을 제외한 모든 것이 다 타서 없어진 그 한가운데서 부현은 추위에 떨고 있었다. 도무지 이해가 가지 않는 일이었지만 그의 상황을 보면 충분히 이해할 수 있었다. 흙으로 덮인 거대한 얼음덩어리 속에 숨어 있다가 이제야 밖에 나왔으니 말이다.

불길 한가운데 얼음덩어리라니…

이 말도 안 되는 상황은 부현의 잔머리와 역리상의 도술—사실은 운학 도인이 그린 부적의 힘이라고 해야 옳겠지만—이 합쳐진 결과였다.

지옥의 불에 완전히 포위당하고 모두가 죽기만을 기다리고 있을 때 부현이 기발한 방법을 생각해 내었다. 그것은 땅굴과 지하 수맥을 연계한 방법이었다.

일행이 땅굴을 파는 동안 역리상은 도술로 지하 수맥을 끌어 올린다. 그런 다음 그 물을 동굴 벽에 뿌리며 역리상이 결빙(結氷) 도술을 써서 얼린다. 그런 식으로 서너 차례 얼음을 덧씌워 거대한 얼음집을 만든다.

이것이 부현의 생각이었다. 제아무리 흙으로 덮는다 해도 불 속에서 얼음이 녹는 것은 시간문제였으므로 언뜻 듣기에는 소용이 없을 것 같은 계획이었지만, 가만히 타 죽는 것보다는 나을 것 같았기에 일행은 힘을 합하여 얼음집을 만들기 시작했다.

가진 바 능력을 총동원하여 움직이다 보니 지옥의 불이 일행을 덮칠 즈음에는 두께가 넉 자나 되는 얼음집을 완성할 수 있었다. 얼음은 연소 물질을 함유하고 있지 않으니 훌륭한 방패 역할을 해줄 것이었다.

그러나 그 두께가 넉 자라 해도 지옥의 불이 주변의 모든 것을 다 태우고 지나갈 때까지 계속 버틴다는 것은 무리가 있었다. 때문에 역리상은 얼음집 안에서도 계속 결빙 도술을 써야 했다. 얼음집이 녹지 않게 하기 위해서는 가해지는 열을 상쇄할 만큼의 강력한 결빙 도술을 계속 써야 했으니 그 추위가 오죽했겠는가? 여름에 어울리는 얇은 옷을 입은 채 말이다. 그래도 일행은 꿋꿋이 견뎌냈고, 모두 무사할 수 있었다.

지옥의 불이 땅속 뿌리까지 모두 태워 버린 뒤라 주변에는 불씨 하나, 연기 한 오라기도 없는 상태였지만, 그래도 데워진 땅에서 올라오는 후끈한 열기가 있었기에 일행은 몸을 녹일 수 있었다.

"하하하! 살아 있다는 게 이렇게 좋은 건 줄 오늘 처음 알았네."

추위가 어느 정도 가시자 부현이 드디어 떠들어대기 시작했다.

"전부 내 덕인 줄 아쇼. 내 명석한 머리가 없었다면 벌써 다 타 죽었을 테니까."

완벽한 죽음의 문턱에서 생환했다는 안도감 때문일까? 부현은 평소보다 더욱 우쭐해져서 떠들어댔다. 그러니 역리상이 가만히 있을 턱이 없었다.

"이게 어떻게 네 공이냐? 내 도술 덕이지."

"도술만 쓸 줄 알면 뭐 하오? 필요할 때 제대로 쓰지도 못하면서."

"뭐야?"

"사실이잖수? 괜히 이상한 불이나 만들어내서 다 죽일 뻔하고 말이야."

"너, 제대로 못 쓰는 도술 맛 좀 한번 볼래?"

"내가 겁낼까 봐? 벼락 부르는 부적도 다 떨어졌다면서 뭘로 날 혼내주시려나?"

부현이 계속 약을 올리자 역리상은 정말로 도술을 쓰려는지 품속에서 부적 한 장을 꺼내 들었다.

"지옥의 불을 부르는 부적이 한 장 더 남았으니 그걸 써주마."

"히엑! 노, 농담이라도 그런 말 마슈."

"농담 같아?"

역리상이 주문을 외우는 척하자 겁먹은 부현은 얼른 바람의 등 뒤로 숨었다.

"맘대로 해보슈. 그 잘난 도술을 쓰면 바람 형님도 당하게 될 테니까."

그의 익살스러운 표정에 일행은 모두 실소를 흘려야 했다.

"그런데 네 내공이 잘 모이지 않는다는 것은 무슨 소리냐? 아까는 워낙 급해서 물어보지도 못했다만."

바람이 묻자 그동안 기가 살아서 날뛰던 부현은 금방 풀이 죽어서 대답했다.

"말 그대로예요. 내공이 그전의 절반 이하로 떨어진 것 같아요."

"음… 이상한 일이구나. 내공이란 것이 쌓기는 힘들어도 일단 쌓으면 이유없이 사라지지는 않는 법인데… 혹시 진기가 제대로 돌지 않아 내공을 제대로 발휘할 수 없는 것은 아니냐? 그렇다면 운기만으로도 회복시킬 수 있을 텐데……."

"진기가 막히면 어떤 증상이 나타나는데요?"

"그걸 모른단 말이냐?"

바람은 기가 막혔다. 내공이 삼 갑자나 되는 사람이 가장 기초적인 상식조차 모르고 있으니 말이다.

"앉아보거라. 내가 한번 살펴보겠다."

부현이 가부좌를 틀고 앉자 바람은 그의 등 뒤에 정좌하며 주의를 주었다.

"내공으로만 따진다면 나는 네 적수가 되지 못한다. 따라서 내가 흘려 넣은 진기에 대항하게 되면 나는 큰 내상을 입게 될 것이다. 그러니 내 진기에서 이질감이 느껴지더라도 절대 대항하지 말고 그대로 받아들여야 한다."

"알았어요. 그냥 아무 생각 없이 앉아만 있으면 되는 거지요?"

"그래."

바람은 부현의 명문혈(命門穴)에 오른쪽 장심을 밀착시켰다. 그리고 자신의 진기를 흘려 넣어 막힌 경락이 있는지 점검해 나갔다. 겉보기에는 그저 남의 등에 손을 대고 있는 것처럼 보이지만, 타인의 몸 안에 진기를 불어넣고 뜻대로 조종한다는 것은 쉬운 일이 아니었기에 얼마 지나지 않아 바람의 이마에는 땀방울들이 송골송골 맺혔다.

한참 동안 부현의 경락을 점검하던 바람은 이윽고 부현의 명문혈에서 장심을 떼어내며 한숨을 내쉬었다.

"후우우……."

"어때요?"

부현과 같은 증상을 보이고 있는 나연이 초조한 표정으로 물었다.

"막힌 경락은 없었소. 그런데 부현의 몸속에는 뭔가 이질적인 기운이 흐르고 있소. 아마도 그것이 문제 아닌가 하는데……."

"이질적인 기운이라니요?"

이번엔 부현이 물었다.

"내 생각에는 로스티드가 썼던 독에 문제가 있는 것 같다."

"그건 다 해독됐잖아요. 그러니까 이렇게 멀쩡히 숨 쉬고 있는 것 아니에요?"

"꼭 그렇다고 할 수는 없다. 그 독이 두 종류 이상을 배합해서 만든 것이라면 네 목숨을 위협했던 독은 제거되었더라도 다른 한 가지가 남아 있을 수 있으니까."

"그러니까 내공을 사라지게 하는 그런 독이 내 몸속에 흐르고 있다는 얘긴가요?"

거듭되는 부현의 질문에 바람의 표정이 심각하게 가라앉았다.

"아까 네 경락으로 진기를 흘려 넣었을 때 그 힘이 급속히 감소하는 걸 느낄 수 있었다. 그건 네 몸 안에 존재하는 이질적인 기운이 진기를 흩뜨리고 있다는 얘기지."

부현의 얼굴은 심각하다 못해 허옇게 탈색되어 갔다.

"그럼, 시간이 흐를수록 내공이 더 줄어들게 된다는 말이잖아요."

"불행한 일이지만 그럴 것 같구나."

"이런 젠장! 이제 좀 인간답게 사나 했더니… 나한테 내공을 뺏아가면 뭐가 남느냔 말야……."

부현과 함께 중독당했던 나연은 말할 것도 없고 나머지 일행도 심정이 답답하긴 마찬가지였다.

＊　　　＊　　　＊

진소희는 들키지 않도록 적당한 거리를 유지하며 세 흑의인을 추적하고 있었다.

'대체 어디까지 갈 심산이지?'

묵고 있던 마을을 빠져나온 뒤로도 들판을 한참 달려왔기에 진소희는 은근히 걱정이 되었다. 나 총관에게도 알리지 않고 혼자만 몰래 나왔기 때문이다. 혹시라도 자신이 없어진 것을 알게 되면 수하들은 한바탕 난리가 날 것이다.

'특별히 큰 싸움이 일어날 것 같지도 않은데 그냥 갈까? 아냐, 상대는 갈족의 무림인이다. 혹시 문제가 일어나지 않더라도 그들이 왜 섬검자의 뒤를 쫓는지에 대해서는 알아봐야겠어.'

갈등을 하던 진소희가 계속 뒤를 쫓기로 결심을 굳히고 난 뒤였다. 잠시 신경을 분산시킨 사이 어디로 사라졌는지 흑의인들의 모습이 보이지 않았다.

'어디로 사라졌지?'

그녀는 그들이 달려가던 방향으로 재빨리 몸을 날렸다. 조금 달려나가다 보니 어둠 저편으로 허름한 장원 한 채가 나타났다. 담이 군데군데 무너지고 지붕이며 마당에 잡초가 수북한 것으로 보아 사람이 살지 않은 지 오래된 곳 같았다.

'저곳에 숨어들었나?'

진소희는 조심스럽게 장원으로 접근해 갔다. 진기를 발에 집중하여 작은 돌이나 풀 밟는 소리가 나지 않도록 조심하며 담까지 접근한 그녀는 무너진 곳을 통하여 안쪽을 살펴보았다.

폐장원임이 분명하건만 방 한 칸에 불이 켜 있었다. 그리고 불 켜진 건물 지붕에 두 명의 흑의인이 납작 엎드려 있었다.

'저기 있었군.'

두 명의 흑의인이 있는 곳에 들어낸 기와가 몇 장 있는 것으로 보아 나머지 한 명은 그 안으로 잠입하여 내부를 살피고 있는 모양이었다. 그렇다면 방 안에 있는 사람은 섬검자가 분명했다.

'놈들… 무슨 수를 쓰려는 건지 한번 지켜봐야 하겠군.'

그녀는 무너진 담 안으로 조심스럽게 몸을 들이밀었다. 그 순간,

쉬잇!

날카로운 파공음이 옆에서 울려왔다.

'흡!'

대경한 진소희는 다급히 좌장을 밀어냈다. 하지만 장력을 발출할 수는 없었다.

뜨끔!

암습자가 한발 앞서 그녀의 혈도를 제압했기 때문이다.

'이런 실수를 하다니……!'

낭패한 눈으로 옆을 바라보던 그녀는 다시 한 번 놀라야 했다. 지붕 속으로 잠입한 줄 알았던 흑의인이 옆에 서 있었기 때문이다.

전체적으로 얄팍해 보이는 인상에 콩알을 박아놓은 듯 작고 노르스름한 눈동자, 이런 자들은 사람 죽이는 것을 재미로 삼을 만큼 잔인한 경우가 많다는 것을 진소희는 경험으로 알고 있었다.

"크흐훗! 제법 반반한 미색을 지닌 계집이로군. 오늘은 즐거운 밤을 보낼 수 있겠어."

놈은 징그러운 미소를 흘리며 진소희의 턱을 받쳐 들었다. 그런데 이상한 것은 그가 입을 열어 말을 하고 있다는 사실이었다. 그것도 제

법 큰 목소리로 말이다.

'어떻게 된 것이지?'

섬검자 같은 고수가 방 안에 있다면 숨소리만 크게 내도 들킬 염려가 있었다. 하물며 마음 놓고 떠드는 소리라면…

'놈들의 꾀에 넘어간 모양이군.'

이건 최악의 상황이었다. 방에 섬검자라도 있다면 모를까, 그렇지 않다면 그녀로서는 아무것도 기대할 것이 없었다.

휘리릭!

지붕에 있던 두 명마저 아무런 거리낌 없이 뛰어내리는 것으로 보아 방 안에는 아무도 없는 것이 분명했다. 불 켜진 방은 그녀를 유인하기 위한 방편이었을 테고.

'이대로 이들에게 당해야 한단 말인가? 나 총관에게 알리고만 왔어도……'

뒤늦은 후회가 일었지만 물은 이미 엎질러진 상태였다.

나중에 내려온 두 명 중 하나는 얼굴에 긴 상흔을 지니고 있었고 다른 하나는 괴물이라고 해도 좋을 만큼 험상궂은 외모를 지니고 있었다. 이렇듯 세 명의 외모는 확연히 구분이 되었지만 그들에겐 한 가지 공통점이 있었다. 단지 마주 대하는 것만으로도 지극히 흉포한 성정이 느껴진다는 사실이었다.

'아무래도 오늘을 무사히 넘기긴 힘들 것 같구나.'

진소희는 절망적인 눈으로 흑의인들을 바라보았다.

"계집, 우릴 쫓아온 이유가 뭐냐?"

먼저 질문을 던진 것은 긴 상흔의 사내였다.

"당신들이 누군가를 쫓고 있는 모습을 발견하고 호기심이 발동했을 뿐이에요."

그녀는 섬검자를 알고 있다는 사실을 숨겼다. 말해 봐야 좋을 일이 없을 것 같았기 때문이다.

"단지 호기심 때문에 우리 뒤를 밟았다고? 그 말을 믿어주리라 생각하느냐?"

"난 사실을 얘기했을 뿐이에요."

진소희는 당당하게 맞섰다.

"이렇게 콧대를 세우는 계집은 좋은 말로 해서 통하지 않는 법이니 내게 맡겨주시오, 대형! 금방 술술 털어놓게 만들 테니 말이오."

작은 눈동자의 사내가 말하자 험상궂은 사내도 맞장구쳤다.

"막내 말이 맞소. 얼굴이 반반한 계집들은 모든 사내가 제 얼굴에 넋을 잃고 잘 대해줄 거라는 망상에 사로잡혀 있게 마련이니까."

"좋아. 반 각을 주겠다. 그 안에 입을 열게 만들어라."

첫째의 허락이 떨어지자 막내 흑의인이 작은 눈동자를 번들거리며 진소희에게 다가섰다.

"반 각도 필요없을 것이오."

"무, 무슨 짓을 하려는 것이냐!"

진소희가 날카롭게 소리쳤다.

"미리 알려주면 재미가 없지. 무슨 일을 당할지 모르는 공포도 제법 짜릿한 법이니까."

막내 흑의인은 진소희의 앞섶으로 불쑥 손을 집어넣었다.

"허억! 이 더러운 자식!"

"그래, 그렇게 발악을 해야 더 재미있는 법이야. 자, 이제 시작할 테니 마음껏 울부짖어 봐라."

“아아아악!”

무슨 짓을 어떻게 했는지 진소희는 수치심과 고통을 동시에 수반한 표정으로 울부짖었다.

“크크크… 겨우 엄지와 검지, 두 손가락을 이용했을 뿐인데 벌써 이러면 재미가 없지.”

쫘아악!

작은 눈동자의 사내는 진소희의 앞섶을 거칠게 찢어냈다.

“네놈들을 반드시 찢어 죽이고 말 테다!”

“그럴 기회가 있다면 얼마든지.”

작은 눈동자의 사내는 잔뜩 비틀린 미소를 지으며 소도를 한 자루 뽑아 들었다.

“어디부터 저며줄까?”

그는 진소희의 가슴 정상에서 파르르 떨고 있는 유실을 하나 잡아당기며 소도를 들이댔다.

“이것부터 할까?”

“크흡! 차라리 날 죽여라!”

진소희는 수치심과 공포로 소리를 질렀다.

“그럴 순 없지. 아직 들어야 할 얘기가 있으니까.”

그는 유실을 잘라낼 듯 소도를 내리그으려 하더니 문뜩 움직임을 멈추었다.

“아, 우리는 지금 시간이 없었지? 그렇다면…….”

그는 볼록한 그녀의 한쪽 가슴 밑으로 소도를 천천히 찔러 넣었다. 차가운 칼날이 몸의 일부를 비집고 들어오는 고통은 쉽게 참을 수 있는 것이 아니다.

"끄으으……."

진소희는 고통을 참기 위해 이를 악물어야 했다. 그러나 고통은 이것으로 끝이 아니었다.

"자, 이제부터 왼쪽으로 천천히 돌려줄 테니 네 젖가슴이 어떻게 떨어져 나가는지 감상해 보아라. 아마 대단히 놀라울 거다. 가슴에 붙어 있을 때는 그렇게 아름답게 느껴지던 젖가슴이 몸에서 떨어져 나가면 왜 그렇게 징그럽게 느껴지는지 말이다."

써억!

소도가 왼쪽으로 조금 움직이자 진소희는 드디어 비명을 토해냈다.

"아아악!"

그러나 누구도 들어주지 않는 그녀의 비명은 애처롭게 밤하늘을 울릴 따름이었다.

써억!

소도가 다시 왼쪽으로 조금 돌아가자 진소희는 더 이상 버티지 못하고 입을 열어야 했다. 육신의 고통보다는 여자의 몸으로 가슴을 잃고 살아가야 한다는 사실이 더욱 괴로웠기 때문이다.

"섬검자, 너희가 섬검자를 쫓고 있었기 때문이었다."

"그래? 섬검자와는 어떤 관계지?"

"멀리서 한 번 보았을 뿐이다."

써억!

"아아악! 그분은 정말로 한 번 보았을 뿐이다. 하지만 그분의 제자는 알고 있다. 같은 배를 타고 여행한 적이 있어서……."

"그래서 우리의 뒤를 쫓았나? 잘 알고 있는 제자의 사부를 우리가 미행하고 있어서?"

“그, 그렇다.”

“막내, 이제 그만 가야 한다. 마무리를 지어라.”

“조금만 시간을 더 주시오. 이렇게 예쁜 계집의 비명 소리는 자주 들을 수 있는 것이 아니지 않소?”

“시간이 없다. 섬검자와 너무 멀어지면 곤란해.”

“천리향을 뿌려두었는데 무슨 걱정이오?”

천리향(千里香)은 대륙 남쪽 끝의 밀림 지대에서 자라는 천리화(千里花)에서 추출하는 향료였다. 그것은 꽃만으로는 아무런 향기도 맡아지지 않지만 그 뿌리를 복용하면 아주 진한 향이 느껴지는 매우 희귀한 꽃이었다. 게다가 그 향을 묻힌 자가 지나간 곳에는 비가 내려도 사흘간은 향이 지워지지 않았기에 누군가를 추적할 때는 아주 편리한 물건이었다.

“우리의 임무는 섬검자를 단순히 쫓는 게 아니라 그의 일거수일투족을 감시하는 일이다. 그런데 우리가 안 보는 사이에 중요한 일이라도 벌어지면 문책을 당하지 않겠느냐?”

“알겠소. 그럼, 아쉽지만 이만 죽여야 하겠군.”

막내 흑의인은 진소희의 한쪽 가슴을 절반 가까이 도려내고 있던 소도를 뽑아내며 사악하기 짝이 없는 눈빛을 발산해 냈다.

“촉박한 시간이 네게는 큰 자비가 되었구나. 단번에 죽을 수 있는 기회를 얻게 됐으니 말이다.”

말을 마침과 동시에 그의 소도가 휘둘러졌다.

서걱!

뼈와 살이 동시에 베어지는 소름 끼치는 소리가 어두운 하늘로 잔잔히 퍼져 나갔다. 바로 그때, 세 명의 흑의인은 갑자기 진한 천리향이 후각을 자극하는 느낌을 받을 수 있었다.

"이것은?"

그들의 얼굴에 불신의 빛이 떠올랐다. 그리고…

"왜 갑자기 사라졌는지 궁금하다 했더니, 이런 곳에서 못된 짓을 하느라고 늦어진 모양이구나."

힘이 실린 낮은 목소리가 그들의 고막을 자극하였다. 마주하기 힘겨울 정도로 강렬한 안광을 발하고 있는 사십 대 후반의 중년인, 그는 바로 섬검자였다. 언제 뽑은 것인지 그의 손에는 날렵한 검이 한 자루 쥐어져 있었는데, 검신에는 선홍빛 피가 진득하게 묻어 있었다.

흑의인들은 갑작스러운 이 상황을 어떻게 이해해야 하는지 매우 혼란스러워하는 모습이었다.

"크아아악!"

그때 막내 흑의인의 입에서 뒤늦은 비명이 터져 나왔고, 상황은 분명해졌다.

막내의 소도는 진소희의 목을 베지 못했고, 대신 섬검자의 검이 그의 팔을 잘랐던 것이다.

"우, 우리는 분명히 조심했건만, 미행한다는 사실을 어떻게……."

"세상 모든 일이 너희가 알고 있는 한도 내에서 이루어진다고 생각했느냐? 조금 늦은 감은 있지만 이제라도 알아두거라, 세상에는 너희가 미저 모르는 일들이 더 많이 벌어진다는 사실을."

"하면 우리가 미행하고 있다는 사실을 진작부터 알고 있었다는 말인가?"

"객점에서 한 꼬마 아이를 시켜 천리향이 든 물 컵을 내게 엎질렀을 때부터."

"천리화 뿌리를 먹지 않은 이상 천리향을 맡을 수는 없는데……."

"그래서 말하지 않았더냐? 세상에는 너희가 알고 있는 것보다 모르는 일이 훨씬 더 많이 일어난다고 말이다. 하긴, 제 머리가 모자란다는 사실을 모르는 놈들은 제가 아는 것을 세상의 전부로 여기는 법이지."

"천리향의 존재를 눈치 챘다고 해서 모든 게 끝난 것은 아니다!"

얘기를 나누는 사이 서로 눈빛을 주고받은 듯 세 명이 동시에 섬검자를 공격해 들어갔다.

슈아아아!

촤르르르르…….

첫째는 소매 속에 감추고 있던 철삭(鐵索)을, 둘째는 커다란 도를, 한 팔이 잘린 셋째는 좌장을 날려 혼신의 힘을 다하는 그들의 기세는 간단한 것이 아니었다. 그러나 상대는 고구려 제일검인 섬검자였다.

쓰아아악— 번쩍!

세 줄기의 섬광이 허공을 가름과 동시에 모두의 움직임이 정지하였다.

씨익!

섬검자의 입가에 미소가 걸렸다.

"남들이 내게 괜히 섬검자라는 명호를 붙여준 게 아니다. 그 정도는 염두에 뒀어야지."

그의 말을 듣는 순간까지도 세 흑의인은 불신에 찬 표정으로 자신의 몸을 내려다보고 있었다. 길게 벌어지며 선혈을 콸콸 쏟아내고 있는 자신들의 몸통을 말이다.

쿵! 쿵! 쿵!

말도, 비명도 없었다. 가슴이며 허리가 양단된 자들은 원래 아무런 소리도 지를 수 없는 법이므로.

섬검자는 검을 한 번 휘둘러 검신에 묻은 피를 털어낸 뒤 검집에 넣으며 진소희에게 시선을 돌렸다.

'너무 빠르다! 어떻게 사람의 검이 저렇게 빠를 수 있지?'

진소희는 자신의 앞섶이 훤히 열려 있다는 수치심도 잊은 채 놀란 눈으로 섬검자를 바라보고 있을 뿐이었다.

섬검자는 조용히 다가가 그녀의 막힌 혈도를 풀어주며 말하였다.

"충격이 컸던 모양이구나."

그제야 정신을 차린 진소희는 찢어진 옷으로 가슴을 황급히 가리며 돌아섰다. 깊은 상처를 입은 가슴에선 선혈이 줄줄 흐르고 있었지만, 그런 고통은 수치심에 비하면 아무것도 아니었다.

"아비라 생각하고 마음을 편히 갖거라. 그러면 수치심 따위는 금방 가라앉을 것이다."

섬검자는 쉽게 말하고 있었지만 가슴을 훤히 보인 당사자에게는 간단한 문제가 아니었다. 그녀는 여전히 얼굴을 붉게 물들인 채 고개를 돌리지 못했다.

"수치심이란 본디 타인의 눈에 비친 내가 아니라 가슴속에 들어 있는 나로 인하여 나고 자라는 것이니 스스로의 마음을 진정시키면 저절로 없어질 게다."

다시금 다독거리는 섬검자의 말을 듣고서야 진소희는 고개를 돌렸다.

"목숨을 구해주신 은혜, 진심으로 감사드려요. 그리고 좋은 말씀도……."

"내 제자아이를 알고 있다고 하였더냐?"

진소희가 한 말을 섬검자도 들은 모양이었다.

"네."

진소희는 바람 일행과 함께 배를 타고 왔던 이야기를 해주었다. 로스티드가 보낸 수이족과 싸운 이후 헤어졌다는 것을 마지막으로 그녀가 이야기를 마치자 섬검자는 고개를 끄덕이며 혼잣말을 하였다.

"음… 이 부근에 와 있다면 조만간 만날 수 있겠구나."

"바람 대협과 만나려면 서두르셔야 할 거예요. 그들은 장안으로 간다고 하였으니까요."

진소희의 말에 섬검자는 따뜻한 미소를 지어주었다.

"걱정 말거라, 서로 찾아다니지 않아도 저절로 만나게 되어 있으니까."

무슨 뜻인지 진소희는 알 수 없었지만 섬검자가 하는 말이니 그럴 것 같다는 생각이 들었다.

"그런데 천리향이 묻어 있다는 사실은 어떻게 아셨어요? 저는 아무런 냄새를 맡을 수 없었는데……."

"그야 천리화 뿌리를 먹었으니 알 수 있지."

"하지만 천리향을 뿌릴 줄 어떻게 미리 아시고……."

"미리 안 것이 아니라 대비였다. 내 뒤를 쫓는 무리가 생겨난 것이 벌써 일 년 전이다. 그러니 누군가 천리향을 쓸지도 모른다는 사실을 추측하는 건 어려운 일이 아니었지. 그래서 미리 천리화 뿌리를 구해서 매일 조금씩 먹어두었던 것이다."

"그랬었군요."

이런 사실을 모른 채 흑의인들은 천리향만 굳게 믿고 있었으니, 자신들이 아는 것은 남도 알 수 있다는 간단한 진리를 그들은 간과했던 것이다.

"그런데 너는 어째서 이들 뒤를 쫓았던 게냐?"

"이들이 무슨 일로 섬검자 어른 뒤를 쫓는지 알고 싶어서였지요."

"아까 마을을 지날 때 누군가 창문으로 나를 바라보는 것 같던데 그게 혹시 너였더냐?"

"이미 알고 계셨군요?"

"그 정도 거리라면 숨소리로 충분히 알 수 있지. 한데 그 정도 실력으로 이들을 쫓을 생각을 하다니 네 용기가 가상하구나."

"저도 이들에게 쉽게 당할 실력은 아니에요. 단지 허를 찔러서……."

"사람의 능력은 무공의 고하로만 구분 지을 수 없는 것. 상대의 계략에 빠진 것 또한 부족한 능력 탓이라고 할 수 있지. 강호를 좀 더 알기 전에는 위험한 일에 함부로 뛰어들지 말거라. 아니면 믿을 만한 수하를 대동하고 다니든지. 네게는 꽤 쓸 만한 수하들이 여럿 있지 않더냐?"

'설마 내가 도격문의 문주라는 사실을 알고 있단 말인가?'

진소희는 섬검자가 자신에 관한 모든 것을 알고 있을지도 모른다는 예감을 갖게 되었다.

"나는 그만 가보아야 하겠다. 상처가 간단치 않으니 잘 요양토록 하여라."

"오늘의 은혜는 반드시 갚겠어요."

"마음에 둘 필요 없다. 네가 아니더라도 언젠가는 손을 쓸 참이었으니까."

섬검자가 발길을 돌리려 하자 진소희가 빠르게 물었다.

"혹시 이들이 누구인지 알고 계시나요?"

섬검자는 마치 물어올 줄 알았다는 듯이 가벼운 미소를 머금으며 대답하였다.

"오래전에 멸망한 후조(後趙)의 잔당들이다. 회회당(回回黨)이라고 하던가? 강호에 소문으로 떠돌고 있는 고구려국의 신물을 얻어 석씨 왕조를 재건하려는 꿈을 가진 자들이지. 자신들의 능력은 가늠하지 않고 덤벼들다니, 참으로 어리석은 일이야. 무너진 국가를 다시 일으킨다는 것은 인간의 노력만으로 되는 일이 아니거늘……."

마치 자신에게 하는 말 같았기에 진소희는 마음이 편치 않았다.

"하지만 그럴 만한 능력과 의지만 있다면 가능한 일 아닌가요?"

"하늘의 명을 받지 못했다면 그것은 어림도 없는 일이다. 그렇지 않았다면 세상의 능력있는 자들은 모두 왕이 되었을 테지. 부질없는 꿈은 묻어두는 편이 좋을 때도 있단다."

자꾸만 자신을 설득하고 있다는 생각이 든 진소희는 더 참지 못하고 직설적으로 물었다.

"혹시 저에 대해서 알고 계신가요?"

섬검자의 얼굴에 다시금 미소가 감돌았다.

"네가 나에 대해 아는 것만큼은 알고 있지. 나에 대해 관심을 갖고 있는 사람에 대해서는 나도 알아둘 필요가 있으니까."

"우리는 은밀히 움직였다고 생각했는데 그렇지 못했던 모양이군요."

"아까 이자들에게도 말했지만 세상은 생각보다 넓단다. 내가 알고 있는 것만이 전부라고 생각하면 낭패를 당하기 십상이지."

"깊이 새겨듣겠어요."

"네 성정을 보니 크게 굽은 아이 같지는 않은데, 서로 도검을 겨누는 일은 생기지 않았으면 좋겠구나. 내가 아닌 너를 위해서 말이다."

진소희는 아무런 대답도 못한 채 섬검자의 얼굴을 물끄러미 바라보았다.

"상대가 나 하나라면 어찌해 볼 수 있을 게다. 하지만 고구려 무림의 뜻있는 사람들이 속속 이 일에 개입하고 있다. 당장 내 제자아이만 하여도 여러 친구들과 함께 왔다고 하지 않았느냐? 고구려 무림을 상대하기에 너희 도격문의 힘은 너무도 미약하다는 사실을 알아야 한다. 내 말뜻을 잘 알아들었으리라 믿고 나는 이만 가보겠다."

섬검자는 신형을 날려 어둠 속으로 사라져 갔다. 그러나 한참이 지나도록 진소희는 움직일 줄 몰랐다.

그녀는 원래 5호 16국의 시초인 한국(漢國)의 후예였다. 한국의 창시자 유연은 원래 오백 년 전 흉노의 추장으로서 용맹을 떨친 바 있는 묵특 선우의 후손이었다. 하지만 묵특 선우가 고조 유방과 화친하여 형제의 의를 맺었기에 그 후손들은 유씨 성을 쓰게 되었던 것이다.

성씨의 유래야 어떻든 한국은 얼마 지나지 않아 유요의 전조와 석륵의 후조로 분할되었다. 그리고 석륵이 다시 유요를 죽임으로써 한에서 전조로 이어진 왕조는 37년 만에 세상에서 사라지게 되었다.

진소희 아니, 유소희는 바로 유요의 손녀였기에 할아버지의 왕조를 다시 일으키려 하는 것이다. 또한 할아버지를 죽인 석륵이 바로 갈족이었기에 그들 부족에게 좋지 않은 감정을 지니고 있었다.

"석륵이 세운 후조도 그 후 21년 만에 멸망해 버렸지. 그런데 그 후손들이 회회당이란 문파를 만들어 왕조를 다시 일으킬 생각을 하고 있었을 줄이야……."

그녀는 오늘 밤 섬검자 덕에 목숨을 건졌을 뿐만 아니라 중대한 정보까지 알게 된 셈이었다.

"어쩌면 그분의 말이 맞을지도……."

가슴이 아파왔다. 절반이 베인 젖가슴 때문만은 아니었다. 도격문의 능력으로는 천부인을 찾기만도 힘에 부치거늘 이제 회회당까지 상대해야 했으니…….

"과연 할아버지의 왕조를 다시 잇는 것은 한낱 꿈에 불과하단 말인가?"

그녀의 허전한 독백이 폐장원의 무너진 돌담 사이를 맴돌아 흩어진다.

　　　　*　　　　　*　　　　　*

　한여름의 햇살이 구름 그늘도 없이 내리비치는 오후.

　부현 일행은 한 마을에 들어서고 있었다. 지옥의 불은 숲만 불태운 채 다행히 꺼졌지만, 온통 재뿐인 그곳을 빠져나오느라 일행은 재를 흠뻑 뒤집어쓴 모습이었다. 게다가 말이 벼락 한 필뿐이어서 은강을 제외한 나머지 일행은 먼 거리를 걸어오느라 매우 지친 상태였다.

　"아이고, 배고파라."

　부현이 맥 빠진 소리로 중얼거리자 은강도 한마디 했다.

　"난 목욕부터 했으면 좋겠다."

　"하여간 깨끗한 척은 혼자 다 해. 저는 말 타고 있어서 재도 덜 묻었으면서……."

　"너도 공주 돼봐. 하루라도 목욕을 안 하면 온몸에 두드러기가 솟을 테니까."

　"네, 공주님. 어련하시겠어요?"

　잔뜩 뒤틀린 어조로 말을 받던 부현은 마을 한가운데 위치한 객점이 눈에 들어오자 금방 희색이 만연하여 소리쳤다.

　"우와, 객점이다! 드디어 밥 사 먹을 수 있겠어!"

　부현이 아이처럼 좋아하며 객점으로 뛰어가자 나머지 일행은 고개를 저으며 쓴웃음을 삼켜야 했다.

　"도대체 쟤 머리 속에는 뭐가 들었는지 모르겠어. 내공이 사라지고 있는 상황에 밥 먹게 됐다고 좋아하고 있으니 원."

　은강이 한심하다는 투로 중얼거리고는 있었지만, 그래도 인상을 쓰고 있는 것보다 좋다고 생각하는 일행이었다.

객점은 제법 규모가 있었다. 도로에 접한 건물은 1, 2층이 모두 식당이었고, 뒤로 나가면 잘 꾸며진 정원과 함께 수십 실 규모의 객실이 자리했다.

일행은 극도로 지쳐 있었으므로 우선 방을 잡은 뒤 목욕물부터 주문하였다. 잠시 후 목욕물이 준비되었다는 점원의 연락을 받고서 그들은 남자와 여자로 나누어 목욕실에 들어갔다.

"와, 좋다! 목욕통이 꽤 큰걸? 둘이 함께 들어가도 자리가 많이 남겠어."

은강은 좋아라고 옷을 벗어 던지고 있었지만 나연은 왠지 껄끄러운 표정이었다. 이상하게 은강과 단둘이 있으면 꼭 개구쟁이 사내아이와 같이 있는 것 같은 느낌을 받았기 때문이다. 목욕을 할 때면 그런 느낌이 더욱 심했다.

"언니, 뭐 해?"

은강이 먼저 알몸으로 통 속에 뛰어들며 말했다.

"으, 응? 먼저 하고 있어. 나도 곧 들어갈게."

"얼른 들어와. 내가 먼저 닦으면 언니는 더러운 물에 닦아야 하잖아."

"알았어."

별로 내키지는 않았지만 자신의 기분을 그대로 말할 수도 없는 처지였기에 나연도 옷을 벗고 통 안에 몸을 담갔다. 여름철임을 감안해서 미지근하게 데워놓은 물은 목욕하기에 딱 알맞았다.

"좋네."

나연은 약간 굳은 표정으로 은강의 반대 편에 자리를 잡았다. 하지만 은강은 이런 눈치를 전혀 못 챈 듯 콧노래까지 부르며 목욕에 열중하고 있었다.

나연은 그녀와 신체 접촉이 없도록 조심하며 찬찬히 몸을 닦아 나갔다. 그렇게 한참 목욕을 하고 있는데 은강이 갑자기 다가왔다.

흠칫!

나연은 가슴을 손으로 얼른 가렸다.

"걱정 마, 이제 안 만진다고 했잖아."

은강이 눈치 채고 먼저 말하자 나연은 약간 머쓱한 표정이 되어 물었다.

"그럼, 왜 오는데?"

"언니 등 닦아주려고."

"나, 나는 괜찮아. 통에다 살살 문지르면 되는 걸 뭐."

"안 돼! 그럼 예쁜 피부 다 버리잖아."

"니가 언제부터 피부 걱정했다고."

"나 말고 언니 말야. 언니 피부가 얼마나 고운데. 그러지 말고 돌아서, 내가 닦아줄게."

"괘, 괜찮다니까."

"닦아준다니까 그러네?"

은강은 억지로 나연을 돌려세우고 등을 닦아주기 시작했다.

찌르르…….

은강의 손길이 목덜미에서 등을 쓸고 지나가자 나연은 사내의 손길에 몸을 맡긴 듯한 묘한 기분이 느껴졌다.

'얘가 닦아주는 것은 이래서 싫어.'

나연은 눈살을 찌푸린 채 억지로 참았다. 그런데 등을 닦아주던 손길이 슬그머니 가슴 쪽으로 미끄러져 오는 느낌이 들었다.

"너 뭐 하는 거야?"

나연이 소리치자 은강은 얼른 손을 등으로 돌렸다.

"헤헤, 장난 좀 치려고 했더니……."

은강은 그러면서도 슬그머니 손을 미끄러뜨려 나연의 엉덩이 쪽으로 향하였다.

"너, 자꾸 이럴 거야?"

나연이 기겁하고 돌아섰다.

"언니는 유별나게 그러더라. 몸 좀 만지면 어때서."

"난 싫단 말야."

"알았어. 이제 장난 안 할 테니 돌아서."

"됐어. 나머지는 내가 닦아도 되니 네 등이나 대."

"아직 덜 닦았는데……."

"걱정 말고, 어서 돌아서기나 해."

은강은 못내 아쉬운 표정으로 돌아섰다.

"깨끗이 닦아줘."

"알았어."

나연은 '여자끼리 등을 닦아줄 때는 이렇게 하는 거야'라고 말하듯이 젖은 수건으로 등을 깨끗이 밀어주었다. 하지만 은강은 그것도 불만이었다. 그녀는 수건보다 나연의 손으로 닦아주는 쪽을 원하고 있었으니까.

목욕을 마친 일행은 허기를 달래기 위해 식당으로 자리를 옮겼다.

벼락이 무사한 덕에 은강의 짐이 그대로 있어서 여자들은 옷을 갈아입을 수 있었지만 남자들은 재를 털어서 다시 입고 있었기에 목욕을 했음에도 크게 달라 보이지 않았다.

"시킨 음식은 왜 이렇게 안 나오는 거야? 배고파 죽겠는데."

부현이 배고픔을 참지 못하고 투덜거리기 시작하자 바람이 손짓으로 그의 말을 막았다. 눈빛을 날카롭게 빛내고 있는 그는 두 탁자 정도 떨어진 자리에 앉아 있는 사내들의 얘기에 귀를 기울이고 있었다.

"이 사람아, 말조심해. 우리 같은 삼류가 그런 말 잘못했다간 목 달아나기 십상이야."

"조심할 게 뭐 있어? 내가 가졌다는 것도 아니고, 낙양에 천부인의 지도가 석 장이나 나타났다는 소문 때문에 무림인들이 벌 떼처럼 몰려들고 있다는 말을 했을 뿐인데?"

"그런 건 글쎄 모른 척하는 게 좋다니까? 온 무림이 그 문제로 난리인데 괜히 잘못 휘말렸다간 뼈도 못 추려요."

"알았네, 알았어. 어서 밥이나 먹게."

청력을 기울여 그들의 대화를 듣고 있던 바람의 표정이 심각하게 가라앉았다.

"낙양에 천부인의 지도가 나타나다니… 그것도 석 장이 한꺼번에……."

"그거 잘됐네요. 이리저리 찾으러 다닐 필요 없이 한 방에 찾을 수 있게 됐으니."

부현이 단순하게 받아들이자 바람이 고개를 저으며 나직하게 말했다.

"좋지 않은 느낌이 든다."

“뭐가요?”

“천부인에 대한 소문이 돌더라도 그동안은 매우 은밀했었다. 그런데 어느새 객점에서 밥을 먹으며 나누는 얘기로 전락해 버렸어.”

“그게 어쨌게요?”

“자신들 스스로 삼류라 칭하는 사람들까지 알고 있을 정도면 대륙 무림 전체가 이 일로 떠들썩하다는 얘기다. 쉬쉬하던 소문이 하루아침에 이렇게 널리 퍼질 수 있다고 생각하느냐?”

“지금 형님 얘기는 누군가 고의로 이런 소문을 퍼뜨렸다는 거요?”

“아무래도 그런 느낌을 지울 수 없구나.”

“하지만 그렇게 해서 이득을 볼 사람이 없잖아요.”

“그건 알아봐야겠지. 누가 퍼뜨린 소문이며 노리고 있는 점이 무엇인지에 대해서…….”

“그럼, 낙양으로 가볼 생각이에요?”

“그래야 할 것 같다. 거짓이든 진실이든 천부인과 관련된 소문이 돌고 있는데 그냥 지나칠 수는 없지 않느냐? 어쩌면 그곳에서 사부님을 만나게 될지도 모를 것 같고.”

“섬검자 어른도 그곳으로 오실 거라 생각하세요?”

“소문을 들었다면 오시겠지. 진 낭자도 올지 모르고.”

“진 낭자도요?”

“그녀도 천부인에 관심이 있는 듯했으니까.”

‘으흐흣! 진 낭자가 올지도 모른다 이거지.’

“그녀뿐 아니라 천부인에 관심을 가진 자들은 모두 낙양으로 몰려들 것이다. 그러니 낙양에 가서 보면 대충 돌아가는 형세를 알게 되겠지.”

바람이야 뭐라고 하거나 말거나 부현의 머리 속에는 오로지 진소희 생각뿐이었다.

'이번에는 반드시 자빠뜨리고 말 테야!'

진소희에 대한 기대감으로 잔뜩 들뜬 부현은 음식이 나오자마자 부리나케 먹어치우고는 쉴 틈도 없이 출발하자고 졸라대기 시작했다.

"이대로 출발하면 오히려 더 늦어지는 수가 있으니 오늘은 푹 쉬도록 하자."

바람이 좋게 타일렀지만 부현은 막무가내였다.

"쉴 것 다 쉬고 언제 큰일을 하겠어요? 조금 힘들어도 우리 모두 참도록 하지요."

제가 무슨 큰일을 했다는 것인지…….

"낙양이 이웃 마을인 줄 아냐? 이천 리도 넘는 거리야, 이 멍청아! 그런데 쉬지도 않고 몇 시간 일찍 출발해서 뭘 어쩌자는 거야?"

은강이 핀잔을 주자 부현도 지지 않고 대들었다.

"그렇게 머니까 더욱 서둘러야지!"

"너, 진 낭자 만나고 싶어서 안달하는 거지?"

"으, 응?"

정곡을 찌르는 말에 대답이 궁해진 부현은 잠시 머뭇거렸고 이때를 놓칠세라 은강이 콩을 볶아대기 시작했다.

"저 머리 속에 뭐가 들었는지 한번 쪼개봤으면 좋겠어. 그러면 아마 안달이 한 가마는 쏟아져 나올 거야. 남이야 어찌 되거나 말거나 저 하고 싶은 대로 하지 못해서 안달하는 생각이 말이야."

"저건 하여간 말 한마디를 해도 꼭… 관둬! 내일 떠나면 될 것 아냐?"

부현은 자리를 박차고 일어나 먼저 객실로 향하였다.

"내일 아침에 서두르기만 해봐라? 면상에다 현무장을 확 날려 버릴 테니까."

"내 걱정 말고 네 부상이나 잘 치료해. 가다가 괜히 엄살 부리지 말고."

"걱정해 줘서 눈물나게 고맙다."

단단히 화가 난 듯 부현이 먼저 객실로 돌아가자 나머지 일행도 고소를 지으며 자리에서 일어났다.

"네가 좀 심했다, 은강아."

"쟤는 이렇게 해야 돼. 안 그러면 매일 저 하고 싶은 대로만 하려고 들걸?"

"그래도 지금 부현이는 정상이 아니잖아. 내공이 저하되는 현상 때문에도 힘들 텐데."

"아이구, 쟤가 그런 걱정을 할 것 같아? 언니는 그럴지 몰라도 쟤는 아니야. 아마 내가 한 얘기도 벌써 잊고 진 낭자 생각에 푹 빠져 있을걸?"

은강 말대로 객실로 돌아온 부현은 어느새 진소희 생각에 젖어 있었다.

'하루라도 빨리 만났으면 좋겠는데… 어째서 저 인간들은 내가 하고 싶은 일이라면 기를 쓰고 막는지…….'

아름답게 웃고 있는 진소희의 얼굴이 눈앞에 아른거리는 듯했다.

"그런데 내 내공이 사라지고 있다는 사실을 알면 실망하지 않을까? 아니야, 안타까워서 나를 더욱 위해줄지도 몰라."

진소희 생각을 하며 침상을 뒹굴거리던 부현은 갑자기 옆구리에 극심한 통증이 전해오는 것을 느끼고는 몸을 웅크렸다.

"아윽! 상처가 이불에 쓸렸나 봐."

부현은 얼른 일어나 옷을 걷어 보았다. 진소희가 준 약을 발라서 빠르게 아물어가고 있던 상처 부위에서 핏물이 배어 나오고 있었다. 두텁게 앉았던 딱지 일부가 떨어진 모양이었다.

"으흐흐… 보니까 더 아프네."

부현은 진소희가 준 약을 꺼내서 상처 부위에 다시 발랐다. 그러자 통증은 금방 가라앉았다. 정말로 신기한 효험을 가진 외상 약이었다.

"이렇게 귀한 약을 준 것만 보아도 진 낭자가 나를 좋아하는 것이 분명해."

그녀와 헤어질 때만 해도 혹시 바람을 더 좋아하는 것이 아닌가 하는 의심을 가졌던 그이건만 그리움의 감정이 그런 걱정을 덮어버린 모양이었다.

"낙양으로 가는 도중에 만나서 함께 갈 수 있으면 더욱 좋겠는데……."

부현은 진소희와의 달콤한 만남을 기대하며 잠에 빠져들었다.

*　　　*　　　*

뿌연 김으로 가득한 넓은 욕실.

부현 일행이 완전히 제거되었다고 믿고 있는 로스티드는 온옥을 깎아 만든 커다란 욕조에 몸을 담근 채 안락한 휴식을 취하고 있었다.

"음, 시간의 조정자들을 쫓기 시작한 이후 처음으로 가져 보는 휴식이로군."

로스티드는 마냥 행복한 표정이었는데…

“그런 휴식을 방해하게 되어 죄송합니다, 로스티드님.”

자욱한 수증기를 뚫고 들려온 목소리에 로스티드는 흠칫 놀라 고개를 돌렸다. 수증기에 가려 흐릿하기는 하지만 어깨 위로 삐죽이 솟아오른 박쥐 날개의 모습은 그가 알키루스임을 말해 주고 있었다.

‘저자가 여기는 왜?’

덜컥 불안한 마음이 들었지만 로스티드는 애써 미소를 지으며 그를 맞이했다.

“마침 잘 왔소, 알키루스. 그렇지 않아도 연락을 하려던 참이었는데.”

“제가 시간을 맞춰 왔다니 다행이군요.”

“따끈한 온천수인데, 몸을 한번 담가보지 않겠소?”

“괜찮습니다. 저는 목욕을 그리 즐기는 편이 아니라서.”

“아! 내가 깜빡했소, 날개가 달린 종족은 물을 그다지 좋아하지 않는다는 사실을.”

은근한 멸시의 뜻이 담긴 말투였다.

“제 날개는 깃털이 없어 물에 젖어도 상관은 없지만, 목욕을 하며 휴식을 취할 때는 아닌 것 같기에 드린 말씀입니다.”

“그게 무슨 말이오?”

“일은 끝내셨습니까?”

“물론이오. 그러니 이렇게 느긋하게 휴식을 할 수 있는 게 아니겠소?”

“시간의 조정자들을 다 죽이셨다는 말씀이군요?”

“그렇소. 그들은 스스로 만든 불에 타서 모두 재가 되었소.”

“확인은 하셨습니까?”

"놈들이 만든 그 불은 대상물을 완전히 태우기 전에는 꺼지지 않는 불이었소. 뼈조차 남지 않았을 텐데 무슨 재주로 확인을 한단 말이오?"

"그랬군요. 그럼 낙양으로 향하고 있는 자들은 누굴까요? 제가 보기에는 시간의 조정자들과 그 일행 같았습니다만."

"설마… 그들이 살아 있다는 말을 하려는 거요?"

"루비욘님께는 많은 친구들이 있지요. 자연에 깃들어 있는 수많은 정령들이 모두 그분의 친구라 해도 과언이 아니지요. 그리고 정령들은 기본적으로 거짓말을 하지 않습니다."

"그럴 리가… 그럴 리가 없는데… 내가 이 두 눈으로 똑똑히 확인을 했단 말이오. 꺼지지 않는 그 불길에 휩싸이는 것을 말이오!"

"숲이 말입니까, 그들이 말입니까?"

알키루스의 이 질문에 로스티드는 심장이 덜컥 내려앉는 것 같았다. 그가 본 것은 일행 주변의 숲이 불길에 휩싸이는 것뿐이었으니 말이다. 그리고 그는 그 불길에서 아무도 빠져나올 수 없다는 확신 때문에 부현 일행의 죽음을 끝까지 확인하는 절차를 게을리 한 것이다.

"하지만 그 불 속에서 살아 나올 수 있는 사람이 존재한다는 것은……."

넋이 나간 표정으로 중얼거리고 있는 로스티드에게 알키루스가 손을 천천히 뻗어냈다. 그 손에는 피라미드 모양의 크리스털이 쥐어져 있었다.

"루비욘님의 명을 실행하겠습니다."

"자, 잠깐만!"

"루비욘님의 명에는 아무도 항거할 수 없습니다. 복종하십시오."

로스티드의 얼굴에 절망의 표정이 어렸다.

"알겠소."

그는 알몸 그대로 욕조를 빠져나와 무릎을 꿇었다.

"위대하신 마법사이며 존경하는 스승님의 징계를 달게 받겠습니다."

"루비욘님이 말씀하시길, 로스티드님의 직책과 권능은 그대로 두되 가장 중요시하는 하나를 빼앗아 능력으로 대체하겠다 하셨습니다."

"가장 중요시하는 것이라면……."

로스티드가 불안한 표정으로 올려다보는데, 삼각 크리스털이 알키루스의 손에서 서서히 떠오르며 빛을 발하기 시작했다. 그러자 알키루스는 날개로 얼굴을 가리며 말했다.

"이제 루비욘님이 크리스털 안에 봉인해 두신 힘이 풀려 나옵니다."

화아악!

알키루스의 말이 끝남과 동시에 쏟아져 나온 빛은 머리 속을 하얗게 밝히며 퍼져 나가더니 어느 순간 하나로 뭉쳐 로스티드의 정수리로 쏟아져 들어갔다.

"우어억!"

그 빛은 고통스럽게 몸을 경직시키는 로스티드의 몸을 통하여 다시 바깥으로 뻗어 나오고 있었다. 이목구비는 물론 항문과 남성의 상징을 통해서, 그리고 온몸의 모든 모공을 통해서 빠져나오고 있는 그 빛은 처음과 달리 푸르스름한 기운을 띠고 있었다.

"크으으으……."

빛이 다 빠져나왔을 무렵 바닥에 바짝 몸을 웅크리고 있는 로스티드의 몸에서 서서히 변화가 일어나고 있었다.

스르르…….

제일 먼저 일어난 변화는 탈모였다. 아름다웠던 그의 머리칼은 물론이고 솜털 하나 남지 않고 모조리 빠져 버리고 말았다.

"크어어억!"

로스티드는 양손으로 머리를 감싸 쥔 채 상체를 벌떡 일으켰다. 그런데…

쩌저적!

그의 피부에 수많은 균열이 일어나고 있었다. 피는 흘러나오지 않았다. 대신 갈라진 틈으로 시뻘건 살덩이들이 꿈틀꿈틀 비져 나왔다. 삽시간에 그의 모습은 괴상한 살덩이로 덮인 괴물의 모습으로 변해갔다. 그러나 변화는 여기서 멈추지 않았다.

우두둑!

뼈가 탈골되는 소리가 들려오며 그의 몸이 거대하게 변해가기 시작했다.

"크아아아아아악!"

로스티드는 처절한 비명을 질러댔다. 뼈와 근육을 강제로 잡아늘이는 고통이 이러할까? 기절이라도 하고 싶었지만 그것조차 마음대로 안되었다.

이윽고 그의 몸집이 두 배 가까이 불어나자 이번에는 징그러운 그의 피부에서 굵은 털이 자라나기 시작했다. 아예 빽빽하게 나왔으면 좋으련만 털은 징그러운 피부를 가리지 못할 정도로 듬성듬성 솟아 나왔다. 그와 함께 그의 상징물이 서서히 쪼그라지며 방광 안으로 빨려 들어가고 있었다.

"끄으으으……."

드디어 신체의 변화가 마무리되자 로스티드는 사라지고 흉측하기 그지없는 괴물이 그 자리에 대신 서 있게 되었다.

"참혹하군요."

알키루스조차 이런 상황을 상상 못했다는 듯 눈살을 찌푸렸다.

"크르르륵! 당신은 이런 상황을 내심 바라고 있지 않았던가?"

짐승의 입으로 인간의 언어를 말한다면 이런 목소리가 만들어질까? 굵직하면서도 가래가 끓는 듯한 로스티드의 음성은 노골적인 적대감을 드러내고 있었다.

"저는 로스티드님과 아무런 감정이 없음을 말씀드리겠습니다. 이 상황은 전적으로 시간의 조정자들을 처리 못함에서 기인했으니 분노를 표하시려거든 그들에게 하십시오."

"걱정 말아라. 놈들은 반드시 내 손으로 죽여주겠다. 아주 참혹하게!"

그동안 알키루스에게 보여왔던 두려움 따위는 로스티드에게서 더 이상 찾을 수 없었다. 외모뿐 아니라 심성에도 커다란 변화가 일어났음에 분명했다.

"가서 전해라, 스승님의 은혜에 감사드린다고."

"로스티드님께서 놈들을 깨끗이 정리하면 원래의 모습으로 되돌려 주신다 하셨으니 너무 심려 마십시오."

"그러시겠지, 스승님의 능력이라면 무슨 일이든 가능하니까. 때문에 스승님에 대한 원망은 없다. 하지만 엄청나게 솟아오르는 이 힘은 정말로 감당하기 힘들구나."

"무공이 뛰어난 시간의 조정자 일행을 상대하실 수 있도록 육신의 힘을 극대화시키겠다는 것이 루비욘님의 생각이셨습니다. 대신 마법의 힘은 사라질 것이라 하셨지요."

“육신의 힘이라… 그래서 이렇게 강한 살인 욕구가 이는 것인가?”

“그러실 겁니다. 인간의 머리로는 상상도 할 수 없는 힘이 솟아날 것이라 하셨으니 말입니다.”

“알았으니 그대는 이만 가라. 찢어 죽이고 싶은 충동이 자꾸 일어 더 이상 참을 수가 없으니 말이다.”

“이런… 로스티드님의 첫 희생자가 되지 않기 위해서는 어서 사라 져야 하겠군요.”

짐짓 두려운 표정을 짓기는 하였지만 알키루스의 눈빛에는 오히려 비웃음이 담겨 있었다. 그 정도의 능력으로는 어림도 없을 것이라는.

“저는 그럼.”

알키루스는 차가운 미소를 담아 가볍게 목례한 뒤 욕실을 나섰다. 그리고 얼마 지나지 않아 로스티드는 주체할 수 없는 힘을 발산하기 위해 괴성을 질러대기 시작했다.

“우와아아아아아악!”

그것이 아무리 크다 해도 단지 소리에 불과하건만 욕조의 물이 격하 게 튀어 오르고 건물이 무너질 듯 요동 쳤다. 그래도 로스티드가 괴성 을 멈추지 않고 계속 지르자 드디어 천장과 벽에 금이 생겨나더니 퍽 퍽, 터져 나가기 시작했다. 대체 무슨 힘이 그의 몸에 스며들었기에 이 토록 엄청난 파괴력을 보인단 말인가!

“시간의 조정자들이여! 네놈들을 반드시 갈아 마시고 말겠다!”

무너져 내리는 건물을 개의치 않은 채 로스티드는 저주가 담긴 외침 을 토해내고 있었다. 무시무시한 안광을 폭사해 내며.

일행이 낙양을 향해 출발한 지 어느덧 보름. 은강이 여비를 넉넉히 가지고 있었기에 일행은 다시 말을 구입해서 모두 타고 있었다.

그동안 누구의 방해도 받지 않았을 뿐 아니라 모두가 서두른 덕에 낙양까지는 이제 한나절 거리가 남아 있을 뿐이었다. 그런데 목적지에 가까워질수록 무림인들의 모습은 눈에 띄게 늘어나고 있었고 그에 따라 일행의 마음도 점점 무거워졌다.

"천하무림인들이 몽땅 낙양으로 집결하는 것 같네."

조금 전에도 일단의 무림인들이 말을 달려가는 것을 본 은강이 걱정스러운 듯 말하자 역리상이 대꾸했다.

"그러게 말이야. 내로라하는 자들이 다 모여들 게 뻔한데 우리 힘은 점점 약해지고 있으니… 이 난국을 어떻게 헤쳐 나갈지 난감할 뿐이다."

그가 걱정하는 것은 극도로 약해지고 있는 부현과 나연의 내공이었다. 하루가 다르게 소실되고 있는 두 사람의 내공은 이제 거의 느껴지지 않을 지경에 이르러 있었다. 그러니 앞으로 무슨 일이 닥치기라도 하면 두 사람을 보호해 가며 싸워야 할 형편이었다. 그런데도 부현은 큰소리만 치고 있었다.

"걱정하지 마슈. 그까짓 내공 조금 없어졌다고 이 전부현이 죽지는 않을 테니까. 내 몸에는 아직도 천 년이 넘는 내공이 잠재되어 있다 이 말이오."

"그래, 네 말대로 그렇다고 치자. 그런데 지금 당장 화살이라도 하나 날아오면 피할 수 있냐?"

"그, 그건……."

내공이 다 소실되어 보통 사람과 다를 바 없는 현재로서는 자신이 없었다. 하지만 이 정도 상황에 기가 죽을 부현이 아니었다.

"죽음의 위기가 닥쳐오면 잠재되어 있던 내공이 저절로 터져 나오겠지 뭐."

"나중에 싸움이 벌어져도 그렇게 태평할 수 있는지 한번 보자."

"다른 사람은 몰라도 형님에게 도와달란 소리는 안 할 테니 걱정 마슈."

"제발 그래 줬으면 고맙겠다."

"나중에 내 내공이 살아나면 도움을 주나봐라."

두 사람이 옥신각신하고 있을 때였다.

두두두두…….

관도 저 뒤쪽에서 일단의 무리가 빠르게 말을 몰아오고 있었다.

"젠장, 또 먼지 뒤집어쓰게 생겼네."

부현의 투덜거림처럼 그 무리는 뿌연 먼지를 일으키며 일행 곁을 빠르게 스쳐 지나갔다. 그런데 얼마 가지 않아 그들은 급히 말을 세우더니 일행을 바라보았다.

"그냥 지나가기를 바랬더니 누군가 우리를 알아본 모양이군."

바람이 낮게 뇌까렸다. 그들이 스쳐 지나갈 때 이미 정체를 파악한 모양이었다.

"누군지 알아요?"

먼지가 채 가라앉지 않아 그들의 모습을 식별할 수 없었던 부현이 묻자 바람이 가라앉은 목소리로 대답했다.

"사상문 사람들이다. 칠검노와 칠천검이로군."

"그들이 여기는 왜……."

"소문을 들은 모양이지."

"그런데 왜 안 가고 저기에 진을 치고 서 있데요? 우리에게 시비를 걸려고 그러나?"

사상문에서 자신이 얼마나 얄미운 말을 했었는지 스스로 잘 알고 있는 부현이었기에 은근히 겁이 나는 모습이었다.

그러는 동안에도 일행의 말은 꾸준히 이동했고, 드디어 서로의 얼굴을 확실히 알아볼 수 있는 거리에 이르자 저쪽에서 백검자가 말을 걸어왔다.

"오랜만에 뵙습니다, 공주님."

역시 그들에게는 공주 신분인 은강이 제일 신경 쓰이는 모양이었다.

"그렇군요. 그런데 어디를 그렇게 급히 가시는 중인가요?"

"낙양으로 가고 있습니다만……."

"역시 그렇군요."

천부인에 대한 소문은 이미 비밀이 아니었기에 은강은 사상문에서처럼 숨기려 하지 않았다.

"하면 공주님 일행께서도 낙양으로 가는 중이십니까?"

"그래요."

은강이 순순히 시인하자 백검자는 짐짓 놀란 표정을 지어 보였다.

"이런! 그곳은 공주님이 가실 곳이 아닌 줄로 사료됩니다만."

"어째서 그렇지요?"

"이미 알고 계시리라 믿습니다만, 그곳으로 천하의 모든 무림인들이 몰려들고 있습니다. 한데 무림인들이란 천성이 거칠어서 귀하신 공주님이라 할지라도 손에 사정을 두지 않지요. 더구나 여기는 고구려 땅에서 수천 리 떨어진 이역이 아니겠습니까?"

고구려를 떠났으니 공주라는 신분은 이제 아무짝에도 쓸모없다는 얘기였다. 경우에 따라서는 자신들의 손에 죽을 수도 있다는 암시까지 담긴.

"알고 있어요. 하지만 누가 감히 나를 건드릴 수 있겠어요? 우리 일행의 능력이 어느 정도 되는지는 백검자도 잘 알고 있지 않나요?"

"이 늙은이가 쓸데없는 걱정을 한 것 같군요. 그럼 부디 보중하시길."

백검자가 가벼운 예를 올리며 돌아서려 하자 은강이 빠르게 물었다.

"혹시 로스티드라는 자에 대해 알고 있나요?"

이 갑작스러운 질문에 그들이 조금이라도 동요할 것이라고 은강은 믿고 있었다. 하지만 그들은 로스티드의 존재에 대해서 아는 바가 없었으므로 전혀 놀라지 않았다.

"처음 듣는 이름입니다만."

그들의 안색을 살피던 은강은 약간 실망한 표정이었다.

"로스티드라면 먼 이역인의 이름 같은데… 어째서 저희에게 물으시는지요?"

"아니에요. 제가 잠시 착각을 했어요."

"저희는 그럼."

백검자는 다시 예를 취한 뒤 나머지 일행과 함께 다시 말을 달려나가기 시작했다.

그들이 어느 정도 멀어지자 은강은 알 수 없다는 듯 고개를 갸웃거렸다.

"사상문이 로스티드를 보낸 줄 알았더니, 아니었나?"

그녀의 말에 부현이 대꾸했다.

"어쩌면 사상문에서 보낸 게 아닐지도 몰라. 그 자식이 숲에서 공격해 왔을 때 우리가 미래에서 온 사실을 알고 있는 것 같았거든."

"그래?"

"도대체 그 자식의 정체가 뭔지 궁금해 죽겠어."

"어쨌든 큰일이네. 로스티드만으로도 버거운데, 우리에게 안 좋은 감정을 가지고 있는 사상문까지 나타났으니……."

"그들뿐 아니라 천부인을 노리는 자들은 모두 잠재적인 적이라 할 수 있다. 우리가 천부인 찾기를 포기하지 않는 이상."

바람이 한 이 말은 대단히 절망적이었지만 한 치도 틀림이 없는 말이었다.

"낙양으로 들어가기 전에 두 사람을 치료할 방법부터 찾는 게 좋지 않을까요? 지금 이대로는 너무 위험하잖아요."

웬만해선 뒤로 물러서는 법이 없는 은강이었지만 이번 일만큼은 걱정이 되는 모양이었다. 그 걱정은 나연이 위험해질지도 모른다는 생각에서 기인한 것이었다.

나연이 걱정스럽기는 바람도 마찬가지였다. 하지만 어떤 독인지도 모르는 상황에서 무슨 방법이 있겠는가?

"그러게… 우리를 도와줄 사람이 있을지 모르겠구나."

"의원을 한번 찾아가 보는 건 어때요?"

"일반 의원으로는 어림도 없다. 천하제일을 다투는 명의라면 혹시 모를까."

"그런 의원을 무슨 재주로 찾아요? 우리는 이쪽 사람들에 대해서 아는 것도 없는데."

답도 나오지 않을 문제로 두 사람이 고민을 하고 있자 부현이 호기롭게 나섰다.

"글쎄, 걱정하지 말라니까 그러네. 우리에게는 아직도 무궁무진한 내공이 있으니까 때가 되면 다 해결되게 되어 있어요."

"그 잠재된 내공이 녹아 나오기 전에 죽어버리면 어쩌냔 말야, 이 멍청아!"

"이게, 이제는 걸핏하면 멍청이라고 하네? 바보라는 말도 거슬려 죽겠는데."

"대책없이 큰 사건에 휩쓸렸다가 나연 언니가 잘못되기라도 하면 네가 책임질 거야?"

"그러니까… 나는 쭉정이고 순전히 나연 누나가 걱정돼서 이러는 거다, 이거지?"

"당연하지. 네 걱정 할 만큼 내가 한가한 줄 알았어?"

"더러워서 정말… 잘 새겨들었으니까 어서 가기나 하자."

"치유할 방법부터 찾자니까?"

"방법이 없다며? 그런데 여기서 뭘 하자는 거야?"

부현이 성질을 발끈 내며 앞서 움직이기 시작하자 나머지 일행도 따라 움직여야 했다. 그의 말대로 뾰족한 방법이 없었으니까.

백검노는 가장 뒤에서 말을 달려나가며 깊은 생각에 잠겨 있었다.

'문주께서는 저들을 제거하기 위해 믿을 만한 사람을 보냈으니 이미 죽었을 것이라 했는데… 이거 일이 곤란하게 되었군. 좌명학, 그 망나니 녀석은 벌써 낙양에 도착해 있을 테니… 한 치도 빈틈없는 문주께서 왜 이런 실수를 하셨을까? 은밀히 보낸 자가 대단한 능력을 가졌다고 장담하시기에 믿고 있었는데 말이야.'

좌명학이 살아 있다는 사실은 칠천검도 알고 있는 일이었지만 은강 공주 일행을 제거하기 위해 누군가를 보냈다는 사실은 칠검노 중에서도 백검노만 알고 있는 사실이었다.

'은강 공주가 물었던 로스티드란 자가 아마도 문주가 보낸 사람인 것 같은데… 여하튼 일이 복잡하게 되었군. 공주 일행과 좌명학이 맞닥뜨리는 일이 벌어지기라도 한다면 둘 중 한쪽은 제거되어야 하는데……'

은강이 이 사실을 알게 되면 좌명학을 죽이지 않고는 사태를 봉합할 수 없을 테니 둘 중 하나를 죽여 없애야만 하는 것이다. 하지만 아무리 망나니라도 좌명학은 자신이 모시는 문주의 혈육이니…….

'자칫하면 사상문에 멸문지화가 닥칠지도…….'

천근거석이 들어앉은 듯 백검노의 가슴은 답답하기만 했다.

저녁 무렵에 일행은 드디어 낙양에 도착하게 되었다. 워낙 오래된 도읍이었기에 거리는 번화하고 사람은 말할 수 없이 많았다. 국내성을 떠나온 이후 이만한 도읍을 만난 것이 처음이었기에 바람을 제외한 일행은 마음이 은근히 들뜬 표정이었다.

"와, 사람 정말 많네. 이 시대에도 이렇게 많이 살았나?"

부현이 혀를 내두르고 있자 나연이 설명해 주었다.

"이 시대의 중국 인구가 대략 7천만 정도야. 그리고 낙양은 아주 오래전부터 발달한 도시니까 많을 수밖에."

"7천만이면 우리가 살던 시대의 남북한 인구를 합한 만큼이나 되네?"

"엄청난 숫자지."

"인간들이 이렇게 많으니 찾기가 쉽지 않겠는걸?"

"지도 말이니?"

"아니, 진 낭자를……."

부현은 갑자기 서늘해지는 일행의 눈길을 접하고는 얼른 말을 바꾸었다.

"하하… 물론 지, 지도도 찾아야겠지만……."

그러나 일행은 벌써 등을 돌린 상태였다.

"쟤는 진 낭자나 찾아 돌아다니라고 놔두고 우리끼리 객점이나 찾아봐요, 언니."

"그래. 바쁜 사람은 놔두고 우리끼리 먼저 가자."

"잠깐만! 나도 같이 가!"

허둥지둥 일행의 꽁무니를 좇아가던 부현은 언뜻 스치는 시선으로 눈에 익은 사람을 본 것 같았다.

‘누구였지?’

한 주루 앞을 지나다가 언뜻 본 그 사내는 주루를 빠져나와 반대 편 길로 부지런히 걸음을 옮기고 있었다. 두 명의 여자를 양 옆에 낀 채 말이다.

‘분명히 아는 얼굴 같았는데…….’

얼굴은 분명히 눈에 익은데 누군지 금방 떠오르지 않는 상황은 누구나 종종 겪는 일이다. 그리고 이런 경우에는 보통 그 사람이 시야에서 사라졌을 즈음 기억이 되살아나게 마련이다.

일행을 좇아가랴, 뒤도 돌아보랴 부산하게 움직이던 부현이 한순간 걸음을 멈추며 크게 소리쳤다.

“그래! 그 자식은 좌명학이었어!”

좌명학이란 말 때문이었을까? 모른 척하고 앞서 가던 일행이 동시에 뒤를 돌아보았다.

“그게 무슨 말이야? 누굴 봤다고?”

“좌명학이었어. 그 자식이 술집 여자 둘을 데리고 저쪽으로 걸어갔단 말이야.”

“너, 어디 아프냐?”

은강은 기가 막힌다는 표정이었다.

“난 멀쩡해. 진짜 좌명학이었단 말이야.”

“좌명학 목이 잘려 나가는 건 너도 보고 나도 보고 여기 있는 사람들 다 봤어. 그런데 지금 무슨 헛소리를 하는 거야? 미안한 줄 알면 잠자코 좇아오기나 해! 이상한 장난으로 시선 끌려고 애쓰지 말고.”

“정말 좌명학이었다니까?”

부현이 다시 한 번 강력하게 주장했지만 누구도 그 말을 믿으려 하지 않았다.

"그만 하면 됐으니 이제 장난은 그만두거라."

바람까지 믿어주지 않자 부현은 울상이 되었다.

"씨이… 정말 좌명학이었는데……."

부현은 혼자라도 좌명학을 쫓아가 보고 싶었지만, 내공을 거의 잃은 상태에서 단둘이 싸움이라도 붙게 되면 큰일이었기에 그럴 수가 없었다. 게다가 자칫 길이라도 잃으면 일행과 헤어질 위험성도 있었고 말이다.

'내가 더러워서라도 내공을 다시 살려내고 만다!'

부현은 속으로 다짐하며 일행의 뒤를 묵묵히 쫓아갔다.

"저기가 좋겠네."

은강은 거리에서 가장 규모가 커 보이는 객점으로 발길을 향했다. 그런데 입구에 들어가 보기도 전에 점원에게 제지를 당하였다.

"손님, 죄송합니다만 빈방이 없습니다. 식사만 하고 가실 거라면 모를까 묵으실 방을 찾는 중이라면 다른 곳을 찾아보십시오."

"이렇게 큰 객점에 방이 하나도 남지 않았단 말이야?"

"그렇습니다. 며칠 전부터 갑자기 손님이 늘었습지요. 무슨 일인지 몰라도 천하무림인들이 낙양으로 다 몰려온 모양입니다. 지금이라도 부지런히 돌아다니시면 작은 객점에는 방이 한두 개쯤 남아 있을지 모르니 서두르십시오. 하지만 어딜 가든 웃돈을 내놓지 않고는 방을 구할 수 없을 겁니다."

은근히 뭔가를 바라는 눈치이기는 했지만 백 평은 족히 될 듯한 객점 일층을 꽉 메운 채 와자하게 떠들어대고 있는 사람들을 보니 점원의 말이 거짓인 것만은 아닌 모양이었다. 그들 대부분이 무림인이었으니 말이다. 사실 객점뿐 아니었다. 거리를 오가는 사람들 또한 두 명 중 한 명은 도검을 휴대한 무림인이었다.

"고맙네."

바람이 발길을 돌리려 하자 은강이 얼른 입을 열었다.

"잠깐만 기다리세요, 바람 오라버니."

일행을 잠시 멈추게 한 은강은 품속에서 작은 은덩이 하나를 꺼내 점원에게 내밀었다.

"이거면 방 두 개는 만들어줄 수 있겠지?"

점원은 은덩이의 크기를 가늠하며 부지런히 머리를 굴리더니 얼른 은덩이를 받아 넣으며 대답했다.

"하나라면 어떻게든 만들어볼 수 있겠지만……."

운을 떼며 눈치를 슬금슬금 보고 있는 점원의 눈앞에 은강이 또 하나의 은덩이를 들이밀었다.

"우린 두 개가 필요해."

점원의 입이 쭉 찢어졌다.

"이렇게까지 생각해 주신다면 무슨 짓을 해서라도 만들어 드려야지요. 잠시만 기다리십시오. 방을 마련해 둔 뒤 모시러 나오겠습니다."

부리나케 안으로 뛰어들어 간 점원은 어린 점원 두 명을 불러 뭐라고 지시를 내려놓고는 일행에게로 다시 돌아왔다.

"아래 아이들에게 준비해 두라고 시켰으니 우선 들어오셔서 술이라도 한잔 들고 계십시오."

일행은 점원의 안내에 따라 객점 안으로 들어섰다. 점원은 혼자 앉은 손님들을 합석시켜서 일행이 앉을 자리를 하나 만들어주었다. 아마 방도 이런 식으로 만드는 모양이었다.

일행은 시장기도 달랠 겸 몇 가지 음식과 술을 주문하였다. 그러자 다른 순서를 무시하고 만들어 내온 듯 얼마 지나지 않아 주문한 술과 음식이 나왔다. 돈의 위력을 실감할 수 있는 상황이었다.

식사를 마칠 즈음 방이 마련되었음을 점원이 알려왔기에 일행은 이층으로 올라갔다. 일행이 지내기에 큰 불편은 없어 보이는 방이었다.

자신이 받은 뇌물의 대가를 확실하게 보상한 점원은 편히 쉬라는 말을 남긴 뒤 일층으로 내려갔고, 일행은 남녀로 나뉘어 여장을 풀기 시작했다. 그런데 부현은 웬일인지 방에 들어가지 않고 복도에서 머뭇거렸다.

"왜 안 들어오냐?"

역리상의 물음에 부현은 시큰둥하게 대답했다.

"아직 잘 시간은 안 됐으니 좌명학이 어디 있는지 찾아보려고 그러오."

"이미 죽은 사람을 어디서 찾아? 괜한 고집 피우지 말고 들어와서 쉬기나 해라."

"내가 찾아내면 그때 가서 봅시다. 내 말을 우습게 알아들은 대가로 귓구멍에 말뚝을 하나씩 박아줄 테니까."

"네가 그런다고 내가 모를 줄 알고? 너, 사실은 진 낭자가 낙양에 도착했는지 찾아보고 싶어서 그러는 것 아니냐?"

"내가 형님인 줄 아슈? 하여간 좌명학을 찾으면 그때 봅시다."

"그래, 네 마음대로 해라. 하지만 조심해야 할 거다. 지금 낙양은 무림인이 득실거리는데, 버르장머리없는 네 주둥이는 때와 장소를 잘 구분하지 못하니까."

'그래, 니 맘대로 까부세요. 나중에 내공이 돌아오면 곱빼기로 갚아

줄 테니까.'

부현은 대꾸도 하지 않은 채 일층으로 향하였다.

객점을 빠져나온 부현은 처음에 좌명학을 발견했던 곳으로 먼저 가 보았다. 하지만 이미 한참이나 지난 뒤였으니 좌명학은커녕 그림자도 남아 있을 리 없었다.

"젠장, 어디 가서 찾는다지?"

부현은 거리를 터벅터벅 걷기 시작했다. 그렇게 한동안 걷다 보니 거리는 의외로 구경할 것이 많았다. 그가 살던 시대와는 많이 다른 듯하면서도 높은 건물과 휘황한 네온사인이 없다는 것만 빼고 나면 크게 다를 것 또한 없었다. 아무리 오랜 세월이 흐른다 해도 인간이 살아가는 근본 원리는 크게 변하지 않는 법이기 때문이다.

돈 많은 자들은 주루에서 기녀의 웃음을 사고 그보다 덜한 자들은 객점에서 내주는 음식과 술로 만족한다. 그리고 바닥을 이루는 계층은 호롱불도 없는 한 귀퉁이 좌판에서 식은 만두를 씹으며 싸구려 술 한 잔으로 목을 축인다.

그중에 자신은 지금 어디에 속해 있을까? 부현은 생각해 보았다. 가진 것으로 따지면 그가 살던 시대에서와 마찬가지로 바닥 인생이었다. 하지만 그에게는 잘 나가는 친구들이 있고, 지금은 비록 잃었지만 남들이 부러워하는 능력도 몸에 지니고 있지 않았던가?

"아직 내 몸에 잠재되어 있는 내공만 다시 살아나면 난 천하 최강이 되는 거야. 술주정뱅이와 바람둥이의 아들 부현이 아니고 천하제일무공을 구사하는 전부현이 되는 거라고."

주먹을 불끈 움켜쥔 채 결연한 표정으로 다짐하던 그의 눈동자가 갑자기 빛을 발했다. 아마도 중요한 무엇을 발견한 것 같았는데…

“무지하게 예쁘다…….”

그의 눈길을 사로잡은 것은 바로 기녀였다. 넋을 놓고 바라보는 그의 눈길을 느꼈는지 기녀도 살짝 고개를 돌려보고는 생긋 미소 지어주었다.

‘으힛! 날 보고 웃었어!’

천하제일인이 되겠다던 조금 전의 다짐은 어디다 금방 팔아먹었는지… 원래 사내에게 웃음을 팔도록 훈련된 기녀가 한번 미소 지어주었다고 헤벌쭉 웃고 있는 부현이었다.

‘내가 마음에 드는 모양이야.’

이런 되지도 않는 생각을 하느라 한눈을 팔던 부현은 앞에 사람이 서 있는 것을 미처 발견하지 못하고 계속 걸어갔다. 그리고 드디어 그 사람에게 부딪치려는 순간,

“조심하게, 이 사람아. 걸을 땐 앞을 봐야지 어딜 보고 있는 겐가?”

그 사람은 부현의 팔을 잡음과 동시에 한 걸음 옆으로 비켜서며 주의를 주었다.

“죄, 죄송…….”

사죄를 하기 위해 그 사람을 쳐다보던 부현은 입이 딱 얼어붙고 말았다. 마주한 사람의 눈빛이 얼마나 무서웠던지 도무지 사죄할 용기마저 나지 않았던 것이다.

“보기보다 담이 적은 젊은이로구먼?”

그 사람은 부현의 어깨를 툭 치고는 자신이 가던 길을 계속 걷기 시작했다. 하지만 그가 저만치 멀어진 이후에도 부현은 발을 움직일 수 없었다.

“오줌 싸는 줄 알았네… 무슨 사람 눈빛이 저렇게 무서워?”

겨우 정신을 차리고 중얼거리던 부현은 생각만 해도 두렵다는 듯 몸을 부르르 떨었다. 하지만 그는 아직 모르고 있었다. 그런 눈빛을 가진 사람은 천하에 단 하나 섬검자밖에 없다는 사실을 말이다.

"어? 그런데 그 아가씨는 어디로 사라졌지?"

겨우 정신을 차린 부현이 제일 먼저 한 것은 기녀를 찾는 일이었다. 하지만 사방을 아무리 둘러보아도 기녀의 모습은 어디에도 없었다.

"에이, 무서운 아저씨 때문에 좋은 구경거리를 놓쳐 버렸네. 되게 예뻤었는데……."

부현은 실망한 표정으로 다시 길을 걷기 시작했다. 그런데 바로 그때였다.

"글쎄, 내일 아침에 돌아가겠다는데 왜 자꾸 귀찮게 하는 거요?"

"지금 이러고 계실 때가 아닙니다."

귀에 익은 이 목소리는 바로 좌명학과 자천검의 목소리였다.

"드디어 찾았다."

부현은 얼른 소리가 난 쪽으로 시선을 돌렸다.

"은강 공주 일행이 낙양에 들어와 있다고 하지 않았습니까? 그들과 마주치기라도 하면 큰일이니 그만 돌아가십시오."

"걱정 말아요. 그 족속들 눈에 띄지 않게 조심할 테니."

개버릇 남 못 준다더니, 좌명학은 양 옆에 기녀 둘을 낀 채 돌아가지 않겠다고 버티는 중이었다. 얼마 떨어지지 않은 곳에서 부현이 두 눈을 시퍼렇게 뜨고 바라보고 있는 것도 모른 채 말이다.

'찾긴 찾았는데, 정말 이상하네? 저 자식이 어떻게 살아 있는 거지? 그때 목이 잘리는 걸 내 눈으로도 똑똑히 봤는데 말이야. 어쨌든 찾았으니까 가서 바람 형님을 모셔 와야겠다. 지금 내 힘으로는 저놈들을

당할 수 없을 테니까.'

일행이 묵고 있는 객점으로 급히 발길을 돌리려던 부현은 다시 멈칫하였다.

'가만, 저 인간들이 어디로 사라져 버리면 나만 또 거짓말쟁이가 되는 거잖아? 안 되겠다. 몰래 쫓아가서 어디 묵는지 먼저 알아두어야겠어.'

부현은 근처에 있는 골목으로 슬그머니 몸을 숨긴 채 두 사람을 주시했다.

좌명학은 계속 버티고 있더니 자천검이 귀에 대고 뭐라고 속삭이자 흠칫 놀라는 듯하더니 아무 말 없이 기녀를 돌려보내고는 그의 뒤를 따랐다.

'이제 본거지로 가는 모양이군. 어디 한번 따라가 볼까?'

부현은 들키지 않을 만큼 거리를 두고 조심스럽게 뒤를 쫓았다. 얼마 가지 않아 번화가가 끝나고 주택만 조용하게 늘어서 있는 거리에 접어들었지만 그들의 발걸음은 멈출 기미를 보이지 않았다.

'이상하네… 저 인간들은 객점에서 묵지 않는 모양이지?'

하긴 사상문 정도의 재력이라면 낙양에 집 한 채 급히 마련하는 것은 어렵지 않은 일인지라 부현은 의심하지 않고 계속 뒤를 따랐다. 하지만 거리가 조용한 만큼 안전을 위하여 거리를 넉넉히 벌리는 것은 잊지 않았다. 그렇게 얼마를 더 쫓아갔을까?

담을 맞대고 있던 집들의 거리가 드문드문 멀어질 즈음이었다. 앞서 걸어가던 좌명학과 자천검이 꽤 넓은 집의 담을 돌아 시야에서 사라져 버렸다.

'저긴가?'

부현은 더욱 조심스럽게 그들이 사라진 담으로 접근해 갔다. 그리고 담 모퉁이에 몸을 숨긴 채 저쪽을 살짝 엿보려는 순간이었다.

"이놈!"

갑자기 시퍼런 칼날이 목으로 떨어져 내리지 않겠는가?

"히에엑!"

부현은 목을 자라처럼 얼른 옴츠렸고 칼날은 코끝에 닿을 듯 앞을 스치며 내리꽂혔다.

코가 베이지 않았나 싶을 정도로 섬뜩한 느낌이 전해왔지만 놀라고 있을 겨를이 없었다.

부현은 뒤를 돌아볼 것도 없이 달음질치기 시작했다. 어떻게든 사람들이 오가는 번화가까지만 가면 안전할 것 같았기에 그야말로 죽을힘을 다하여 달렸다. 그러나 내공이 뒷받침되지 않는 상태에서 달려봐야 얼마나 빠르겠는가? 백 미터를 십 초대에 주파하는 능력을 가진 것도 아니고 말이다.

자천검은 자신과 좌명학이 부현에게 발견됐다는 사실을 처음부터 알고 있었다. 해서 그 사실을 좌명학에게 살며시 말해 준 뒤 부현을 이곳까지 유인했던 것이다.

하지만 자신의 능력으로는 부현을 이길 수 없다고 생각했기에 좌명학을 먼저 보내 칠검노에게 알리라고 이른 뒤에 기습을 가한 것이었다. 그런데 부현이 줄행랑을 놓고 있으니…….

"나는 소문주가 칠검노 어른을 모셔올 때까지 시간을 끌려는 생각이었는데… 아차! 저놈이 일행에게 가면 일이 더욱 골치 아파진다. 여기서 끝장을 봐야 해."

부현의 내공이 사라졌다는 사실을 모르고 있는 자천검은 어떻게든 그의 발을 묶어두어야 한다는 생각에 전력을 다하여 뒤를 쫓기 시작했다. 그런데 어찌 된 일인지 몇 걸음 가지 않아 부현을 따라잡을 수 있게 되자 이상한 생각이 들었다.

'이자가 장난을 치는 것인가?'

무림인의 걸음걸이치고는 너무 불안정하다는 생각이 들었던 것이다.

"멈춰라!"

자천검은 대갈일성을 토해내며 검을 그어냈다.

쐐애애액!

걸음을 멈추게 할 요량으로 베어낸 검이었기에 큰 힘이 실리지도 않았건만, 부현은 크게 놀라며 달리던 속도 그대로 바닥을 뒹굴어 피하였다.

'아무래도 뭔가 중대한 변화가 있었던 것이 분명하군.'

자천검은 부현의 능력에 의심을 품는 일면 만약의 사태에 대비하며 바닥에 엎어져 있는 부현에게 조심스럽게 다가갔다.

"아이고고… 뼈마디가 다 어긋난 모양이네."

엄살을 떨며 몸을 일으키던 부현은 코앞에 시퍼런 검날이 다가와 있는 것을 발견하고는 화들짝 놀라 소리를 질렀다.

"자, 잠깐만!"

자천검은 부현의 목에 검날을 겨누고 있으면서도 지금 이 상황을 이해할 수가 없었다.

'이자는 분명 스승님들보다도 내공이 한 수 위라고 알고 있는데… 어찌 검날이 목에 닿도록 손 한 번 못 쓴단 말인가? 보기에는 내상을 입은 것 같지도 않은데…….'

자천검이 염두를 굴리느라 아무 대꾸도 않자 부현이 빠르게 말을 쏟아냈다.

"나, 난 오늘 아무것도 본 게 없어요. 그러니 그냥 보내줘요. 그럼 이 은혜는 두고두고 잊지 않을게요."

이 말은 자천검에게 확신을 심어주기에 충분했다.

'무슨 일인지는 몰라도 이자는 지금 아무런 힘도 쓸 수 없는 상황이로군. 그렇다면……'

자천검은 비릿한 미소를 배어 물며 검을 천천히 들어 올렸다.

"네놈이 뭘 봤는지는 중요하지 않다. 죽은 놈은 아무 말도 할 수 없는 법이니까. 가랏!"

자천검이 검을 내려치려는 순간이었다.

"잠깐!"

부현의 입에서 엄청난 고함이 터져 나왔다. 자천검도 검을 멈출 수밖에 없을 만큼 무지막지한 고함이었다.

"내가 이대로 순순히 당할 것 같아? 사용할 수 있는 내공 삼 갑자에 잠재된 것까지 합치면 무려 1,600년이나 되는 내공을 보유한 내가 말이야."

죽음의 선을 오락가락하는 와중에 떠올린 생각, 자신의 내공이 사라진 것을 자천검은 모를 것이라는 그 생각에 마지막 희망을 걸고 한 소리였다. 그런데 말을 알아들었으면 슬슬 꼬리를 말아야 할 자천검이 묘한 미소를 지은 채 검을 천천히 들어 올리지 않겠는가!

"이, 이봐. 나는 당신을 죽이고 싶지 않단 말이야. 그러니 이쯤에서 물러나라고."

"그렇게 자신이 있으면 왜 말로만 떠들고 있지? 내가 알기로 너는

경망스럽기 그지없어서 지닌 바 능력을 숨기고 있을 위인이 못 되는데?'

'젠장, 이 방법으로는 안 되겠는데…….'

부현은 얼른 주변을 한 번 둘러보았다. 누구 도와줄 사람이 없나 하는 눈길로 말이다. 그러나 사람은 고사하고 흔한 고양이 한 마리 찾아볼 수 없었다.

'여기서 이렇게 죽을 순 없어…….'

부현은 잔머리를 윙윙 굴려대기 시작했다. 광속에 버금가는 속도로 검색을 해보아도 그가 가진 정보 중에는 이런 상황을 벗어날 수 있는 방법이 없었다. 한두 가지 떠오르는 생각이 있기는 하였지만 그것 또한 시간을 약간 늦추는 정도밖에는 안 될 것 같았다. 그렇다고는 해도 그냥 죽는 것보다는 나을 것 같았기에 잔머리가 제공한 정보를 사용해 보기로 마음먹었다.

"후훗."

그는 먼저 분위기를 잔뜩 잡아가며 비웃음 비슷한 미소를 흘렸다. 그 연극이 어느 정도 먹혀든 듯 자천검이 움찔 놀라는 기색을 보이자 부현은 더욱 힘을 내어 당당하게 말했다.

"이곳에 나 혼자 온 것 같은가?"

"그게 무슨 말이냐?"

"후훗, 바람 형님은 원래 기척없이 움직이시지."

정말 바람이 와 있기라도 한 듯 아주 자연스러운 연기였다. 게다가 바람 정도라면 자천검의 이목을 숨기고 접근하는 것은 어렵지 않은 일이었다.

슬그머니…….

자천검의 눈길이 자신도 모르게 뒤로 돌아가는 것은 그의 잘못이 아니었다. 바로 그 순간,

쉬익!

부현은 자신이 낼 수 있는 최고의 속도로 자천검의 가랑이 사이에 발등을 꽂아 넣었다.

퍼억, 공격이 성공했다면 분명히 이런 소리가 들려야 옳았다. 하지만 발등에 걸린 것이 없으니 소리도 당연히 들릴 리가 없었다. 헛발질을 한 부현은 잔뜩 화가 난 자천검의 눈길을 대하고는 무안한 표정으로 씨익 웃어주었다.

"노, 농담이었어요… 바람 형님은 지금……."

퍼억!

조금 전에 머리로 상상만 했던 그 소리가 자신의 몸 일부에서 들려오는 것을 느끼며 부현은 그 자리에 푹 거꾸러졌다. 두 손으로 남자의 중요한 그곳을 움켜쥔 채 말이다.

"끄으으으… 터… 졌… 겠… 네……."

하복부부터 시작된 말 못할 통증이 전신으로 퍼져 나가며 온몸을 마비시키는 이 고통을 어떻게 표현하랴. 부현은 거품을 물며 눈을 허옇게 뒤집어 떠야 했다. 그곳을 제대로 맞으면 저절로 그런 표정을 짓게 되어 있으니까.

지끈!

자천검은 부현의 머리를 발로 밟으며 차갑게 소리쳤다.

"네놈이 어쩌다 이렇게 약골이 됐는지는 몰라도 이제 장난은 그만두고 조용히 떠나주어야겠다. 다시는 돌아오지 못할 곳으로 말이다."

자천검은 부현의 목을 겨냥해 검을 내리그었다.

쐐애애액!

하복부의 극심한 통증으로 눈을 뒤집어 뜬 부현은 이런 상황조차 모른 채 목이 잘리고 말 위기였다. 바로 그때,

쉬이잇— 따앙!

어디선가 날아온 자그마한 물체가 자천검의 검신을 정확히 가격해 뒤로 밀리게 만들었다. 확실치는 않지만 그다지 큰 물체 같지 않았는데 휘둘러진 검을 밀어냈다는 것은…….

자천검은 저린 손목을 주무르며 물체를 쏘아낸 장본인을 찾아 시선을 돌렸다. 제일 먼저 시선을 사로잡은 것은 밤에 만난 호랑이의 그것처럼 맹렬하게 뿜어져 나오는 안광이었다.

'인간의 안광이 어찌 저토록……!'

강호에서는 그래도 이름깨나 알려졌다고 자부하는 자천검이었다. 그런데 그 안광을 대하는 순간 오금이 저릴 지경이었다.

"방금 참견을 하신 것이 귀하이시오?"

자천검은 떨려 나오는 목소리를 억지로 안정시키며 힘겹게 물어보았다.

"보아하니 싸움은 끝난 것 같구먼. 괜히 다치지 말고 물러서게."

말소리만 듣는다면 옆집 아저씨를 만난 듯 친근감이 느껴질 지경이었다. 하지만 맹렬한 안광은 여전하였다.

"나, 나는 사상문에 몸담고 있는 칠천검의 일원이오. 보아하니 고구려 무인 같은데 사문을 밝히시오!"

"사문… 나는 그런 건 없다네. 다만 남들이 섬전처럼 빠른 검법을 구사한다고들 하더군."

"섬전처럼 빠른 검이라면 설마……!"

"알 만큼 알았으면 그 아이를 두고 가보게."

"그, 그럴 수는 없소. 이자는 본 문과 지독한 악연을 맺었으니 귀하가 섬검자이든 아니든 관여할 바가 아니오."

"문득 들으니 내 제자아이 이름을 알고 있는 듯하던데, 그 정도로는 참견할 수 없다는 말인가?"

"그, 그것은……."

자천검은 말문이 막혔다. 부현이 바람의 일행임은 명백한 사실이고, 섬검자는 바람의 사부이니 관여할 명분은 충분했기 때문이다.

'눈치로 보아 소문주를 본 것은 이놈 하나뿐임에 분명하다. 그렇다면……..'

자천검은 들고 있던 검으로 부현의 목을 갑자기 찔러갔다.

"경거망동하지 말라고 일렀거늘!"

섬검자의 몸에서 새하얀 빛줄기가 순간적으로 뻗어 나왔다가 사라졌다. 검을 쓴 것이 분명하건만 마치 몸에서 빛이 쏘아져 나오는 듯한 움직임… 과연 섬검자라는 칭호에 어울리는 몸놀림이었다.

자천검은 섬검자의 능력을 의심한 대가로 오른 손목을 잃어야 했다.

"크으으……."

검을 굳게 움켜쥔 채 바닥에 떨어져 있는 손을 보며 자천검은 통분의 눈물을 금치 못했다. 무사가 검을 쥔 손을 잃었다는 것은 죽음보다 더한 수치였으니 말이다.

"오늘의 원한을 갚고 싶다면 언제든 나를 찾아오너라. 너의 문인들을 끌고 와도 될 것이고. 하지만 이것 하나는 알아두거라. 만약 너희 문인들을 끌고 왔을 때, 오늘 네가 벌이려던 일에 대한 합당한 이유를 대지 못하면 큰 희생을 감수해야 하리란 사실을 말이다."

그때 바닥에 웅크리고 있던 부현이 겨우 정신을 차리며 몸을 일으켰다.

"이 중요한 곳을……."

아무리 아프다고는 해도 생명을 구해준 은인에게 먼저 인사를 올려야 도리이거늘 부현의 생각은 온통 자신의 망가진 고추(?)에 쏠려 있었다. 그리고 보니 피가 붉게 배어 나온 것이 제법 심한 부상을 입은 모양이었다.

"아흐흐… 아주 작살이 난 모양이야."

부현이 그곳을 붙잡고 안절부절못하고 있자 섬검자가 먼저 말을 걸었다.

"그렇게 움직일 정도면 큰 부상은 아닌 것 같구나. 엄살은 나중에 하고 자리를 뜨도록 하자."

"뭐라고요?"

부현은 제 성질대로 눈을 확 부라리다가 섬검자의 무시무시한 안광과 맞닥뜨리는 순간 화들짝 놀라며 얼른 눈을 내리깔았다.

"네… 그러지요. 죽을 정도는 아니니까 뭐……."

"어서 따라오너라. 사상문 사람들이 몰려오기라도 하면 일이 커질 테니."

섬검자는 자천검을 놓아둔 채 부현과 함께 번화가 쪽으로 부지런히 발을 놀렸다. 자천검은 섬검자의 위력을 실감한 터라 감히 막지는 못하고 원한 어린 눈빛으로 쏘아보고 있을 따름이었다.

부현과 함께 갑작스레 나타난 섬검자로 인해 일행은 한바탕 소란을 떨어야 했다. 바람은 사부가 무사함을 반길 뿐이었고, 나머지 일행은 천하제일검이라는 무게와 무시무시한 안광 때문에 잔뜩 주눅이 든 채 인사를 마쳤다.

그 와중에도 은강은 자신이 공주임을 밝히지 못하도록 일행에게 눈치를 줘가며 무림인의 일원으로 자신을 소개했다. 그런데 문제는 부현과 나연의 존재였다. 아무리 설명해 줘도 섬검자는 도무지 이해하지 못하는 표정이었다. 하긴 그들과 동행하고 있는 나머지 일행도 두 사람이 미래에서 왔다는 사실을 아직 공감하지 못하고 있는 처지였으니 처음 보는 섬검자야 오죽하겠는가.

어쨌거나 그들은 서로에 대한 인사를 마치고 조금 전에 일어난 일에 대한 섬검자의 얘기를 듣고 있었다.

"방을 구하지 못해 노숙이라도 할까 하고 외곽으로 나가던 중에 이 아이가 위험에 처한 것을 보고 구해주게 된 것이다."

"이 아저씨가 아니었으면 정말로 죽을 뻔했어요. 자천검을 미행하는데 그가 갑자기 공격을 해오는 바람에……."

한참 떠들어대던 부현은 모두의 눈초리가 끄느름하게 변하는 것을 보고는 의아한 표정을 지었다.

"왜?"

"섬검자 어른이 어떤 분인 줄 알고 아저씨라 부르는 거냐?"

역리상이 목에 핏줄을 드리우며 소리치자 부현이 시큰둥하게 대꾸했다.

"아저씨가 아니면 아줌만가? 아저씨가 어때서 그래요? 나는 정감있고 좋기만 하구만."

"섬검자 어른은 천하제일검으로 칭송받는 분이야. 그런데 너 따위가 어떻게……."

"호칭은 아무래도 상관없으니 그만 하거라."

섬검자가 나서서 만류하자 부현은 역리상에게 '약 오르지?' 하는 표정을 지어주고는 말을 이어 나갔다.

"내가 왜 자천검을 쫓아갔는지 알아요? 바로 좌명학 때문이었다고요, 좌명학!"

"자천검을 쫓는다고 죽은 좌명학이 살아 돌아오냐? 넌 왜 자꾸 좌명학타령이야?"

역리상이 다시 쏘아붙였다.

"그게 아니라 자천검이 좌명학과 같이 있어서 미행했던 거라니까요?"

“뭐야?”

“분명히 좌명학이었어요. 그래서 어디 묵고 있는지 알아낸 후에 돌아와서 모두에게 알려주려고 했었단 말이에요.”

부현이 워낙 강력하게 주장하는지라 일행은 반신반의하는 표정을 짓고 있었다.

“혹시 사부님께서도 보셨습니까?”

바람이 섬검자에게 물었다.

“나는 그때 그 부근에 있었는데 잘 걸어오던 두 사람이 갑자기 숨는 것을 보고는 이상한 생각이 들어 근처에 은신한 채 자세히 살펴보았다. 그중 부현이를 공격했던 자천검이란 자가 다른 한 명에게 소문주라 호칭하며 먼저 돌아가 칠검노를 불러오라 이르더구나. 나는 칠검노라는 말을 듣고야 그들이 사상문인들인 줄 알게 되었지. 그리고 좌청목에게 좌명학이라는 망나니 아들이 하나 있다는 사실도 떠올릴 수 있었고.”

“도대체 이게…….”

바람은 도저히 믿을 수 없다는 표정으로 사상문에서 겪었던 일에 대해 섬검자에게 설명해 주었다.

“제 눈으로 분명히 확인했는데, 아직 살아 있다는 것은 납득할 수 없습니다. 사람의 얼굴 가죽을 벗겨 만든 인피면구로 변장하는 기술을 가진 자들이 간혹 있다고는 들었지만, 그 경우는 핏기가 없기 때문에 가까운 거리에서는 조금만 예리하게 살펴도 분별해 낼 수 있다고 알고 있습니다. 그리고 저는 그런 점을 염려해서 그날 면밀히 살폈었습니다.”

“혹시 모를 일이지, 사상문 정도의 세력을 가진 곳이라면 사술을 쓸 수 있는 자가 있을지도."

"사람의 얼굴을 바꾸는 사술도 있습니까?"

"강호는 넓고 기이한 일은 부지기수다. 그런 재주를 가진 자가 없다고 단정할 수는 없는 일이지."

"어쨌거나 그들은 저희를 속였습니다."

"좌청목은 원래 믿을 만한 인물이 못 된다."

얘기를 듣고 있던 은강이 바르르 떨며 중얼거렸다.

"그런 인간들은 오라버니께 말씀드려서 싹 쓸어버려야 돼."

섬검자가 의아한 눈길로 은강에게 물었다.

"은강이라고 했더냐? 오라비가 무얼 하는 사람이기에 사상문을 쓸어버릴 정도의 능력을 가지고 있지?"

"네, 넷?"

"방금 네가 그러지 않았느냐?"

"그, 그게 그러니까… 헤헤……."

은강이 아무런 대꾸를 못하고 있자 바람이 조용히 입술을 달싹거렸다. 아마도 전음으로 뭔가를 말하는 모양이었다. 그러자 섬검자는 언뜻 놀라는 표정을 지었다가 이내 가벼운 미소를 입가에 떠올렸다.

바람이 아마도 은강의 신분을 말하고 당분간 모른 척해줄 것을 부탁한 모양이었다.

"뭐, 말하기 어려우면 그만두거라."

섬검자는 곤란해하는 은강에게 아무렇지 않게 한마디 던지고는 화제를 다른 곳으로 돌렸다.

"보름 전에 진소희와 만난 일이 있는데, 너희에 대해 알고 있더구나."

　진소희에 대한 얘기가 나오자 모두 놀라는 표정이었지만 역시 가장
반응이 빠른 것은 그녀에게 지대한 관심을 가진 부현이었다.
　"진 낭자를 보셨어요? 잘 있던가요? 혹시 제 안부는 묻지 않고요?
그러고 보니 헤어진 지가 벌써 보름도 넘었네."
　도대체 몇 가지를 한꺼번에 묻는 것인지…
　"놈, 진 문주에게 흑심을 품고 있는 모양이구나?"
　"에?"
　"네 얼굴에 그리 쓰여 있으니 부인할 생각은 말거라."
　"그게 아니라 진 낭자가 제게 관심을 갖고 있다는… 하하……."
　"진 문주에게 마음이 있다면 각오를 단단히 해야 할 게야. 그 아이
가 지고 있는 무거운 짐을 나누어 져야 할지도 모르니까."
　"그게 무슨 말씀이세요?"
　"때가 되면 알게 될 게다. 그보다 너희도 소문을 듣고 낙양으로 온
것이더냐?"
　부현은 더 자세한 내막을 듣고 싶었지만 섬검자가 말을 돌리는 바람
에 물어볼 수가 없었다.
　"그렇습니다."
　바람은 자신이 들은 소문에 대해서 말해 주었다.
　"제 좁은 소견으로는 누군가 의도적으로 소문을 흘린 것이 아닌가
합니다."
　"나도 그리 생각하고 있다. 하지만 석 장의 지도가 있다는 사실은
헛소문이 아니다."
　"하면 누군가 진짜 지도를 가지고 사람들을 유인하고 있다는 말씀입
니까?"

"그동안 내가 조사한 바에 의하면 그럴 가능성이 높다. 아직 어떤 세력인지는 확실히 밝혀내지 못했지만."

"하지만 어렵게 구한 지도를 미끼로 써서 그들이 얻을 게 뭐가 있겠습니까?"

섬검자의 안광이 더욱 강하게 타올랐다.

"나머지 두 장의 지도!"

"하면……."

"누구든 나머지 두 장의 지도를 가지고 있는 사람이 있다면 그 세 장마저 얻으려 할 것이 틀림없다는 계산을 세운 것이겠지."

"자신들이 보유한 석 장의 지도를 빼앗기지 않고 오히려 다른 두 장의 지도를 얻을 계획을 세운 자들이라면 그만한 능력과 준비를 겸비하고 있겠군요."

"그렇다고 봐야지. 그리고 이 싸움은 우리와 그들의 대결로 이미 압축된 상태이다."

"그 말씀은……."

"네게 남겼던 한 장의 지도 외에 돈황에서 얻은 한 장의 지도가 내게 있으니까."

"돈황에 가신 일이 잘 되신 모양이군요?"

"어려운 여정이었지. 이제 저들이 어떻게 나오는지 두고 보는 일만 남았다. 내 생각대로라면 조만간 석 장의 지도에 대한 더욱 자세한 소문이 돌게 될 것이다."

"그렇다면 그들은 함정을 준비하고 군웅들을 유인할 것 아니겠습니까?"

"물론 그렇겠지."

“매우 어려운 싸움이 되겠군요.”

“민족의 얼을 되찾는 일인데 쉽게 해결될 줄 알았더냐?”

“그런 것이 아니고 부현과 나연 낭자가 마음에 걸려서 해본 소립니다.”

바람은 로스티드가 쓴 독에 당한 이후 두 사람의 내공이 거의 소실된 사정을 설명해 주었다.

“음… 그런 일이 있었구나. 그런 독이라면 쉽게 해독되지 않을 것 같은데…….”

섬검자는 한동안 생각에 잠겨 있더니 뭔가 해결책이 떠오른 듯 입을 열었다.

“상호를 유람하던 젊은 시절에 의형님으로 모시게 된 분을 한번 만나봐야겠구나. 완완노(頑頑老)란 명호로 불릴 만큼 고집불통이긴 하지만 의학만큼은 타의 추종을 불허하는 분이니 도움이 될 게다.”

“가까운 곳에 계십니까?”

“숭산(崇山) 부근이니 이틀이면 갈 수 있을 게다.”

“내일 출발하실 수 있겠습니까?”

“낙양의 분위기는 아직 무르익은 것 같지 않으니 며칠 정도는 여유가 있을 게다.”

“그럼, 내일 일찍 출발하도록 준비를 하겠습니다.”

“그러도록 해라. 그런데…….”

섬검자는 뭔가 할 말이 있는 듯 잠시 주저하더니 작은 목소리로 물었다.

“질심파파가 아무 말 않더냐?”

“황룡각에 한 번만 더 들르시면 가만두지 않겠다고 하셨습니다.”

"허헛, 그 늙은이 화가 단단히 난 모양이구나?"

외견으로 비교하면 질심파파가 십 년은 더 나이 들어 보였건만 마치 친구인 듯 말하는 사부의 언행 때문인지 바람은 의아한 표정을 지었다. 그러자 섬검자는 내심을 알겠다는 듯 껄껄 웃으며 설명하였다.

"명호에 파파라는 말이 들어가고 외모가 잔뜩 늙어 보이기는 하지만 질심파파는 나보다도 세 살이나 아래다."

"예?"

"무공을 속성하려고 무리를 하다가 그렇게 되었지. 그래서 성격도 괴팍해진 것이고."

"그랬었군요."

바람은 그제야 이해할 수 있었다. 질심파파에게서 확연히 느껴지던 사부에 대한 연정을 말이다. 질심파파는 젊어서부터 사부를 연모했지만 자신의 외모 때문에 심정을 말하지 못했을 것이다. 그렇다고 사부가 여인의 그런 마음을 헤아려 줄 수 있는 성격도 아니었으니.

"이제 그만 쉬자. 내일 일찍부터 서둘러야 할 게다."

섬검자는 이렇게 말하고는 침상에 먼저 몸을 눕혔다.

'오늘 밤 꿈에선 질심파파의 욕이나 실컷 들었으면 좋겠구나.'

나이 든 사람에게도 남녀의 정은 있는 법인가 보다.

다음날, 낙양에서 일어나는 상황을 놓치지 않기 위하여 나머지 일행은 남아 있고 부현과 나연만 섬검자를 따라 숭산으로 향하고 있었다.

태양이 키를 넘어 그림자를 조금씩 키워가기 시작하는 시각. 부현은 더위에 지친 표정으로 말 위에 축 늘어져 있었다.

"젠장, 내공이 떨어지니까 더위도 더 타는 것 같네."

"맞는 말이다. 내공이 정순하면 추위는 물론 더위도 이겨내기 쉬운 법이니까. 그런데 어디서 그런 내공을 얻게 되었느냐? 그 나이에 삼 갑자라면 도저히 이루기 힘든 공부인데."

"저번에 말씀드렸잖아요."

"정히나 어려우면 사문을 밝히지 않아도 좋다. 하지만 그런 허무맹랑한 소리는 말거라."

섬검자는 자신이 아직 살아보지도 않은 미래라는 세계가 존재한다는 사실을 납득하기 어려운 모양이었다.

"정말이라니까요? 그리고 내 무공은 왕실 무고에서 가지고 나온 사신투영장, 그중에서 현무장 하나 익힌 게 전부라고요."

"그만두거라. 숨기고 싶은 사문을 굳이 밝혀내고 싶은 마음은 없으니까."

"정말인데… 누나가 좀 설명해 봐요. 그런 건 나보다 잘하잖아."

부현이 나연에게 눈길을 보내보았지만 그녀는 고개를 저었다.

"아마 도저히 이해하시기가 힘들 거야. 나머지 사람도 우리가 그렇다니까 그러려니 하는 것뿐 제대로 이해하고 있는 사람은 없을 테고."

"아니, 그걸 왜 이해 못한다는 거야?"

"우리 시대에서는 시간 여행을 소재로 다룬 소설이나 영화가 흔하지만 이 시대에는 그런 게 없잖아. 그러니 이 시대 상식으로는 도저히 이해할 수가 없는 것이겠지."

"그래서 우리가 설명을 해줬잖아."

부현은 이 시대 사람들이 자기 말을 이해 못한다는 사실이 이해가

안 가는 모양이었다. 자신이 생각하는 한계, 그 안에서만 모든 것을 사고할 수 있는 존재가 인간이고 보면.

"내가 보기엔 너도 시간 여행의 개념에 대해서는 아는 게 없을 것 같은데?"

"내가 왜 몰라?"

"안다고? 그럼 설명해 봐, 시간 여행이 어떻게 해서 가능한 것인지."

"그야 깨몽이 요술을 부려서……."

"그런 것 말고 과학적으로 설명해 보란 말야. 어떻게 시간을 거스를 수 있지?"

"그게 그러니까……."

항성의 진화 과정에 블랙홀이란 것이 생기고 빛까지 잡아 가두는 블랙홀의 엄청난 중력은 주변 공간을 일그러뜨려 시간마저 왜곡시킨다는 등… 이런 고차원적인 문제를 부현이 설명할 수 있을 리 없었다.

"거봐. 너도 모르잖아. 현대에 살다 온 너도 모르는데 개념조차 없는 이 시대 사람들이 어떻게 이해를 하겠어?"

두 사람의 대화는 섬검자의 귀에도 분명하게 들릴 것이건만 그는 아예 신경조차 쓰지 않는 모습이었다.

"출출한데 어디서 요기나 하고 가야겠구나."

도저히 믿을 수 없는 얘기를 계속 듣느니 배라도 채우는 게 낫겠다고 생각한 모양이었다. 마침 멀지 않은 곳에 작은 마을까지 형성되어 있어 부현과 나연은 군말 않고 섬검자의 의견을 좇기로 했다. 하지만 막상 마을에 도착해 보니 객점 비슷한 것도 눈에 띄지 않았다. 순수한 농촌인 모양이었다.

어쩔 수 없이 한 집을 골라 들어가 돈을 주고 식사를 부탁하기 위해 이리저리 기웃거리던 일행은 의아함을 감출 수 없었다.

"어째서 사람이 하나도 보이지 않지?"

아무리 농번기라고는 하지만 사람이 하나도 없다는 것은 이상한 일이었다. 하다못해 어린아이들이나 나이 많은 노인이라도 집을 지키고 있어야 정상이건만, 눈을 씻고 찾아봐도 사람은 그림자도 보이지 않았던 것이다.

"이상한 일이네……."

일행은 왠지 좋지 않은 예감이 들어서 온 마을을 이 잡듯이 뒤지기 시작했다. 그렇게 마지막 집에 이르렀을 때였다. 부엌 쪽에서 달그락거리는 소리가 흘러나왔다.

"누가 있나보네요?"

부현이 얼른 뛰어가 부엌문을 열어젖혔다. 그러자 한 아이가 감자 하나를 입에 문 채 놀란 눈으로 부현을 올려다보았다. 대여섯 살가량 되어 보이는 아이였다.

"너 혼자 있니?"

부현이 물으며 한 걸음 가까이 가자 아이는 두려운 표정으로 얼른 뒤로 물러났다.

"나는 나쁜 사람 아니니까 겁내지 마."

그제야 아이는 조심스럽게 입을 오물거리며 탐색하는 눈으로 부현을 이리저리 훑어보았다. 그때 섬검자와 함께 다가온 나연이 물었다.

"마을 사람은 전부 어디 가고 너 혼자 있니?"

"모, 모두……."

나연이 여자라는 사실에 다소 안심이 된 듯 아이는 뭔가 말을 하려고 입을 움찔거렸다. 그런데 나연 뒤에 서 있던 섬검자를 한 번 보더니 화들짝 놀라며 울음을 터뜨려 버렸다.

"으아아아앙! 무서워⋯⋯."

하긴 어른도 무서워하는 섬검자의 눈빛이었으니⋯

나연이 얼른 달려가 아이를 안아 달래기 시작했다.

"괜찮아. 눈빛이 조금 무섭기는 하지만 나쁜 아저씨는 아냐."

"그래, 이 아저씨는 사람도 그렇게 많이 죽이지 않았어. 물론 싸움을 아주 잘하기는 하지만 아무나 죽이지는 않거든."

부현도 거든다고 한 말이었는데⋯

"애를 달래자는 거냐, 겁주자는 거냐? 넌 좀 조용히 있어!"

나연이 나무라자 부현은 머쓱한 표정이 되어 딴 곳을 쳐다봤고, 자기 얼굴을 보고 울어대는 아이 때문에 머쓱해진 섬검자도 먼 산을 바라보았다.

그때 방문이 힘겹게 열리는 소리가 나더니 늙수그레한 음성이 흘러나왔다.

"게, 누구요? 누가 왔소?"

섬검자와 부현은 얼른 방문 쪽으로 달려갔다.

문지방에 몸을 반쯤 걸친 채 내다보고 있는 사람은 금방이라도 숨이 넘어가게 생긴 병약한 노인이었다.

"지나던 길에 한 끼 신세를 질까 하고 마을을 둘러보다 사람이 보이지 않기에 찾아다니던 중이었습니다. 모두 어디로 간 겁니까?"

섬검자의 대답을 들으며 물끄러미 올려다보던 노인은 땅이 꺼질 듯 한숨을 몰아쉬었다.

"휴우우⋯ 말세인 게지요."

"대체 무슨 일이기에 이러십니까?"

"모두 미쳐서 산속으로 들어갔다오."

"미치다니요?"

"그렇지 않고서야 온 마을 사람들이 마귀를 모시기 위해 산속으로 들어갔겠습니까?"

"마귀라면……."

"삼령교(三靈敎)라고 했습니다. 마을에 전파된 지 불과 석 달이 되기 전에 저를 제외한 모두가 신도가 되고 말았습죠."

"삼령교라면 처음 듣는 종교로군요."

"아주 흉악한 종교입죠. 재물이란 재물은 모조리 끌어가더니 이젠 사람들마저 몽땅 데리고 산으로 들어갔습니다요."

"그런데 노인장께서는 용케도 휩쓸리지 않으셨군요."

"그게 아니라 버림받은 것입지요. 늙고 병들어 아무짝에도 쓸모가 없으니… 그리고 손자 놈은 제가 사정을 해서 여기 남게 되었고요."

노인은 오래 얘기하는 것조차 힘에 부치는 듯 한동안 숨을 몰아쉬더니 애처로운 눈길로 섬검자를 올려다보며 말을 이었다.

"보아하니 무사님이신 것 같은데… 산으로 들어간 마을 사람들 좀 찾아다 주십시오."

"그건……."

누군가 강제로 끌고 갔다면 모를까 종교적인 이유로 자발적으로 입산한 것이라면 섬검자로서도 어쩔 수 없는 일이었다.

"만약 그것이 힘들다면 이 늙은이의 아들, 며느리라도 찾아주실 수 없겠습니까? 이 늙은 몸이야 죽어 없어지면 그만이지만 손자 녀석이 불쌍해서……."

노안에 눈물이 그렁하게 맺히는 걸 보고 있노라니 섬검자도 마음이 울적해지는 것 같았다.

"어느 산으로 들어갔는지 알고 계십니까?"

"이 근처에 큰 산이라야 숭산밖에 더 있겠습니까? 그리로 간다고들
했습지요."

"마침 저희도 숭산으로 가는 길인데 혹시 만나게 되거든 어떤 종교
인지 알아보도록 하겠습니다. 만약 사악한 종교라면 교단을 응징하고
주민들이 풀려나도록 하겠습니다. 하지만 사악한 종교가 아니라면 주
민들이 알아서 돌아오겠지요."

"그냥 돌아오는 일은 없을 겁니다. 사람의 심장을 제물로 쓰는 흉악
한 종교인걸요."

"그렇다면 사악한 무리들임에 분명하겠군요. 숭산에 가거든 반드시
찾아보겠습니다."

"감사합니다, 무사님!"

노인은 머리가 바닥에 닿도록 절을 하고는 어렵게 몸을 일으켜 문지
방을 넘어 나왔다.

"아까 시장하다고 말씀하셨는데… 드릴 것은 없고 삶은 감자가 조
금 있는데 그거라도 드리겠습니다요."

"괜찮습니다."

섬검자가 극구 만류했음에도 불구하고 노인은 힘겨운 움직임으로
부엌에 들어가더니 감자 몇 알을 베 보자기에 싸서 건네주었다.

"드릴 거라곤 이것밖에 없습니다."

너무 사양하는 것도 결례인지라 섬검자는 감사한 마음으로 감자를
받아 들었다.

"덕분에 끼니 거르는 일은 없게 됐군요. 감사합니다."

"마을 사람들을 꼭 좀 돌려보내 주십시오."

"삼령교가 숭산에 있다는 게 확실하다면 반드시 그렇게 하겠습니다."

"감사합니다, 감사합니다."

노인이 거듭 고개를 조아리는 것이 부담스러운 듯 섬검자는 서둘러 작별을 고했다.

"저희는 이만……."

"안녕히 가십시오, 무사님들."

"할아버지, 몸조리 잘하세요. 꼬마야, 너도 잘 있어. 엄마 아빠가 꼭 돌아오시도록 해줄게."

그새 정이 들어버린 듯 나연은 한참이나 멀어지도록 꼬마 아이에게 손을 흔들어주었고, 꼬마도 할아버지 뒤에 몸을 반쯤 숨긴 채 손을 흔들었다.

"누나, 안녕."

얼마 지나지 않아 일행은 동구 밖으로 완전히 모습을 감추었다. 그러자 그토록 순진하고 수줍음 많아 보이던 꼬마 아이의 눈빛이 갑자기 서늘하게 변했다. 그리고 안구의 흰자위가 바깥쪽부터 서서히 검게 물들어가기 시작했다. 이윽고 안구 전체가 새까맣게 물든 꼬마가 입을 열었다.

"잘했어, 이령. 이제 놈들을 요리하는 일만 남았군."

참으로 묘한 목소리였다. 다섯 살 꼬마의 그것과 저승을 부유하는 원혼의 목소리를 합쳐 놓는다면 이러할까? 맑은 듯 귀기스러운 그 목소리가 흘러나오자 그들 인근에 서리라도 내릴 듯한 한기가 휘돌았다. 그런데 이어서 나오는 노인의 목소리는 더욱 귀기스러웠다.

“클클클… 일령이 숭산에 먼저 가 있으니 손님 맞을 준비는 확실히 해두었겠지. 이제 우리도 슬슬 움직이자꾸나, 삼령.”

일령, 이령, 삼령.

이름도 없이 스스로를 이런 호칭으로 부르는 그들에게선 도저히 인간이라 할 수 없는 지극한 사악함이 느껴졌다.

다음날 석양 무렵, 부현 일행은 마침내 숭산 부근에 도착하게 되었다.

“저기 보이는 것이 바로 숭산이다.”

섬검자가 멀리 보이는 산세를 가리키자 부현이 반가운 표정으로 말을 받았다.

“드디어 도착했군요. 어서 가요. 완완노 할아버지에게 치료부터 받은 뒤에 삼령교를 찾아보자고요.”

“지금?”

“왜요? 안 되나요?”

“해가 서산에 걸렸는데, 길도 모르는 산에 들어갔다가 얼마나 고생을 하려고 그러느냐?”

“완완노 할아버지와 의형제라면서요? 그런데 형님 사는 집도 못 찾아가요?”

“의형제를 맺기는 했지만 집에 가본 것은 딱 한 번뿐이었다. 그나마 오래전이라서 기억이 확실치도 않고.”

부현은 기가 막힌다는 표정이었다.

“의형제 맺은 게 맞긴 맞는 거예요?”

교통이 발달하지 않은 이 시대 사람들은 아무리 친해도 거리가 멀면 자주 만날 수 없다는 사실을 부현은 아직 깨닫지 못하는 모양이었다.

"왜, 의심스러우냐?"

"당연하지요. 혹시 만난 것도 딱 한 번뿐이었던 것 아니에요?"

"비슷하게 맞췄구나. 그 형님과 난 두 번 만났을 뿐이니까."

끄느름.

"두 번… 그런데 의형제란 말이지요?"

"마음이 통하면 단 한 번 만나고도 평생 잊지 못할 친구가 될 수도 있는 법이지."

"사람 쉽게 사귀는 재주 가지셔서 좋겠네요."

"어쨌든 걱정 말거라, 내일 날이 밝으면 찾아갈 수 있을 테니까."

"어쩔 수 없지요 뭐. 마침 저곳에 마을이 있으니 하루 묵으면 되겠네요."

부현의 말대로 멀지 않은 곳에 마을이 있어서 일행은 노숙 걱정을 덜게 되었다. 그런데 마을에 들어서고 보니 무슨 큰 잔치라도 벌어지는 듯 온 마을이 술렁이고 있었다.

그릇 담은 광주리를 이고 다니는 아낙이며, 장작을 나르는 사내들, 그리고 온 동네를 진동하는 음식 냄새까지…

한눈에 보아도 뭔가 큰 잔치가 있는 게 분명했다.

이왕이면 잔치가 있는 집에서 하루 유할 생각으로 사람들을 따라 움직이던 일행은 마을 중앙에 위치한 넓은 공터에 이르게 되었다.

그 공터의 중앙에 통나무로 세운 높은 단이 마련되어 있고 그 위에 상이 차려지고 있었다. 잔치가 아니라 일종의 제사 의식을 준비하는 것 같았다. 일행이 한동안 그 모습을 바라보고 있자니 한 노인이 휘적휘적 다가와 물었다.

"외지인이신 것 같은데, 이 마을에는 무슨 볼일로 오시었소?"

"하룻밤 신세를 질 수 있을까 하여 들렀습니다만……."

섬검자가 예를 갖추어 대답하자 노인은 별로 반갑지 않은 기색으로 일행을 훑어보았다.

"보다시피 이 마을은 농부들만 모여 사는 곳이오. 게다가 오늘 밤에는 산신령께 제를 올리는 중요한 날이라 무기를 휴대한 손님을 머물게 할 수 없으니 다른 마을을 찾아보시구려."

"제사를 방해할 생각은 없으니 하루 묵어갈 수 있게만 해주십시오."

돌아서려는 노인에게 섬검자가 얼른 말하자 노인은 인상을 잔뜩 찌푸리며 대꾸했다.

"벌써 방해를 하고 있지 않소? 제를 올려야 하는 신성한 장소에 피비린내 나는 검을 들고 왔으니 말이오."

'그 노인네 성깔 한번 더럽네. 섬검자 아저씨가 칼 차고 있는 게 지들 제사와 무슨 관계 있다고…….'

부현은 속이 부글부글 끓어올라 노인이 뭐라고 한마디만 더 하면 한바탕 쏘아줄 준비를 갖추고 있었다. 그런데 바로 그때였다.

"할아버지, 이분들도 일부러 그런 것은 아닐 테니 너무 나무라지 마세요."

'우와, 예쁘다.'

부현은 하마터면 이 소리를 입 밖으로 낼 뻔하였다. 그만큼 아름다운 여인이었던 것이다.

나이는 대략 십구 세가량? 그 나머지는 더 이상 설명할 필요가 없었다. 아름다움 그 자체였으니까.

"잠시 후면 날이 어두워질 텐데 언제 다른 마을을 찾겠어요? 길손에게 너무 야박하게 대하면 안 된다고 할아버지께서 늘 말씀하셨잖아요.
그러니 오늘 하루 저희 집에 묵을 수 있도록 해주세요."

"하지만 오늘은 신령님께 제사를 올리는……."

"제사장 근처에만 오시지 않으면 되잖아요."

손녀가 약간의 어리광을 섞어 말하자 노인은 난처한 표정이 되었다.
아마도 손녀를 무척 아끼는 모양이었다.

"네가 정 원한다면 그렇게 하려무나."

"고마워요, 할아버지."

"하지만 손님들이 제사장 근처에 못 오시게 해야 한다."

"알겠어요."

손녀는 밝게 웃어 보이고는 부현 일행을 향해 돌아섰다.

"저는 소수연(素秀娟)이라고 해요."

자신의 이름을 밝힌 여인은 일행이 대답할 틈도 없이 훌쩍 앞서 가
며 소리쳤다.

"절 따라오세요!"

아름다운 미모만큼이나 밝은 성격의 소유자인 것 같았다.

소수연의 뒤를 좇아 일행이 당도한 곳은 제법 규모가 있는 가옥이었
다. 농촌에서 보기 드물게 기와를 얹은 지붕이며 사랑채는 물론 정자
까지 갖추어져 있어서 한눈에 보기에도 지역 토호의 집임을 알 수 있
었다.

"여기가 우리 집이에요."

소수연은 일행을 사랑채로 안내했다.

"이 가운데 방은 할아버지 방이니 손님들께서는 저쪽 방 두 개를 쓰
세요."

"감사하오, 낭자."

부현은 저답지 않은 목소리를 낮게 깔아 응대했다.

"잠시만 기다리세요. 행랑어멈에게 일러 곧 식사를 올리도록 할게요."

"여러모로 감사하오."

부현이 또 목소리를 깔아 대답하자 소수연은 방긋, 웃음으로 대답하고는 나는 듯한 걸음걸이로 앞마당을 벗어났다.

'정말 죽여주게 예쁘네. 단 하루라도 좋으니 저런 여자와 애인 좀 해봤으면……'

멀어져 가는 소수연의 모습에 넋을 놓고 있는 부현에게 나연이 끄느름한 눈길로 한마디 던졌다.

"입 좀 다물어라. 파리 들어갈라."

"어, 엉?"

"하여간 남자들이란……"

"내, 내가 뭘?"

"진 낭자라면 사족을 못 쓰더니 그새 다른 데로 눈을 돌리니……."

"내가 언제 그랬다고?"

"얘기 길어지면 속 보이니까 어서 들어가서 쉬기나 하자. 진 낭자만 불쌍하지 뭐."

나연이 뼈있는 말을 한마디 쏘아붙이고 방으로 들어가자 부현은 울상이 되어 중얼거렸다.

"내가 진 낭자에게 뭘 어쨌다고 저러는데?"

잠시 후, 소수연은 하인들과 함께 일행의 저녁 식사를 내왔다. 진수성찬이라고 할 수는 없었지만 제법 잘 차려진 상이었다.

소수연이 직접 식사 시중을 드는 바람에 부현은 정신을 차릴 수 없을 지경이었지만 나연과 섬검자는 맛나게 포식을 하였다.

"덕분에 잘 먹었소이다, 낭자."

부현이 목소리를 잔뜩 깔며 감사를 표하자 소수연은 밝은 웃음으로 응대하였다.

"제사 음식은 미리 맛볼 수 없다고 하여 상이 좀 허술했을 거예요. 제례가 새벽녘에 끝나니 내일 아침은 좀 더 풍성하게 대접하지요."

"너무 폐를 끼치는 게 아닌지 모르겠소."

"폐라니요. 손님들이 오셔서 저는 기쁘기만 한걸요?"

부현의 입이 헤벌쭉 벌어졌다.

'수연 낭자가 나를 마음에 두고 있는 게 분명해. 그렇지 않고서야 우리 일행을 괜히 반갑게 맞을 리가 없잖아. 섬검자 아저씨는 내일 모레면 할아버지 소리 들을 양반이고, 나연 누나는 여자니까 좋아할 사람이 나밖에 더 있겠어?

혼자 생각하고 혼자 좋아서 부르르 떨고 있는 부현이었다. 그런데…

"그럼, 편히들 쉬세요. 저는 이만 물러가겠어요."

"가, 가시게요? 차라도 한잔……."

소수연이 자신을 흠모하고 있으니 쉽게 가지 않고 한참 얘기를 나눌 것이라 굳게 믿고 있던 부현은 믿는 도끼에 발등 찍힌 표정이었다.

"차라면 술과 함께 저쪽 작은 탁자에 준비해 뒀는데요. 더 필요하신가요?"

"아, 아니… 그게 아니고……."

"저는 그럼 이만."

소수연은 부현의 바람을 산산이 깨뜨리고는 훌쩍 방을 나가 버렸다.

‘뭐야, 날 좋아하는 게 아니었어?’

부현은 잔뜩 실망한 표정으로 탁자에 앉더니 소수연이 마련해 놓은 술병을 잡았다.

“술이나 마시지 뭐.”

꿈이 크면 실망도 큰 법. 부현은 커다란 잔에 술을 가득 붓더니 단숨에 들이켜 버렸다.

“크아! 술맛 죽인다.”

“숭산은 그리 만만한 산이 아니니 과음하지는 말거라.”

“걱정 마세요. 조금만 마실게요.”

섬검자의 걱정에 대답은 예쁘게 했지만 부현은 큰 술잔을 또 가득 채우고 있었다.

‘젠장! 여자가 어디 저 하나뿐인가?’

부현은 속으로 투덜거리며 술잔을 털어 넣었다.

‘여자가 얼굴만 잘생기면 다야? 마음이 고와야지, 마음이. 마음이라고? 그래도 못생기고 마음 좋은 것보다는 그냥 예쁜 여자가 더 좋은데…….’

이렇게 되지도 않는 갈등에 사로잡혀 있는 사이 나연은 자신의 방으로 가고 섬검자는 침상에 누워 잠을 청하기 시작했다. 하지만 아직도 소수연의 모습이 눈앞에 선한 부현은 쉽게 잠을 청할 수 없었다.

‘까짓것 내일이야 어쨌든 일단 마시고 보는 거지 뭐.’

망가지기로 작정한 듯 부현은 연거푸 술잔을 비워냈다.

나연은 내일을 위하여 일찍 잠자리에 든 상태였다. 이틀 동안 쉬지 않고 움직인 여독 때문인지 그녀는 가볍게 코까지 골며 잠에 취해 있었다.

"흐음……."

꿈속에서 백마 탄 왕자, 아니면 바람이라도 만나고 있는 것일까? 그녀의 입가에는 행복한 미소가 번지고 있었다. 그런데…

슈우우우…….

언제부터인가 그녀의 침상 밑에서 옅은 연기가 피어오르고 있었다. 방바닥인지 벽인지 모를 곳에서 스며 나오듯이 천천히 피어오르고 있는 그 연기는 바닥부터 천천히 차 오르더니 결국은 나연의 호흡을 따라 코 속으로 빨려 들어가기 시작했다.

"흐으읍!"

연기를 마신 나연은 답답한 표정과 함께 가슴을 한 번 치켜 올리더니 곧 깊은 나락으로 떨어져 내리고 말았다. 그리고는 가사 상태에 빠진 것처럼 호흡이 극도로 미약하게 가라앉았다.

어느새 술 한 병을 다 비워 버린 부현은 만취한 상태로 탁자에 엎어져 있었다. 침상 밑에서 스멀스멀 피어오르는 독무를 발견하지도 못한 채 말이다.

섬검자를 의식해서인지 나연의 방보다도 이곳은 독무가 더욱 천천히 흘러나오고 있었다. 섬검자가 잠들지 않았다 해도 눈으로 보기 전에는 알아차리지 못할 정도로 말이다.

스스스…….

아주 잔잔하게 바닥을 채우며 올라온 독무는 침상에 잠들어 있는 섬검자의 코로 먼저 빨려 들어갔다.

"흡!"

섬검자는 역시 노강호였다. 잠든 와중에도 미묘한 후각의 느낌을 받는 즉시 호흡을 멈추었으니 말이다.

번쩍!

눈을 뜸과 동시에 섬검자는 퉁기듯 자리를 박차고 일어나며 검을 뽑아 들었다.

하지만 거기까지였다. 극히 미량을 마셨음에도 불구하고 심한 현기증 때문에 서 있기조차 힘겨운 상황이었다.

'대체 어떤 자들이…….'

섬검자가 신형을 바로 하기 위해 애쓰고 있을 때였다.

콰직!

방문을 부수며 거무스름한 인영 하나가 뛰어들어 왔다.

파파팟!

빠른 속도로 섬검자의 혈도를 제압해 버린 그 인영은 바로 소수연의 할아버지였다.

"클클클, 섬검자도 별거 아니군. 겨우 수면독 정도에 당하다니."

그의 목소리에 정신이 든 듯 부현이 부스스 눈을 뜨며 고개를 들었다.

"무슨……."

하지만 술에 잔뜩 절어 있는 데다 내공까지 잃은 부현이었으니 무엇을 하겠는가?

파팟!

그는 상황을 알아챌 겨를도 없이 혈도가 제압되어 그대로 굳어버리고 말았다. 그러자 곧 이어 소수연이 방 안으로 들어왔다.

"너무 자만하지 말아요, 녹 장로. 한 모금의 호흡 중 일 푼만 섞여

들어가도 정신을 잃는다는 구척시오의 독이 없었다면 이렇게 쉽게 성 공하지는 못했을 테니까요."

구척시오(九尺屍蜈)!

대륙의 남단, 밀림의 독지(毒地)에서만 사는 것으로 알려진 희귀한 지네였다. 무려 백 년을 넘게 살며 다 자란 것은 길이가 구 척에 이른 다 하여 구척, 짐승과 사람의 시신만 파먹고 살기에 시(屍)가 이름에 들 어가는 독물이었다. 놈의 독에는 두 가지가 있는데, 수많은 다리 옆에 뚫려 있는 호흡기를 통해 내뿜는 것과 이빨에서 나오는 독이었다. 호 흡기의 독은 적을 잠재우는 역할을 하며 이빨의 독은 적을 산 채로 마 비시켜 버리는 역할을 했다. 그중에 이들이 지금 쓴 것은 호흡기에서 채취한 독이었다.

소수연의 할아버지, 아니, 녹 장로는 소수연의 목소리가 들려오자 얼른 허리를 깊숙이 꺾으며 답하였다.

"당연하신 말씀입니다, 일령주님. 섬검자라는 거목을 아무 피해 없 이 제압한 것이 기뻐서 그만……."

두 사람의 행동으로 보아 조손 관계가 아닌 것은 확실했다.

"항상 말하지만 교만은 금물이에요. 우리 삼령교가 가야 할 길은 아 직도 멀고 험하니까요."

"명심하겠습니다."

"우리 동업자가 부탁한 일은 해결했으니, 이제 본 교의 의식을 치러 야 하겠지요?"

"예, 일령주님! 제물로 쓸 처녀도 확보했고 이, 삼령주님들도 도착하 셨으니……."

"준비하세요. 반 시진 후에 시작하겠어요."

“알겠습니다.”
　소수연이 명을 내린 뒤 먼저 자리를 뜨자 녹 장로는 수하들과 함께 장내를 정리하기 시작했다.

9장

나연, 제물이 되어…

"으음……."

따뜻한 목욕물의 느낌, 그리고 몸을 매끄럽게 쓰다듬고 있는 손길. 이것은 분명 아늑하고 기분 좋은 느낌이었다. 하지만 나연은 소스라치게 놀라며 잠에서 깨어나야 했다.

도대체 왜, 자신이 목욕통에 앉아 있어야 하며 생면부지의 여인들에게 씻김을 당하고 있어야 한단 말인가?

'누구세요?'

묻고 싶었지만 혈도가 제압된 상태여서 말이 만들어지지 않았다. 여인들은 감정이 전혀 묻어나지 않는 표정으로 나연의 몸을 씻기는 데만 열중하고 있었다.

그렇게 한동안 나연의 몸을 씻어내던 여인들은 그녀를 다른 목욕통으로 옮겼다. 새로 받은 깨끗한 물이 담겨 있는 통이었다. 그런데 그때

부터는 손이 아닌 수세미로 나연의 몸을 닦아내기 시작하였다.

'아, 아… 아파…….'

여전히 무표정한 얼굴의 여인들은 거칠기 그지없었다. 제상에 올릴 생선을 다듬고 있는 듯한 느낌이랄까? 더러운 무엇이라도 씻어내려는 듯 나연의 몸 구석구석을 수세미로 문질러 대고 있었으니 말이다.

팔다리나 등 같은 곳은 그런대로 참을 수 있었다. 하지만 연약한 부위까지 수세미질을 해대니 그 쓰라린 고통은 말로 표현할 수가 없었다.

'아프단 말이에요!'

소리라도 지르면 조금 낫겠건만, 나연의 고통스러운 비명은 가슴속에서만 메아리칠 뿐이었다. 그런데 한 여자의 손이 그녀만의 은밀한 부위로 불쑥 밀고 들어오지 않겠는가?

'아아악!'

고통은 오히려 참을 수 있었다. 하지만 그 수치심은… 아무리 그들이 여자이고 성적 희롱이 아니라고는 해도 이건 참을 수 있는 한계를 넘는 것이었다. 나연의 눈에서는 결국 눈물이 주르륵 쏟아지고 말았다.

'모두 죽여 버리고 말 테야!'

부현은 섬검자와 함께 어두컴컴한 창고에 갇혀 있었다. 두 발, 두 손을 뒤로 묶인 채 무릎을 꿇리고, 그에 더해 손과 발을 다시 연결해 묶여 버린 자세. 결박 자체만으로도 거의 고문 수준이었다.

'이게 도대체 어떻게 된 거냐고! 조금 전까지만 해도 좋게 술을 마시고 있었는데 내가 왜 여기에 이렇게 묶여 있냔 말야. 더구나 섬검자 아저씨까지…….'

　부현도 혈도가 점해진 상태라 말은 못하고 머리 속으로만 생각할 뿐이었다.

　'아이고, 허리야. 어떤 우라질 자식이 이렇게 힘든 자세로 묶어놓은 거야? 이대로 있다간 허리가 부러질 것 같은데.'

　손발이 뒤로 함께 묶인 자세로 계속 있으려니 사지가 결려서 도무지 참을 수가 없는 부현이었다. 그렇다고 몸을 움직일 수 있는 것도 아니고.

　'섬검자 아저씨는……'

　섬검자도 부현과 같은 자세로 묶여 있기는 마찬가지였다. 하지만 그는 명상에라도 잠겨 있는 듯 조금도 표정을 흩뜨리지 않은 채 눈을 감고 있었다.

　'음, 기향(奇香)을 느끼는 즉시 호흡을 멈추었음에도 불구하고 중독된 것으로 보아 일반적인 수면독은 아니었던 게 분명한데……'

　섬검자는 어떻게든 운기를 해보려고 애쓰는 중이었다. 하지만 아직 독 기운이 완전히 빠져나가지 않은 데다가 혈도마저 제압당해 있어 도저히 가능하지가 않았다.

　'나연을 함께 가두지 않은 것이 아무래도 마음에 걸리는군. 도대체 이들은 누구이며 무슨 꿍꿍이를 가지고 있는 것인지……'

＊　　　＊　　　＊

　그것은 네모 반듯한 돌 제단이었다. 매끈하게 다듬어진 가장자리를 따라 깊은 홈이 패어 있고 한 끝에 구멍이 뚫려 있어 제물의 피가 밖으로 흐르지 않게 만들어진.

그 위에 나연이 반듯하게 누워 있다.

실오라기 하나 걸치지 않은 적나라한 나신으로 누워 있는 그녀의 안색은 파리하기 그지없다. 미약한 호흡을 따라 움직이고 있는 봉긋한 가슴, 그리고 가끔씩 파르르 떨리고 있는 눈썹만이 그녀가 아직 죽지 않았음을 말해 주고 있을 뿐이다.

스르르.

집행자가 그녀의 나신 앞으로 유령처럼 다가선다. 여자인지 남자인지는 알 수가 없다. 다만 뒷모습이 왜소하다고 느껴질 뿐이다.

번쩍!

그 집행자의 손에 들린 소도(小刀)가 불빛을 받아 섬뜩한 기운을 뿜어낸다. 집행자는 양손을 벌려 하늘을 우러르며 뭐라고 떠들어댄다. 주문을 읊는 것 같기도 하다.

중얼거림을 멈춘 집행자는 한 손으로 나연의 가슴과 배를 쓰다듬더니 왼쪽 가슴 밑 부분을 손끝으로 살며시 눌러본다. 그 자리로 소도를 가져간다.

서억!

소름 끼치는 느낌이 온몸으로 전달되며 소도가 나연의 살갗을 베고 들어가는 모습이 확대되어진다. 한 치쯤 되는 작은 흠집을 만든 소도가 그녀의 몸에서 빠져나온다. 피는 그다지 많이 흐르지 않는다.

집행자는 소도를 단 옆에 내려놓고 한쪽 소매를 걷어붙인다. 그리고 그 손을 흠집 안으로 밀어 넣기 시작한다.

꿈틀!

나연이 괴로운 듯 몸을 한 번 움직인다. 하지만 집행자는 개의치 않고 그녀의 몸속으로 계속 손을 밀어 넣는다. 피부를 가른 작은 흠집 안으로 천천히 밀려들어 가는 집행자의 손이 징그럽게 느껴진다. 점점 깊이 들어가며 피부 안에서 꾸물거리고 있는 손의 윤곽이 적나라하게 보인다.

집행자의 손은 점점 위로 밀고 올라간다. 나연의 심장이 있는 부근이다.

와락!

나연의 몸 안에 들어 있는 손이 그녀의 심장을 움켜쥔다. 순간, 나연의 눈이 번쩍 떠진다. 그리고 비명을 지른다.

"아아아아아아악!"

"안 돼!"

초저녁잠에 빠져 있던 바람은 소스라치게 놀라 잠에서 깨어났다.

"휴우우… 왜 이런 악몽을……."

벌거벗겨진 나연, 그리고 그녀의 몸 안을 헤집고 들어가던 집행자의 손길이 지금도 너무나 생생하게 느껴졌다.

"무슨 일이 생긴 것일지도……."

막연한 불안감. 평소의 바람이라면 어림도 없는 일이었다. 눈앞에 죽음이 닥쳐와도 눈 하나 깜빡 않을 그였으니 말이다. 하지만 이제는 아니었다. 왠지 나연이 곁에 없다는 사실만으로도 불안한 것이다.

"내려가서 술이라도 한잔하고 와야겠군."

평소 술을 즐기지 않는 바람이었지만 지금은 그냥 자리에 누울 수가 없었다.

많이 늦은 시각은 아니었기에 일층에는 적지 않은 사람들이 술잔을 기울이고 있었다. 대부분이 이 객점에 머물고 있는 무림인들이었다.

바람은 구석진 탁자에 조용히 자리를 잡은 뒤 술 한 병과 간단한 안주를 시켜 자작하기 시작했다.

석 잔쯤 마셨을까? 자다 일어난 속에 독주를 마셔서인지 안색이 벌써부터 달아오르기 시작했다.

"예정대로라면 오늘쯤 숭산에 도착했을 텐데……."

바람이 혼잣말을 중얼거리며 한 잔을 다시 비우려 할 때였다. 일단의 인물이 객점 안으로 들어오는 듯 발자국 소리가 들리더니 웅성거리던 객점이 갑자기 고요하게 가라앉았다.

'무슨…….'

의아한 생각이 들어 입구 쪽으로 고개를 돌리던 바람은 익숙한 얼굴을 발견할 수 있었다.

"진 낭자."

"낙양 땅에서 대협을 찾느라 하루를 허비했어요."

진소희는 음월, 나 총관과 함께였다.

"무슨 일로……."

"대협 일행도 소문을 들었다면 이곳으로 올 것이라 예상했기 때문이지요. 그런데 어째서 혼자이지요? 나머지 일행은……."

나머지 일행이라고 말은 했지만 기실 그녀가 알고 싶은 것은 부현의 소식일 터였다.

"부현과 나연 낭자는 볼일이 있어서 숭산으로 잠시 떠났소. 나머지 둘은 위층에서 자고 있고."

"숭산은 무슨 일로……."

"로스티드에게 당한 독상이 완전히 치유되지 않아 완완노 어른께 치료를 부탁하러 사부님과 함께 떠났소.”

“섬검자 어른을 만난 모양이군요?”

“그렇소. 사부님 말씀이 진 낭자와 만나셨다고 하던데…….”

“그분께 목숨을 한 번 빚졌지요.”

“그랬었구려.”

“그보다… 완완노 어른을 찾아야 할 정도면 전 공자와 나연 소저의 상태가 매우 심각한 모양이지요?”

일행의 단점을 외부인에게 말하는 것이 조금 꺼려지기는 했지만 진소희에게까지 속이고 싶지는 않았기에 바람은 순순히 대답해 주었다.

“내공이 급격히 소실되어 지금은 한 줌도 운용할 수 없는 지경에 이르렀소.”

“그렇다면 큰일이군요.”

“완완노 어른이라면 방법이 있을 것이오.”

“하지만 완완노 어른은 자신이 원치 않는 환자에게는 절대로 의술을 베풀지 않는 쇠고집으로 유명한 분인데…….”

“사부님과 형제의 의를 맺으셨다니 도와주실 겁니다.”

“그 쇠고집 어른과 의형제를 맺다니 역시 섬검자 어른이시군요.”

“한데 진 낭자도 천부인에 관심을 갖고 있소?”

질문이 너무 갑작스러웠던가? 진소희는 잠시 머뭇거리다가 어렵게 입을 열었다.

“관심이 없다면 거짓이겠지요. 하지만 대협 일행과 적이 되고 싶은 생각은 없어요.”

묘한 대답이었다. 목적이 같다면 결국은 부딪치는 것이 당연하거늘 적이 되고 싶지는 않다니…….

"그보다 저희에게는 더욱 시급한 문제가 생겼어요."

"그럼 낙양에 온 것도 그 일 때문이오?"

"둘 모두라고 해야 옳겠지요. 그들도 천부인과 관련이 있으니까요."

"그들이라면……."

"본 문과 한 하늘을 이고 살 수 없는 무리들이 도당을 이루었어요. 회회당이라고 하지요. 그날도 그들에게 당할 뻔한 걸 섬검자 어른께서 구해주셨고요."

"회회당… 처음 듣는 이름이구려."

"갈족의 후예들이 세운 문파이지요. 지난 며칠간 본 문의 힘을 총동원해서 조사한 결과 지금 낙양에서 벌어지고 있는 일이 그들과 무관치 않음을 알아냈어요."

"하면 그들이 소문을 낸 배후란 말이오?"

"알 수 없는 무리들이 섞여 있어서 그들이 최종적인 배후인지는 확신할 수 없지만, 그들이 소문을 퍼뜨리고 다닌 것만은 분명해요. 소문을 은밀히 퍼뜨리는 자들을 추적한 결과 회회당의 은거지로 숨어드는 것을 수차례나 목격했으니까요. 그리고 오늘 오후부터는 또 다른 소문을 퍼뜨리기 시작했어요."

"나는 아직 듣지 못했소만."

"사흘 후 세 장의 지도가 숨겨져 있는 지하 동부가 열린다는 소문이지요. 소문에 의하면 숭산 동쪽 끝자락에 동부의 입구가 있다고 해요."

"음, 그들이 대체 무슨 꿍꿍이로 이런 소문을 낸다고 생각하시오?"

"글쎄요. 무림의 군웅을 유인해 몰살시킬 악심을 품고 있는 것이 아니라면 그들의 힘을 이용하려는 계획이겠지요."

"어떻게 이용한단 얘기요?"

“그곳에 정말로 석 장의 지도가 잠들어 있는데 도저히 자신들의 힘만으로는 차지할 수 없는 처지라면 군웅들을 끌어들일 수도 있는 일이지요.”

“그것은 조금 무모하다는 생각이 들지 않소?”

“얼마든지 가능한 일이에요. 그곳에 엄청난 기관 장치가 되어 있다면 군웅들을 먼저 들여보냄으로써 자신들의 피해는 최소화하고 잠재적인 경쟁자인 군웅들을 손 안 대고 제거할 수도 있으니 말이에요.”

“잠재적인 경쟁자라는 표현은 그들이 무림독패라도 꿈꾸고 있다는 뜻이오?”

“무림방파가 음모를 꾸미는데 그것 말고 다른 이유가 있겠어요?”

“하지만 그것은 간단한 일이 아니오. 웬만한 세력으로는 꿈도 꿀 수 없고.”

“그들에게 알 수 없는 자들이 섞여 있다고 말씀드렸잖아요. 그들이 만약 공조를 하고 있다거나 최악의 경우 회회당이 그들의 하수인에 불과하다면 가능한 일이지요.”

“음……”

바람의 안색이 심각하게 가라앉았다. 천부인의 지도 쟁탈전에 천하독패를 꿈꾸는 거대 세력이 끼어들었다는 것은 결코 간단한 문제가 아니기 때문이다. 로스티드의 집요한 공격에 대응하고 천하군웅들과 경쟁하는 것도 힘에 부치는 상황이었다. 그에 더해 거대 세력까지 상대해야 한다니…

“회회당의 본거지를 알려주실 수 있겠소?”

“그곳에 가보시게요?”

“은밀히 조사해 봐야 할 것 같소.”

“잠입은 너무 위험해요. 그래서 우리도 멀리서 지켜보기만 할 뿐 인데.”

“어차피 닥칠 위험이오. 그러니 모르고 있는 것보다는 적에 대해 조금이라도 알아두는 편이 좋을 것 같소.”

“정 그렇다면 같이 가요.”

“여럿이 움직이는 것은 오히려 발각될 위험이 높소.”

“우리는 밖에서 기다리지요. 그러다가 대협이 발각되면 후방에서 돕겠어요.”

“그래 주겠다면 고마운 일이오.”

“어차피 그들과 우리는 같은 하늘을 이고 살 수 없는 처지이니까요.”

“갑시다.”

바람이 먼저 일어서자 진소희 일행도 뒤를 따랐다.

바람은 진소희 일행을 따라 낙양 외곽으로 한참을 달려갔다. 말에 버금가는 속도로 반 시진가량 달렸을 즈음 바람은 희미한 달빛 아래 웅크리고 있는 낡은 장원을 하나 발견할 수 있었다.

“저기예요.”

진소희는 근처의 수풀에 몸을 숨기며 목소리를 낮춰 말했다.

“주변에 본 문의 인물 십여 명이 몸을 숨긴 채 감시하고 있어요.”

“나는 그럼 들어가 볼 테니 바깥을 맡아주시오.”

“음월이라도 데리고 가세요.”

진소희는 바람을 혼자 보내는 것이 못내 불안한 모양이었다.

"아니오. 은밀히 움직이는 데는 혼자가 편하오."

바람은 끝내 사양하고 훌쩍 몸을 날렸다.

"아무 일 없어야 하는데……."

진소희의 걱정을 뒤로한 채 바람은 은밀하게 몸을 움직여 장원으로 접근해 갔다. 장원에 가까워질수록 몸을 숨길 곳이 마땅치 않아 발각의 위험이 컸지만, 다행히 외부를 상시 관찰하는 자가 없는 듯 바람은 별 탈 없이 잠입할 수 있었다.

내부는 크고 작은 다섯 채의 건물로 이루어져 있었다. 중앙에 위치한 본당(本堂)을 중심으로 작은 건물들이 네 방위를 호위하듯 들어선 배치였다.

마치 사람이 거주하지 않는 곳인 듯 장원은 불빛 한 점, 말소리 한마디 들려오지 않는 절대정적에 휩싸여 있었다. 하지만 어딘가에는 감시자들이 웅크리고 있을 것. 바람은 담이 만들어낸 음영에 몸을 숨긴 채 감시자들의 위치를 파악하기 시작했다.

건물의 배치 자체가 중앙의 본당을 호위하는 형세이기 때문인지 네 채의 작은 건물에서만 날카로운 기운이 느껴질 뿐 다른 매복은 없는 듯했다.

'중앙 건물로 접근하는 것은 생각보다 어렵지 않겠군.'

바람은 석탑이나 정원수 등 주변의 지형지물을 이용해 조용하고도 신속하게 본당으로 접근해 갔다.

본당의 문은 굳게 잠겨 있었고 감시자의 눈길은 느껴지지 않았다.

'너무 조용한 것이 이상하다. 아무리 밤이고 은밀히 행동한다고 해도 가끔은 사람들의 움직임이 눈에 들어와야 정상인데…….'

바람이 본당 근처의 키 작은 정원수에 몸을 가린 채 고민에 잠겨 있을 때였다.

<u>그그그그그</u>……

정적을 밀어내는 묵직한 마찰음이 들려오며, 불과 몇 걸음 떨어지지 않은 곳에 있는 석탑이 바닥과 함께 옆으로 밀려나기 시작했다.

'어쩐지 이상하다 했더니 저런 곳에 기관을 설치하고 땅속에 숨어 있었군.'

바람은 몸을 잔뜩 웅크리며 바닥에 생겨나는 출입구에 시선을 모았다.

<u>그그극!</u>

석탑이 움직임을 멈추자 계단으로 이어진 출입구에서 두 사람이 모습을 드러냈다.

하나는 매우 잔인해 보이는 인상의 곱사등이 초로인이었고 다른 하나는 깡마르고 강퍅한 인상을 주는 노인이었다.

"본 교의 세 분 령주(靈主)님들께선 이번 일에 큰 기대를 걸고 있소."

먼저 입을 연 자는 곱사등이 초로인이었다.

"본 당도 총력을 기울이고 있으니 귀 교의 기대를 저버리는 사태는 발생하지 않을 것이외다."

"석 당주(堂主)께서 그렇게 확언하시니 잘될 것이라 믿소."

"한데 수석장로께서 아까 하신 말씀은 진정이외까?"

"무엇 말이오?"

"사흘 후 그곳이 열리면 누구든 차지하는 자가 임자라는……."

석 당주의 질문이 심기를 상하게 한 듯 곱사등이의 눈빛이 날카롭게 빛났다.

"본 교를 의심하는 것이오?"

"아, 아니외다. 다만 그곳을 발견한 귀 교에서 왜 직접 들어갈 생각을 않고 군웅들을 끌어 모으는지 궁금했을 뿐이외다."

"그것은 그날 가보면 알게 될 것이오. 빙혈신수 최대의 역작이라고 알려진 불환동부(不還洞府)의 무서움을 직접 겪어보면 말이오. 하지만 행여라도 먼저 동부 안으로 뛰어들어 가는 우는 범하지 말기 바라오. 불환동부는 천하무림의 절반을 삼키고도 목말라할 것이라 빙혈신수가 호언장담한 곳이니까."

"빙혈신수의 역작이라면 확실히 무서운 곳이겠구려."

"더 물어볼 말이 없다면 본인은 이만 가보겠소."

"조심해 가시고 세 분 령주께도 안부 전해주시오."

"알겠소. 그럼."

곱사등이 초로인은 석 당주에게 가볍게 고개를 끄덕여 보인 뒤 발끝에 힘을 실었다.

파앗!

그 조그만 곱사등이 몸에서 어떻게 그런 힘이 발휘되는지, 단 한 번의 도약으로 그는 시야에서 까마득히 멀어져 갔다.

"저들의 태도는 갈수록 오만해지는군. 저들과 손잡은 것이 과연 잘하는 일인지……."

석 당주는 혼잣말로 작게 중얼거리며 지하 입구로 천천히 걸어 내려갔다.

ㄱㄱㄱㄱㄱㄱ…….

석 당주가 지하로 완전히 모습을 감추고 석탑이 원래의 위치로 돌아온 뒤에야 바람은 바짝 움츠렸던 몸을 조금씩 움직여 긴장을 풀 수 있었다.

'회회당주도 보통은 아니지만 그 곱사등이 노인의 기도는 실로 대단해 보였어. 무슨 교의 수석장로라고 하는 것 같았는데……'

의구심이 들었지만 적의 소굴에 마냥 머물러 있을 수는 없는 일이었다. 그가 알고자 하는 것은 알아냈으니 이제 조용히 사라져 주는 것이 순리였다.

스스슷!

바람은 들어올 때처럼 소리없이 움직여 장원을 빠져나갔다.

밖에서 바람이 돌아오기만 초조하게 기다리던 진소희는 그가 무사히 빠져나오자 안도의 한숨을 몰아쉬었다.

"뭔가 좀 알아내셨나요?"

"진 낭자의 예측이 맞았소."

바람은 장원 안에서 엿들었던 대화 내용을 하나도 빠짐없이 진소희에게 말해 주었다.

"최소한 거짓으로 꾸민 일은 아니군요."

"하지만 염려스러운 것은 회회당과 손을 잡고 있는 사교(邪敎)의 무리들이오. 겉으로 보기에는 동맹 관계였지만 수석장로라는 자가 회회당주에게 대하는 태도로 봐서 주도권은 사교 무리에게 있는 것이 확실해 보였소."

"회회당도 만만한 상대는 아닌데, 그들을 하수인으로 부릴 정도라면 대단한 세력을 가졌음이 분명하군요."

"무림인들의 희생을 막을 방도를 강구해야 할 텐데……"

"이미 틀렸어요. 바람 대협이나 제가 나서서 얘기를 해본들 믿어줄

사람은 아무도 없을 테니까요. 오히려 우리가 지도를 독차지하려 든다
고 오해나 하지 않으면 다행이지요.”
“그럼 이대로 두고 봐야 한단 말이오?”
“한마디 호령으로 천하를 위진할 만한 명숙이 나서준다 해도 쉽지
않을 거예요. 소문은 너무 멀리 퍼졌고 시간은 사흘밖에 없으니 말이
에요.”
“일단 돌아가서 방법을 강구해 봅시다. 여기 오래 있는 것은 좋지
않으니.”
“그러지요.”
바람과 진소희 일행은 일단 답답한 심정으로 발길을 돌렸다.

*   *   *

나연은 지금 이 상황이 꿈이기를 마음속으로 간절히 바라고 있었다.
벌거벗겨진 나신으로 차가운 돌 제단에 사지를 결박당한 채 누워 있는
이 현실을 말이다.
제단 밑에는 수많은 신도들이 부복해 있고, 서로를 일, 이, 삼령이라
부르는 세 명의 의식 주관자가 자신의 알몸을 빤히 내려다보고 있는
상황이었지만 수치심은 없어진 지 이미 오래였다.
불신으로 가득 찬 그녀의 눈길은 오로지 소수연, 아니, 이제는 일령
이라 불리는 여인의 손에 쥐어져 있는 날카로운 소도에 모아져 있었다.
달빛을 받아 푸르스름한 예기를 반사해 내고 있는 소도는 어서 피를
맛보게 해달라고 광기를 토해내는 듯했다.
사위는 온통 정적으로 가라앉아 있었다. 수백 명의 신도가 부복해

있건만 누구 하나 작은 움직임조차 보이지 않았고, 주변의 풀벌레마저 숨을 죽이고 있어 그야말로 절대정적에 휩싸여 있었다.

그 고요 안에서 삼령은 하늘을 우러른 채 미동도 하지 않고 있었다. 그들의 눈길이 향하고 있는 곳은 천중에 애처롭게 걸려 있는 잔월(殘月:그믐달)이었다.

"정확히 하늘 한가운데에 이르렀다, 일령!"

이령과 삼령이 동시에 입을 열었다. 그리고 그들은 천천히 시선을 내려 제단 위에서 파르르 떨고 있는 제물을 바라보았다.

"의식을 시작하자."

그들은 무표정한 얼굴로 아무렇지 않게 뱉어내는 말이었지만 나연에게는 그야말로 청천벽력이었다.

"안 돼!"

나연은 울부짖었다. 그러나 그녀의 외침에 반응하는 자는 아무도 없었다.

"향을 올려라!"

일령이 말하자 삼령이 제단 앞의 작은 돌상에 놓여진 향로 뚜껑을 열고 고운 대팻밥처럼 생긴 향을 한 줌 집어넣었다.

화르르륵!

순간적으로 불길이 일며 붉은 연기가 뭉클 솟아났고, 그것은 다시 나연이 누워 있는 제단 위로 스르르 모여들었다. 그러자 신도들이 낮은 목소리로 동시에 중얼거리기 시작하였다.

"시간의 절반, 어둠을 지배하시는 암흑의 마령(魔靈)이시여… 선함의 이면, 위선의 영역을 다스리시는 악령(惡靈)이시여… 생의 반대 편, 죽음의 문을 관장하시는 사령(死靈)이시여……."

나연은 수백 명이 동시에 웅얼거리는 그 주문 소리가 자신의 귓가로 온통 몰려드는 듯한 착각을 느껴야 했다. 처음에 그것은 고통이었다. 하지만 얼마 지나지 않아 그것은 환상을 자아내기 시작했다. 수백 수천… 헤아릴 수 없이 많은 손이 어둠 속에서 뻗어 나와 자신의 알몸을 만져 보려고 허우적대는 듯한 환상이었다. 한데 두렵지가 않았다. 아니, 황홀한 느낌이었다. 수없이 많은 대중의 연호를 받는 여왕의 느낌이랄까? 붉은 향연에서 기인하는 것인지, 주문에서 기인하는 것인지 모를 그 힘으로 인해 나연의 눈동자는 몽롱하게 풀려가고 있었다.

천하에 가장 아름다운 여인 일령은 소도를 두 손으로 받쳐 들고 잔월을 우러르며 나직하게 고하였다.

"시간과 영혼과 생사의 절반을 관장하시는 삼령이시여! 여기 순백의 처녀를 제물로 바치오니, 펄떡이는 심장으로 허기를 달래고 뜨거운 피로 갈증을 푸옵소서!"

일령은 우러렀던 시선을 거둬 몽롱하게 누워 있는 나연에게로 향하였다. 그리고 한 손으로 소도를 옮겨 쥐며 다른 손으로 그녀의 전신을 한차례 쓸어 내려갔다. 어찌 보면 애무를 하고 있는 듯했지만, 그녀는 지금 제물의 몸 구석구석을 더듬어 마신들께 확인해 보이는 작업을 하고 있는 중이었다.

머리부터 발끝까지, 그리고 다시 다리를 거슬러 여인만의 비밀스러운 곳을 확인해 보인 뒤 복부와 가슴을 오가며 한동안 쓰다듬었다.

그런데 놀라운 것은 나연이 그녀의 손길에 따라 반응을 하고 있다는 사실이었다. 그녀의 손길에 따라 몸을 뒤척이고 있는 나연의 몸짓은 분명 황홀감을 표현하고 있었다.

한동안 나연의 상체를 쓰다듬던 일령의 손길은 그녀의 왼쪽 가슴을 미끄러져 내려와 마지막 늑골 바로 밑 부분의 연약한 부위를 살며시 누르며 멈추었다. 이어서 누르고 있는 손끝으로 소도의 날카로운 날을 가져갔다.

서억!

일령은 망설임없이 소도를 나연의 몸속으로 밀어 넣었다. 그리 깊지는 않았다.

움찔!

나연은 약간 몸을 움츠렸지만 곧바로 몸을 다시 이완시켰다.

일령이 소도를 천천히 뽑아내자 상처 부위로 작은 핏방울들이 몰려들더니 도르륵, 굴러 내렸다. 하지만 그뿐이었다. 손끝을 살짝 베인 것보다도 피는 더 적게 흘러나왔다.

일령은 붉은 피가 묻어 있는 소도를 제단 한 켠에 내려놓고 오른쪽 소매를 팔꿈치까지 걷어 올렸다.

"노래하라, 신도들이여! 이제 한 영혼을 우리만의 신께 바칠 터인즉, 소리 높여 신을 찬양하라!"

일령이 두 손을 높이 쳐들며 외치자 부복해 있던 신도들은 무릎 꿇은 채 절을 거듭하며 크게 노래했다.

"마령께서 천하를 뒤덮는 시간, 악령께서 쓸모없는 영혼을 솎아낸다네. 솎아진 영혼들은 사령께서 걷어 가시지. 마령이시여, 태양조차 덮어버리소서! 악령이시여, 마지막 영혼까지 거두소서! 사령이시여, 그들을 모두 악의 씨앗으로 삼으소서!"

노랫소리는 구절을 거듭해 가며 점점 커지더니 나중에는 거의 절규에 가까워졌고, 그 분위기에 압도된 신도들은 거의 광란에 가까운 몸부림으로 자신들의 신을 찬양하였다.

일령은 온몸으로 그 광기를 받아 의식을 다시 집행하기 시작했다.

제단 앞에 놓인 정한수에 손을 씻고 하얀 수건에 물기를 닦은 다음, 그녀는 아주 정성스러운 동작으로 나연의 늑골 밑에 난 조그만 흠집으로 두 손가락을 밀어 넣었다.

나연은 또 한 차례 몸을 꿈틀했지만 큰 고통은 느껴지지 않는 듯 여전히 몽롱한 표정이었다.

두 손가락이 절반쯤 들어가자 일령은 손가락 하나를 더 집어넣었다. 그리고 하나 더… 마지막으로 엄지손가락까지 밀어 넣자 그녀의 오른손은 나연의 거죽 안으로 완전히 모습을 감추었다.

손가락 두 개 넣으면 딱 맞을 듯한 상저에 손을 밀어 넣으니 뺑뺑하게 늘어난 거죽이 그녀의 손목 부위를 꼭 감싸 쥐어 피는 더 이상 흐르지 않게 되었다.

짐승의 가죽을 벗겨보았는가? 그 안에는 엷고도 질긴 막이 있어 근육을 감싸고 있다. 마찬가지로 사람의 거죽 안에도 엷은 막이 존재한다. 일령은 지금 그 막과 거죽 사이를 분리시키며 손을 움직여 나가고 있었다.

위로, 조금씩 위로…

나연의 몸속에 집어넣은 손을 꿈틀거리며 심장을 향해 전진해 나가는 일령의 손길은 징그러움을 넘어 전율을 느끼게 했다. 하지만 그녀에게는 어디까지나 신성한 의식에 불과할 뿐이다.

피의 의식이건만 피는 없다.

죽음의 의식이건만 비명도 없다.

꿈결인 듯 눈을 반쯤 감고 있는 나연만이 가끔 몸을 움찔거릴 뿐이다.
 "마령, 악령, 사령이시여! 저희에게 힘을!"
 삼령교도들의 외침만이 높아간다.

10장
쇠고집 완완노(頑頑老)

"멈춰라!"

수백 명의 신도가 외쳐 대는 주문 소리를 압도하는 대갈일성과 함께 새파란 섬광이 하늘을 가득 메우며 제단으로 떨어져 내렸다.

쐐쐐쐐쐐!

그것은 수십 수백 줄기에 이르는 섬전이었다.

파파파팟!

섬전에 관통당한 통나무 제단은 금방 수많은 구멍이 생겨났다. 단일 수에 수십 수백 개의 검강이라니… 정말 어마어마한 일격이었다.

다급히 방어 초식을 전개하여 가까스로 공격을 피해낸 삼령은 제단 위로 떨어져 내리는 공격자를 발견하고는 놀라움을 금치 못했다.

"당신은?!"

그는 바로 섬검자였던 것이다.

"혈도를 제압해 두었는데 어떻게……!"

섬검자는 그 특유의 무시무시한 광망을 쏘아내며 대답했다.

"내가무공의 원류는 바로 우리 배달족에 있다는 사실을 모르고 있었더냐! 천손민인 배달족은 수천 년 전부터 도가 기공에 바탕을 둔 내가 무공을 발전시켜 왔다. 원류 무공이 아류 무공을 파훼할 수 있는 것은 당연한 일. 새삼 놀랄 이유가 없다."

"으음… 고구려의 무공이 대단하다는 것은 알고 있었지만 제압된 혈도를 푸는 기술까지 있는 줄은 몰랐군."

천하의 가장 아름다운 여인 일령은 상대가 자신보다 한 수 위라는 사실을 수긍한다는 듯 고개를 끄덕이는 한편 눈동자 저 깊숙한 곳에서부터 묘한 불길을 피워 올리기 시작했다.

"하지만 당신 혼자 우리를 당할 수는 없겠지."

이심전심으로 마음이 통하기라도 한 것일까? 이령과 삼령은 일령의 말이 떨어짐과 동시에 천천히 움직여 섬검자를 삼면으로 포위해 나갔다.

적에게 배후를 내준다는 것은 기분이 좋지 않은 일임에도 불구하고 섬검자는 그들이 포위를 하도록 가만히 두고 있었다.

"호랑이는 원래 혼자 사냥을 하는 법! 무리를 이루는 것은 너희 같은 승냥이들이나 하는 짓이지."

"그 대단한 자부심이 언제까지 이어지는지 보겠다!"

씨이이잇!

일령이 소도를 현란하게 휘두르며 섬검자에게 쏘아 들어갔다. 동시에 이령은 구겨진 철사처럼 기이하게 생긴 편(鞭)을, 삼령은 콩알만한 쇠구슬 암기를 이용하여 협공해 들어갔다.

츄리리릿!

피이잉!

각자의 독문무기를 이용한 그들의 협공은 가히 위협적이었다. 방향을 종잡을 수 없이 휘몰아치는 기형편, 그 뒤에 모습을 감추고 날아드는 철환, 그리고 천하의 무엇이라도 베어버릴 듯한 일령의 소도까지.

셋이 하나로 화하고, 그것이 다시 여섯으로 나뉜다면 이런 위력을 발휘할 수 있을까? 바늘만한 틈도 보이지 않는 협공이건만 섬검자는 명상이라도 하듯 고요한 눈빛으로 그들의 공격을 주시하고 있었다. 그리고 그들의 공격이 지척에 이른 순간,

번쩍!

그것은 빛이었다. 하늘을 가르는 빛. 기합성도 없이 터져 나온 그 빛은 삼령의 공격을 단번에 가르고 있었다.

따앙! 파츠츠—

철환이 멀리 퉁겨 나가고 기형편은 제멋대로 휘둘리고 있었으며 소도를 쥔 일령의 손아귀에서는 피가 진득하게 흘러나오고 있었다.

일령은 믿을 수 없다는 눈빛으로 섬검자를 바라보았다.

"당신이 대단하다는 것은 알고 있었지만……!"

이건 상상 이상이었다. 그가 아무리 강하다 한들 자신들의 협공을 어찌 막으랴 생각하고 있던 삼령이었으니 말이다.

"바다를 보지 못한 자는 땅을 넓다 하고, 우주를 알지 못하는 자는 하늘이 높다 하지. 또한 너희처럼 무예의 깊이를 알지 못하는 자들은 스스로를 높게 평가하는 법이고."

비록 담담한 표정으로 말을 하고는 있었지만 섬검자도 내심 놀라고 있기는 마찬가지였다. 조금 전에 펼친 한 수는 그가 일생 바쳐 연마한

정수가 담긴 공격이었다. 또한 그는 지금 격발신공(激發神功)을 운용하고 있었다.

격발신공은 체내의 진기를 일순간에 폭발시켜 짧은 시간 동안 내력을 두 배 가까이 증가시키는 대신 일정한 시간이 흐르고 나면 진기가 급격히 고갈되어 버리는 내공 운용술이었다. 따라서 빠른 시간 내에 상대를 제압하지 못하면 필연적으로 패배할 수밖에 없는 상황이었다.

이런 사실을 꿈에도 모르고 있는 삼령은 자신들이 협공을 하고도 우위를 점하지 못했다는 사실에 매우 격분하고 있었다.

"너를 여기서 무릎 꿇리지 못하면 삼령이란 외호를 쓰지 않겠다!"

삼령은 재차 공격해 들어갔고 제단 밑에 부복해 있던 삼령교도들은 거대한 구름이 되어 제단을 포위해 오기 시작했다.

부현은 어수선한 분위기를 틈타 제단 뒤편을 통해 나연에게 접근해 갔다.

"나연 누나."

삼령은 지금 섬검자를 상대하느라 온 신경을 집중하고 있었지만 그래도 혹시 들킬지 몰라 목소리를 잔뜩 낮춰 불러보았다. 그러나 미혼향에 취한 나연이 대답할 리 만무했다. 부현은 나연의 상태를 살피기 위해 제단에 몸을 숨긴 채 아주 천천히 고개를 내밀었다.

"으음……."

제단에 올라오기 전에 멀리서 이미 보았었지만, 완전한 알몸의 나연을 보고 있자니 신음이 절로 흘러나오는 부현이었다.

"젠장, 이럴 때가 아닌데……."

부현은 슬그머니 고개를 드는 그것을 한 손으로 눌러 내렸다.

"아무리 인간의 본능이라도 지금은 좀 참아주라. 목숨이 오락가락하는 상황이라고."

부현은 스스로를 타이르며 나연의 손발을 풀어주기 시작했다.

"그나저나 정신을 완전히 잃었으니 어떻게 데리고 도망친다지?"

내공을 완전히 소실해 보통 사람과 다름이 없는 상황에서 나연을 업고 도망친다는 것은 자살 행위나 다름없었다.

"누나, 좀 일어나 봐요."

부현은 나연을 흔들며 다시 나직이 불러보았다. 하지만 결과는 마찬가지였다.

"미치겠네."

삼령교도들이 제단 쪽으로 몰려오고 있는 상황이어서 더 이상 지체할 수가 없었다.

"나중에 누나 알몸 만졌다고 뭐라고 하지 마쇼."

부현은 나연을 어깨에 들쳐 멨다.

"되게 무겁네."

말은 이렇게 했지만, 그녀의 맨살이 피부에 와 닿자 정신을 차리기 힘들었다.

"온몸 찌릿거려 죽겠네. 상황만 험악하지 않으면 더 좋을 텐데."

부현은 삼령교도들이 제단에 도착하기 직전에 뒤편을 통해 어렵사리 빠져나올 수 있었다. 이제 삼령교도들에게 들키지 않고 도망갈 일만 남은 셈이었다.

"다리야, 제발 조금만 더 빨리 움직여 주라."

부현은 나연의 무게를 이기지 못해 휘청거리는 다리를 탓해가며 부지런히 발걸음을 놀렸다. 등 뒤에서는 여전히 섬검자와 삼령이 격돌하는 소리가 요란하게 울려오고 있었다.

다행히 아무도 발견 못한 듯 뒤를 쫓아오는 소리는 들려오지 않았다. 부현은 뒤도 돌아보지 않고 죽어라 달리기 시작했다.

그렇게 얼마나 뛰었을까? 숨이 턱까지 차 올라 도저히 걸음을 옮기지 못하게 되었을 즈음 부현은 마을 뒤편으로 이어진 산 중턱에 도착해 있었다.

"섬검자 아저씨는 어떻게 됐을까?"

부현은 나연을 내려놓으며 뒤를 돌아보았다. 섬검자는 아직도 제단 위에서 검을 휘두르고 있었다. 하지만 지금 상대는 삼령이 아닌 그의 신도들이었다. 제단 주변에 구름처럼 몰려 있는 삼령교도들… 그들 속에 파묻혀 있는 섬검자가 왠지 외로워 보였다.

"섬검자 아저씨가 강하기는 하지만……."

수백 명에 이르는 삼령교도들 틈에서 살아 나올 가망성은 거의 없어 보였다.

"미안해요, 아저씨. 제가 내공을 되찾으면 확실하게 복수해 드릴게요."

부현이 혼잣말을 중얼거리고 있을 때였다.

"으음……."

몸을 뒤척이는 것으로 보아 나연이 정신을 차릴 모양이었다.

"정신이 들어요, 누나?"

부현이 어깨를 흔들며 묻자 나연이 가늘게 실눈을 뜨며 올려다보았다.

"여기가 어디니?"

"제물로 바쳐질 뻔한 누나를 구해서 도망치는 중이에요."

"맞아, 나는… 아흑!"

기억을 되살린 나연은 벌떡 일어나다 말고 상처 부위를 움켜쥐었다. 왜 고통스럽지 않겠는가? 자신의 몸 안으로 타인의 손이 들어왔었는데 말이다.

"아아……."

"많이 아파요?"

"도대체 무슨 일이 있었던 거야… 몸통 왼쪽이 온통 부서지는 것 같아……."

"그게 그러니까……."

부현이 뭐라고 설명을 하려 할 때였다.

"까아악!"

나연이 갑자기 소리를 지르며 몸을 움츠렸다. 자신이 알몸이란 사실을 새삼 깨달은 모양이었다.

"조용히 좀 해요. 여기 있다고 선전할 일 있어요?"

"너, 다 봤지!"

"보긴 뭘 봐요? 죽느냐 사느냐 하는 판국에."

"정말 안 봤어?"

"이러고 있을 시간 없어요. 섬검자 아저씨와 싸우느라 아직은 눈치 채지 못한 것 같지만 놈들이 언제 쫓아올지 모른다고요."

"그런데 뭐가 있어야 도망을 가지."

"도망가는데 뭐가 필요해요?"

"그럼 나보고 이대로 뛰어다니란 말야?"

나연은 무의식 중에 자신의 알몸을 가리켰다. 보라고 가리키는데 안 볼 부현인가?

물끄러미.

"너, 뭘 보는 거야!"

"에?"

"얼른 눈 돌리지 못해?"

"아, 알았어요."

부현은 얼른 고개를 돌리고는 도망 오기 전에 챙겨두었던 나연의 짐 꾸러미를 건네주었다.

"아까는 도망치느라고 바빠서 입혀주지 못했던 거니까 이상하게 생각하지 말아요."

나연도 그런 상황을 모를 리 없었으므로 조용히 짐을 풀러 옷을 꺼내 입었다.

"그런데 신발이 없네?"

"워낙 급해서 거기까진 신경 쓰지 못했어요."

"맨발로 산을 어떻게 돌아다니지? 저기… 네 거라도 벗어주면 안 될까?"

"이걸 벗어주면 나는 맨발로 다니라고?"

"넌 남자잖아."

"남자… 꼭 아쉬울 때만……."

마음이 내키지 않는 표정이었지만 부현은 신발을 벗어주었다.

"이제 됐죠?"

"응."

"이제 어서 도망쳐요. 놈들이 쫓아오면… 쫓아… 오고 있네?"

부현의 놀란 시선이 가리키고 있는 곳에서는 수십 개의 횃불이 빠른 속도로 올라오고 있었다.

"우리가 없어진 걸 알아차렸나 봐요. 어서 도망가요."

"그, 그래."

부현과 나연은 산 위를 향해 달리기 시작했다. 그런데 부현이 언제 맨발로 산을 달려보았겠는가?

"앗, 따거, 따거!"

작은 나뭇등걸이며 날카로운 돌멩이들이 발을 마구 찔러대니 도무지 뛸 엄두가 나지 않았다.

"누나, 그 신발 도로 나 주면 안 될까?"

"무슨 소릴 하는 거야? 남자가 그 정도도 못 참아? 어서 뛰어!"

"남자는 발바닥이 철판으로 돼 있는 줄 아나?"

부아가 치밀어 올랐지만 목숨이 걸려 있는 형국이니 꾹 눌러 참고 뛰는 수밖에 없었다.

"저쪽이다! 저기서 움직이고 있어!"

"잡아라!"

이제는 위치까지 확실하게 파악하고 쫓아오고 있으니 엄살을 부릴 처지가 아닌 것이다.

"그 자식들 되게 빨리 쫓아오네? 곧 잡히겠는데, 어떻게 한다지?"

부현과 나연은 이제 평범한 사람으로 돌아가 있었고, 그들을 쫓는 삼령교도들은 무공을 수련한 사람들이니 어디 상대가 되겠는가? 그들과의 간격은 눈에 띄게 좁혀들고 있었다.

이렇게 되고 보니 발바닥이 아프든 찢어지든 신경 쓸 겨를이 없었다.

"달려, 누나! 잡히면 무조건 죽는다고!"

부현은 부상 때문에 제대로 달리지 못하는 나연의 팔을 잡아끌며 산

정상을 향해 달음질쳤다. 그러나 아무리 사력을 다해도 안 되는 것은 어쩔 수 없는 일이다.

부현과 나연이 산등성이에 도착했을 즈음 추격자들은 발자국 소리가 들릴 만큼 가까이 따라붙어 있었다.

"한 많은 인생 아무래도 여기서 하직하나 보네."

부현이 체념의 말을 늘어놓고 있을 때였다.

"꺄악!"

외마디 비명과 함께 나연이 갑자기 땅속으로 쑥 꺼져 들어갔다.

"누나!"

정말 황당한 일이었다. 사람이 땅속으로 사라져 버리다니 말이다. 하지만 바닥을 자세히 들여다보니 충분히 그럴 수 있는 상황이었다. 주변에 풀이 무성하게 자라 눈에 잘 띄지는 않았지만 그곳에는 사람 하나가 충분히 들어갈 만한 구멍이 뚫려 있었던 것이다.

"여기 숨으면 들키지 않을 수도 있겠는데⋯ 누나가 비명을 지르고 떨어진 뒤로 아무 소리도 들려오지 않는 걸 보면……."

어마어마하게 깊은 동굴일지도 모른다는 불길한 생각이 뇌리를 스쳤다.

"하지만 저 자식들에게 잡혀도 죽는 건 마찬가지잖아."

부현은 용기를 내어 구멍 안으로 몸을 던졌다. 그리고 곧바로 후회했다.

"뭐가 이렇게 깊은 거야⋯ 아아아아아……."

어쨌거나 그가 뛰어든 구멍은 긴 풀들에 의해 다시 가려져 직접 빠져보기 전에는 누구도 찾을 수 없을 것 같았다.

잠시 후, 횃불을 든 삼령교도들이 산등성이로 모습을 나타냈다.

"어엇! 놈들이 어디로 사라졌지?"

내리막길 풀숲에 가려진 동혈의 존재를 알 리 없는 그들로서는 귀신이 곡할 노릇이었다.

"멀리 가지는 못했을 것이다! 무슨 수를 쓰든지 찾아라!"

그들 중 우두머리인 듯한 중년인이 소리치자 수십 명의 삼령교도들은 사방으로 흩어져 수색해 나가기 시작했다. 그러나 운이 없게도 그들은 풀에 가려진 동혈은 그냥 지나치고 있었다.

"끄으응… 아이고, 삭신이야……."

얼마나 기절해 있었는지 모를 긴 시간이 흐르고 나서야 부현은 정신을 차릴 수 있었다.

"에구구… 숨은 아직 붙어 있는 모양인데……."

어렵게 일어나 앉은 부현은 몸을 이리저리 움직여 보며 주변을 둘러보았다. 바로 곁에는 먼저 떨어진 나연이 아직도 정신을 차리지 못한 채 널브러져 있었고, 천장에는 자신이 떨어져 내려온 듯한 구멍이 뚫려 있었다. 그리고 그가 지금 있는 곳은 꽤 넓고 아늑한 분위기의 토굴이었다. 바닥에는 마른 풀이 폭신하게 깔려 있는.

"무지하게 오래 떨어져 내렸는데도 살아남은 게 이 풀 덕분이었군. 구멍이 좁았던 것도 큰 몫을 했고. 가만, 풀이라고? 이런 데 왜 마른 풀이 이렇게 예쁘게 깔려 있지?"

의문이 생긴 부현은 그제야 자신이 주변 사물을 확실히 보고 있다는 생각도 하게 되었다. 얼마나 깊은지도 모를 지하 땅굴인데 말이다.

"이게 도대체 어떻게 된 거지?"

그때였다.

"거, 말 한번 더럽게 많은 놈일세. 주둥이 좀 닥치고 있거라, 이놈아!"

등 뒤에서 갑자기 들려온 목소리에 부현은 깜짝 놀라 돌아앉았다. 그리고 곧바로 헛바람 빠지는 듯한 비명을 질러댔다.

"히에엑!"

어둠 속에 귀신이 웅크리고 있는 듯한 모습을 발견했기 때문이다. 불그스름한 머리는 산발을 했고, 의복은 언젯적 것인지 다 떨어져 너덜거렸으며, 가늘게 찢어진 눈매에서는 매서운 빛이 쏟아져 나오고 있었다. 그러니 어찌 무섭지 않겠는가? 아무리 좋게 보아주어도 사십 년간 철탑에 갇혀 있던 좌공문보다 두 배는 괴기스러워 보였다.

"누, 누, 누, 누구세요!"

괴인은 손때 묻은 조각도로 뭔가를 열심히 깎고 있었는데, 부현이 떨리는 음성으로 묻자 그 무서운 눈을 희번덕거리며 되쏘아붙였다.

"이런 버르장머리 없는 놈! 남의 집에 들어와서 적반하장도 유분수지, 주인에게 누구냐니? 그러는 너는 누구냐?"

"전부현이라고 하는데요… 천육백공이라고도 하지만 지금은 잠시 외호를 쓸 수 없는 상황이라……."

놀란 와중에도 할 말은 다 하는 부현이었다.

"그런데 여기가 할아버지 집이에요? 땅속인데……."

"어린 놈이 왜 말귀를 못 알아 처먹어? 내 집이라고 했잖아! 그리고 내가 땅속에 집을 짓든 얼음 굴에 따리를 틀든 네가 웬 상관이야?"

"그, 그게… 그냥 궁금해서……."

"난 바쁘니까 자꾸 말시키지 말고 저년 깨거든 데리고 나가거라."

"년… 이요?"

"왜? 불만이냐?"

"무, 물론… 불만 아니지요… 왠지 어디서 많이 들어본 듯한……."

"아, 시끄러워, 이놈아! 난 지금 일이 바쁘단 말이다. 이것만 깎으면 만 번째가 완성되는데 너 때문에 아직 못 끝내고 있잖아!"

"죄, 죄송……."

"그런 말도 하지 마! 제발 아가리 좀 닥치란 말이다!"

"네."

"대답도 하지 말라니까?"

"……."

한마디 더 했다간 혀를 뽑아버리겠다고 덤빌 것 같아 부현은 얼른 제 입을 막아버렸다. 그런데 어디선가 많이 들어 본 듯한 말투였다.

'어디서였지? 분명히 귀에 익은 말투인데…….'

한참 뇌리를 굴리고 있던 부현의 망막으로 갑자기 질심파파의 모습이 지나간 것은 우연이었을까?

"맞아! 질심파파, 그 욕쟁이 할머니!"

"뭐야?"

자기도 모르게 소리를 친 부현은 무서운 노인의 눈빛을 대하고는 얼른 손으로 제 입을 막았다.

"방금 뭐라고 했냐?"

부현은 입을 막은 채 도리질만 치고 있었다. 입을 열면 시끄럽다고 또 소리칠 것만 같았기 때문이다.

"방금 뭐라고 했냔 말이다, 이놈아!"

그래도 부현은 입을 꼭 다물고 있었다.

"이놈의 자식! 아가리를 확 찢어놔야 입을 열 참이냐!"

노인이 금방이라도 달려들 듯한 기세를 보이고 나서야 부현은 얼른
손을 떼며 빠르게 말했다.

"할아버지 말투가 꼭 질심파파 할머니 닮았다고 했어요."

"질심파파? 네가 그 아이를 어떻게 아냐?"

"그 할머니 아, 아세요?"

"아니까 물어보지, 이놈아!"

"그 할머니가 운영하는 객점에서 하루 묵은 적이 있거든요."

"단지 그것뿐이냐?"

"그냥 손님으로서가 아니라 섬검자 아저씨 부탁으로 그 할머니
가……."

"섬검자도 안다고!"

노인이 이번에는 벌떡 일어나며 소리치자 부현은 찔끔 놀라 뒤로 물
러서며 더듬거렸다.

"그, 그런데요……."

"섬검자를 분명히 안단 말이지!"

"네……."

"그런데 여긴 어쩌다 떨어졌냐?"

"도망치다가요."

"도망? 뭘 잘못해서 도망을 쳐?"

부현은 마을에서 겪었던 일을 간략하게 설명해 주었다. 설명을 다
듣고 난 노인은 의아하다는 듯 고개를 갸웃거리며 말했다.

"이상한 일이군. 저 아래는 마을이 없었는데 언제 생겨났지?"

"원래는 그곳에 마을이 없었던 모양이지요?"

"그래, 이십 년 전까지만 해도 이 근방엔 마을이 하나도 없었단 말

이다.”

“이… 십… 년이요? 하하… 그건 나라를 세우고도 남을 시간인데…….”

“그런데 섬검자가 수백 명에게 포위되어 싸우고 있었단 말이지?”

“네. 그런데 할아버지는 섬검자 아저씨와 어떻게 되는…….”

“그런데 섬검자가 이곳엔 왜 온 거냐?”

부현이 먼저 질문을 했다고 대답을 먼저 들을 권리까지 생긴 것은 아니었다. 괜히 순서 따지려 들다간 괴팍한 노인이 어떻게 나올지 모르니 말이다. 세상은 힘의 원리에 의해 돌아가는 법. 부현이 먼저 순순히 입을 열었다.

“완완노라는 할아버지를 찾으러 왔어요.”

“완완노? 그 늙은이가 누군데?”

“저희는 몰라요, 고집이 더럽게 세다는 것밖에. 뭐, 고집이 세니까 성질도 더러울 것 같지만.”

노인의 입이 씰룩 일그러졌다. 하지만 부현은 그런 눈치를 전혀 채지 못한 채 계속 떠들어댔다.

“섬검자 아저씨의 말로는 의술도 좀 할 줄 안다고 하더군요. 그래서 치료를 받으려고 왔는데…….”

“무슨 병을 치료받으려는 건지 모르지만 그렇게 고집 센 늙은이가 치료는 해줄 것 같다고 하던?”

“섬검자 아저씨와 의형제를 맺었다니 도와줄 거라고 하셨어요. 그런데 이제 할아버지가 제 질문에 답하실 차례 아닌가요?”

“무슨 질문?”

“섬검자 아저씨를 어떻게 아시냐는.”

"내가 그 고집쟁이 늙은이다. 됐냐?"

허걱!

"할… 아버지가 바로……."

"게다가 욕쟁이 할망구의 오라비이기도 하지."

뜨악!

"질심파파의 오빠……."

"이제 네가 무슨 실수를 했는지 알겠냐?"

고집쟁이 노인 완완노는 이렇게 말하고는 획 돌아앉아 버렸다. 그리고는 나무토막을 다시 깎기 시작했다.

부현은 충격에 휩싸인 채 안절부절못하고 있었다.

'젠장! 저 할아버지가 완완노였을 줄 내가 어떻게 알았겠냐고. 그나저나 면상에 대고 험담을 늘어놓았으니 어떻게 한다지? 무슨 수를 쓰든 구워삶아야 독상을 치료받을 텐데…….'

한동안 잔머리를 굴리던 부현은 섬검자가 위기에 처해 있었다는 사실에 생각이 이르렀다.

"참, 섬검자 아저씨를 구하러 가야 해요. 제가 원래는 엄청난 내공을 보유하고 있었는데, 지금은 독상 때문에 모두 소실해서 그냥 도망칠 수밖에 없었어요. 하지만 완완노 할아버지가 독상을 치료해 주면 당장이라도 가서 구해올 수 있는데……."

섬검자의 위험과 자신의 상태를 조합한 교묘한 말솜씨였지만 완완노는 들은 척도 안 한 채 조각에만 열심이었다.

"섬검자 아저씨가 위험한데……."

역시 묵묵부답.

"의형제라면서 걱정도 안 되세요?"

쐐애액!

"으흭!"

완완노는 쳐다보지도 않은 채 조각도를 날렸고, 조각도는 부현의 머리에 고속도로를 만들어낸 뒤 동굴 벽에 깊숙이 꽂혀들었다.

"갑자기 왜 이러세요? 죽을 뻔했잖아요!"

"나는 지금 이십 년 세월의 결정판이라고 할 수 있는 만 번째 작품을 깎고 있는 중이다. 당연히 중요한 순간이지. 한마디만 더 떠들면 다음엔 떡에다 확 박아버릴 테니 알아서 해!"

"……."

부현은 아무 말도 할 수 없었다. 목에 바람구멍이 횅하게 뚫리면 살 수 없는 법이니까.

그러자 완완노는 가볍게 손을 끌어당겼고, 벽 속에 박혀들었던 조각도는 다시 그의 손으로 빨려 들어갔다.

'으익? 어떻게 저럴 수가 있지?'

완완노와 조각도 사이에 눈에 보이지 않는 투명사가 연결되어 있다는 사실을 감지 못한 부현이 놀라는 것은 당연한 일이었다.

사각사각!

완완노는 정말로 섬검자가 걱정도 되지 않는 듯 조각에 열중하고 있었다. 시간이 흐름에 따라 서서히 윤곽을 드러내는 모습은 열반에 들기 직전의 석가여래상이었다.

'불상이네? 그럼 만 개를 깎았다는 것이… 가만? 만 개라고? 불상을 만 개나 깎아?'

'만' 이라는 숫자는 결코 적은 것이 아니었다. 하루에 하나씩 쉬지 않고 깎아도 삼십 년 가까운 세월이 소요되니 말이다.

부현의 속마음이야 어떻든 완완노는 불상 깎는 일에만 온 신경을 집중하고 있었다.

사각사각.

팔뚝만한 나무토막을 다듬기 시작할 때부터 윤곽이 드러날 때까지 한 번에 커다란 조각을 떼어내는 법이 절대로 없었다. 종이보다도 얇은, 그래서 뒤가 훤히 비쳐 보일 정도로 얇게 깎아내고 있었다.

보통 사람이 그렇게 깎았다가는 십 년에 하나 완성하기도 힘들 것 같았지만, 다행히 완완노의 손은 눈에 보이지 않을 정도로 빠르게 움직이고 있었고, 예상대로라면 한나절이 지나기 전에 완성될 것 같았다.

그러나 한나절이 어디 짧은 시간이던가? 가만히 앉아서 구경만 하고 있자니 부현은 좀이 쑤셔 견딜 수가 없었다. 그렇다고 괜히 입을 놀렸다가는 조각도가 목줄을 꿰뚫어 버릴 것 같았으니… 그저 사지를 뒤틀며 기다리는 방법밖에는 없었다.

'이럴 때 나연 누나라도 좀 깨어나면 좋겠는데… 왜 아직 깨어나지 않는 거야?'

떨어진 충격 때문인지 부상 때문인지 나연은 도무지 깨어날 기미를 보이지 않았다.

그렇게 얼마나 시간이 흘렀을까? 부현이 기다리다 지쳐 꾸벅꾸벅 졸고 있을 때였다.

"크하하핫! 드디어 완성이다! 만 번째 불상을 완성했어!"

얼마나 크게 소리를 치던지 동굴이 우르르 울리며 흙이 우수수 쏟아져 내릴 지경이었다.

부현이 화들짝 놀라 퉁겨 일어난 것은 당연했고 나연도 놀라서 깨어나고 있었다.

"으으음… 부현아, 여긴 어디니?"

"여기가 완완노 할아버지 집이래요."

"완완노… 우리가 찾으려던 그 할아버지?"

"맞아요."

"어떻게……."

부현은 여러 말로 설명할 필요 없이 천장의 구멍을 가리켰다.

"어제 우리가 빠진 구멍이 저곳으로 연결된 거예요. 이젠 알겠죠?"

"그러니까 우리가 떨어진 곳이 마침… 그럼, 저 할아버지가 완완노 어른이시겠네?"

"왜 아니겠어요?"

"그런데 왜 저러셔?"

"만 번째 불상이 완성됐다고 저러는데, 자세한 이유는 나도 몰라요."

부현과 나연은 궁금한 표정으로 바라볼 뿐이었다.

이른 아침.

바람은 일행과 함께 객점을 나서고 있었다. 예정대로라면 사부가 돌아올 때까지 기다려야 하지만 이틀 후면 불환동부가 열리기로 되어 있어 어쩔 수 없이 움직여야 했다.

밖에는 진소희가 면사로 얼굴을 가린 음월과 함께 기다리고 있었다. 섬검자에게 연락을 취하기 위해 객점에 남겨둔 한 사람을 제외한 나머지 문도들은 나 총관과 먼저 출발한 모양이었다.

"숭산까지 가려면 이틀은 꼬박 걸릴 테니 서둘러야 해요."

"알겠소."

지난밤 악몽 때문인지 바람의 안색이 다소 무거워 보였다.

"어째 안색이 밝지 않군요, 바람 대협."

"잠자리가 좀 불편했을 뿐이오."

바람이 가볍게 대꾸하며 말을 몰아 나가자 나머지 일행도 움직이기 시작했다.

"어제 오후부터 소문이 돌기 시작했는데 낙양에 머물던 무림인 중 절반이 어젯밤에 움직였어요. 나머진 새벽에 떠나거나 지금 움직이고 있고요."

진소희의 말에 바람은 가만히 고개를 끄덕였다.

"모두 신경을 곤두세우고 있는데 조직적으로 소문을 퍼뜨리고 있으니 빨리 퍼지는 건 당연한 일이오."

"만약 동부가 열리면 대협도 들어가실 생각인가요?"

"물론이오."

"대단히 위험할 텐데요?"

"어떤 위험이 있다고 해도 들어가야만 하오. 대륙에 온 이유가 그것이니까."

"그렇다면 함께 움직여요."

"역시 진 낭자도 들어갈 생각이군요?"

"제게도 사명이 있으니까요."

"몇 명이나 들어갈 생각이시오?"

"음월과 저만 들어갈 거예요. 나머지 문도는 나 총관과 함께 입구를 지키게 하고요."

"좋은 생각이오. 좁은 동부에 많은 사람이 들어가는 것은 자살 행위나 마찬가지니까."

"커다란 불상사가 일어나지 않기만을 바랄 뿐이에요."

이번 사태가 암중의 인물에 의해 조종되고 있다는 사실을 알고 있는 일행의 마음은 무겁기 그지없었다. 그래도 동산을 넘어 나오는 태양은 어제와 다름없이 밝은 햇살을 뿌려댈 뿐이다.

＊　　　＊　　　＊

부현과 나연은 멍한 얼굴로 완완노를 올려다보고 있었다.

"겨우 그만한 일로……."

"겨우 그만한 일이라니!"

부현이 조그맣게 내뱉은 말 한마디에 완완노는 격렬하게 반응했다.

"내가, 이 쇠고집 완완노가 먼저 인사를 했는데도 그 늙은이가 모른 체했단 말이다! 그게 별일 아니면 뭐가 큰일이란 말이냐, 이 우라질 녀석아!"

"하하… 물론 기분은 나쁘셨겠지요. 하지만 이십 년 동안 동굴에 틀어박혀서 지낼 만한 일은 아니었다는 뭐… 더구나 거리도 백 보나 떨어진 곳에서 인사를 하셨다면서……."

"그 늙은이가 보통 사람이야? 고구려 최고의 승려이자 엄청난 내가 고수로 알려진 신승이었단 말이다. 그런 사람이 내 목소리를 못 알아들어? 백 보 아니라 천 보가 떨어졌어도 알아들어야 정상이지. 그건 분명히 나를 무시하는 행동이었다!"

"하지만 그때 같이 있던 섬검자 어른도 몰라보셨다면서……."

"섬검자는 섬검자고 나는 나지!"

"물론 그렇기는 하지만……."

"같은 말 자꾸 시킬 테냐? 헛바닥이 간지러우면 확 뽑아주랴?"

"무, 무슨 말씀을… 저는 단지 그 일과 불상 만 개가 무슨 연관이 있는지 궁금해서……."

“그게 궁금해?”

말대꾸하는 것은 죽도록 싫어하면서도 자신의 일에 관심을 갖는 것은 마음에 들었던지 완완노는 금방 안색을 누그러뜨리며 대답해 주었다.

“그 늙은이를 능가하는 불력을 얻어 나도 똑같은 방법으로 복수해 주고 싶어서 섬검자에게 어떻게 하면 되겠냐고 물어봤다. 그랬더니 불상을 만 개쯤 깎으면 가능할지도 모른다고 하더구나.”

“그 말 때문에…….”

부현은 황당하다 못해 하얗게 질린 표정으로 완완노를 바라보았다.

‘이 할아버지 완전히 단세포 아냐? 그게 단순히 불상 만 개를 깎으라는 소리겠어? 그런 심정으로 수양을 쌓으라는 말이었겠지. 나도 그 정도는 알겠구만.’

생각은 이랬지만 단지 무시당했다는 순전히 자기 생각뿐인 그 이유만으로 불상 만 개를 깎은 고집쟁이에게 무슨 봉변을 당하려고 입 밖에 내겠는가? 그저 웃어줄밖에.

그러나 정작 놀랄 말은 다음에 흘러나왔다.

“그땐 내 동생 주려고 만든 주름살 펴는 약도 다 완성된 상태였는데… 그 썩어 문드러질 늙은이가 성질을 돋우는 바람에…….”

부현은 더 이상 할 말이 없었다. 겉늙은 외모 때문에 마음의 상처를 받아 질심이란 명호까지 얻은 동생인데, 약을 완성하고도 고집 때문에 이십 년이나 그냥 두었다니…….

‘정말 존경스럽다…….’

이런 생각이 절로 들었다. 동시에 절대로 완완노의 성질을 건드리면 안 된다는 생각도 하게 되었다. 쇠고집이 한번 발동하면 병을 고쳐 주기는커녕 독을 먹이겠다고 덤벼들지도 모를 일이니 말이다.

"저… 할아버지……."

"왜?"

"섬검자 아저씨는……."

"걱정 말아라."

"네?"

"그렇게 쉽게 당할 사람이 아니니 걱정 말란 말이다."

"하지만 혹시 모르니까……."

"이 우라질 놈아! 네가 얼마나 기절해 있다가 깨어난 줄 알고 하는 소리냐? 자그마치 한나절이나 기절해 있었단 말이다. 그런데 그제 가서 뭘 도와줘? 벌써 도망쳤든, 죽었든 둘 중에 하나일 텐데."

"그래서 아까 조용히 하라고 하신 거였군요?"

환심을 사기 위해 재빨리 장단을 맞춘 부현의 노력이 통한 듯 완완노의 표정이 한결 부드러워졌다.

"물론 네가 금방 깨어나서 말했어도 불상 만 개를 채우기 전에는 절대로 이 동굴을 벗어나지 않았겠지만."

'어련하시겠어요?'

부현은 속내를 들키지 않기 위해 고개를 푹 숙인 채 속으로 궁시렁거리고는 궁금증 가득한 표정으로 고개를 들었다.

"그런데 불상을 깎는 동안 무얼 먹고 지내셨어요? 동굴을 한 번도 벗어나지 않으셨으면……."

"이걸 먹었지."

완완노가 들어 보인 것은 불상을 깎을 때 생기는 지저깨비였다.

"그리고 가끔 너희가 떨어진 구멍으로 짐승이 떨어지면 그놈을 먹기도 하고. 동물은 사람처럼 멍청하지 않아서 그런 일은 딱 두 번밖에 없었지만."

"나무 깎은 것을 먹고 어떻게 살아요?"

부현이 도저히 믿지 못하겠다는 표정을 짓자 완완노는 지저깨비를 한 움큼 입에 넣고는 씹기 시작했다.

"생식의 마지막 단계가 바로 톱밥이란 사실을 모르는구나? 처음에는 모르지만 오래 먹다 보면 나무의 고소한 맛을 느낄 수 있게 되지. 물론 아무 나무나 먹을 수 있는 건 아니고 소나무나 참나무 같은 것이 좋아. 그래서 불상 재료도 소나무로 택했고."

얘기를 조금 더 하다간 자신에게도 먹어보라고 할 것 같았기에 부현은 얼른 화제를 다른 곳으로 돌렸다.

"그런데 불상이 만 개나 되면 엄청날 텐데 그걸 어디에 다 보관하세요?"

"그야 정문 쪽에 있지."

"정문이요? 그런 게 있었어요?"

"당연하지. 그럼 저 구멍으로 들어와서 사는 줄 알았냐?"

'젠장! 그런 게 있으면 좀 일찍 가르쳐 줄 일이지… 괜히 이 좁은 곳에서 사지를 뒤틀고 있었잖아.'

부현은 이곳이 땅속으로 갇힌 공간이라고 지레짐작하고 있었다. 때문에 완완노 뒤에 옆으로 통하는 공간이 있다는 사실을 알았으면서도 대수롭지 않게 여기고 있었는데, 그곳이 밖으로 나가는 통로인 모양이었다. 속이 쓰렸지만 불평할 순 없는 일이었다.

"그런데… 여기에 계속 계실 건가요?"

"왜? 너희까지 여기 붙잡아둘까 봐?"

"이십 년의 대역사를 이루셨는데 바깥에 한 번 나가시지 않을 거예요?"

고집 때문에 한 일이지만 불상 만 개면 대역사인 것은 확실했다.

"물론 나가야지. 그리고 나가면 이 동굴에 다시는 돌아오지 않을 거다. 이십 년 동안 갇혀 있느라 지긋지긋했었거든."

'정말 이상한 할아버지야. 그렇게 지겨우면서 왜 이십 년이나 고집을 부렸대?'

부현의 상식으로는 도저히 이해 못할 일이었다.

"자, 나는 그만 갈 테니 너희는 여기 남든 떠나든 알아서 해라."

"에? 자, 잠깐만요, 할아버지."

"또 왜?"

"여기 다시는 돌아오시지 않을 거라면서 뭐 잊으신 거 없나 잘 살펴보셔야지요."

"아무짝에도 쓸모없는 불상 말고 뭐가 있다고 잘 살펴? 이 한 몸 빠져나가면 그만인 것을."

"질심파파 할머니에게 주실 약은… 그리고 우리 독상 치유할 약도……."

"아차! 그렇지. 동생에게 줄 약을 깜빡할 뻔했구나. 재료가 귀해서 오 년이나 걸려 만든 약인데."

완완노는 자기가 앉아 있던 자리로 후닥닥 달려오더니 바닥을 파내기 시작했다. 얼마간 파 내려가자 작은 나무 상자가 하나 나왔는데, 완완노는 그 안에서 몇 개의 약병을 꺼내 품속에 갈무리했다.

"이 귀한 약들을 그냥 두고 갔으면 큰 손해를 볼 뻔했군. 어린 녀석, 네 덕에 약을 챙겼으니 나머지를 주겠다. 필요할 때 쓰거라."

"무슨 약인데요?"

"약병에 적혀 있으니 읽어보면 알 것 아니냐?"

완완노는 한마디 툭 쏘아붙이고는 휭하니 걸어나가 버렸다.

"잠깐만요, 할아버지! 같이 가요!"

부현은 나연과 함께 얼른 그의 뒤를 따라 나갔다. 물론 귀하다고 말한 그 약 상자는 잘 챙겨서 말이다.

쨍!

태양이 중천에 걸린 바깥은 너무나 밝아서 눈을 제대로 뜰 수가 없었다.

"아이고, 눈부셔……."

한나절 햇빛을 못 본 부현과 나연도 괴로울 지경이었으니 이십 년 동안이나 어두컴컴한 굴에서 지낸 완완노야 말해 무엇 하겠는가? 그는 두 손으로 눈을 가린 채 꼼짝도 못하는 형편이었다.

그렇게 세 사람이 어쩔 줄 모르고 있을 때였다.

"제가 제대로 찾아온 모양입니다, 형님."

어디선가 들려오는 귀에 익은 목소리.

먼저 눈을 뜬 것은 나연이었다.

"섬검자 어른……."

"너희도 무사했구나."

반가움과 안도감이 묻어나는 목소리였다. 하지만 정작 섬검자 본인은 무사한 것 같지 않았다. 전신에는 수없이 많은 상처가 있었고 안색은 금방이라도 쓰러질 듯 창백했다.

"섬검자가 왔다고?"

반가운 마음에 번쩍 눈을 뜨던 완완노는 다시 얼굴을 가려야 했다.

"이 망할 놈의 햇빛!"

"섬검자 아저씨! 많이 다치셨군요?"

곧 이어 눈을 뜬 부현이 얼른 달려가 섬검자를 부축했다.

"너희가 무사해서 다행이다. 최대한 시간을 끌기는 했는데 나 혼자서 모두를 붙잡아놓을 수는 없어서……."

"완완노 할아버지가 계신 곳으로 떨어져서 저희는 아무렇지 않으니, 아저씨 몸부터 추스르세요."

"그래요, 어서 동굴로 들어가서……."

나연의 말이 채 끝나기도 전이었다.

"동굴은 안 돼!"

완완노가 소리쳤다.

"아우의 상태를 살펴야 하는데 동굴로 들어가면 내가 못 들어가잖아!"

정말 질리는 고집이었다.

"그렇다고 환자를 여기 둘 수는 없잖아요."

부현이 말대꾸를 하자 완완노가 두 눈을 부릅떴다. 화가 나니 햇빛도 상관없는 모양이었다.

"네놈이 의사냐?"

"그야 물론 아니지요."

"그런데 왜 말이 많아?"

"하지만 동굴에 들어가면 마른 풀도 깔려 있고……."

"닥치고 거기 눕히기나 해!"

"네……."

부현이 금방 찌그러지며 섬검자를 바닥에 눕히자 섬검자는 부상 중에도 껄껄 웃으며 말하였다.

"예나 지금이나 그 성질은 여전하시구려?"

"이 성질 빼면 내가 뭐 있나?"

"그래, 그동안 뭘 하고 지내셨습니까?"

"뭘 하다니? 몰라서 묻는 건가?"

"그럼, 제가 어찌 알겠습니까?"

"불상 만 개를 깎으면 된다고 자네 입으로 말하지 않았어?"

"네?"

"신승보다 불력이 높아지려면 불상 만 개를 깎으라며?"

"제가 언제……."

어리눙절한 표정으로 기억을 곰곰이 되새기던 섬검자는 한순간 어이없다는 표정으로 완완노를 바라보았다.

"그럼, 혹시 불상 만 개를……."

"당연하지. 내가 누군가? 조금 전에 만 번째 불상을 깎았네."

"어이쿠! 정말 대단하십니다, 형님!"

"이제 내 불력이 더 높아졌으니 신승을 보러 갈 참이네."

"그래서 어쩌시려고요?"

"아는 척도 하지 말아야지."

"그럼, 그분이 서운해하실까요?"

"저도 사람인데 당연히 서운하겠지. 자기보다 불력 높은 사람이 모른 척하는데 마음이 편하겠나?"

완완노의 고집에 대해 누구보다 잘 아는 섬검자였기에 더 이상 아무 말도 할 수가 없었다. 그 정도로 어림도 없다고 말해 주면 이번엔 십만 개를 깎겠다고 덤빌 위인이었으니 말이다.

'무슨 수를 쓰든 신승 어른은 절대로 못 만나게 해야겠군.'

"어디 상처를 한번 보세. 내가 아무리 바빠도 아우가 죽어가는 것을 두고 볼 수는 없는 일이니."

'만 개를 채우지 못했으면 동굴 앞에서 죽어가도 모른 체했을 거면서……'

부현의 눈이 샐쭉 찢어지는 건 당연한 일이었다.

"도대체 얼마나 많은 놈들과 싸웠기에 만신창이가 됐나? 자네라면 천 명과 싸워도 끄떡없을 위인인 줄 알았더니… 쯧쯧."

"생각보다 강한 자 세 명을 상대하느라 격발신공을 운영한 바람에 이렇게 됐습니다."

"죽으려고 작정을 한 모양이군."

"살고 죽는 거야 하늘의 뜻이니까요."

"잔소리 그만 하고 가만히 누워 있기나 해. 다행히 치명상이 없기에 망정이지 조금만 깊은 상처가 있었다면 여기 오기 전에 죽고 말았을 게야."

완완노는 품속에 갈무리했던 약병 중 하나를 꺼내 섬검자의 외상에 골고루 발라준 뒤에 부현을 돌아보았다.

"어린 놈, 네 약 중 한 가지를 빌렸으면 좋겠는데, 줄 수 있겠느냐?"

"이건 원래 할아버지 약인데요 뭘."

"그게 어째서 내 거냐? 널 줬으니 이젠 네 것이지."

"그렇다고 해두지요 뭐. 그런데 무슨 약을……."

"쾌속환이라고 쓰인 약병이 있을 게다."

"쾌속환."

한자라고는 자기 이름도 보고 그려야 하는 부현이었으니 무슨 재주로 찾아내겠는가? 다행히 나연이 얼른 골라주었다.

"여기요."

"상태가 중하니 열 알 중 다섯 알을 쓰겠다. 나중에 기회가 되면 다시 만들어줄 테니 너무 아까워하지는 말고."

"아까운 마음은 없는데… 그거 이십 년이나 지난 약인데 괜찮을까요? 유효 기간이 엄청 지났을 것 같은데……."

"내가 만든 약은 수백 년이 지나도 절대 변하지 않아!"

"그, 그렇군요."

"한 번만 더 그 따위 소릴 했다간 아가리를 확 찢어버릴 테니 알아서 해라!"

"네……."

기 싸움에서 확실하게 밀려 버린 부현이었다.

"자, 이걸 잘 씹어서 삼킨 뒤 운기조식을 하게. 고갈된 내공이 순식간에 모이게 될 테니까."

완완노의 설명을 듣는 순간 부현은 쾌속환 다섯 알이 조금은 아깝다는 생각이 들었다.

'되게 좋은 약이었잖아.'

쾌속환을 복용한 섬검자는 운기조식에 들기 전에 완완노에게 말하였다.

"이십 년 만에 찾아와서 신세부터 지는군요."

"의형제간에 신세라니? 이런 일쯤이야 언제든 해줄 수 있네."

"정말이십니까, 형님?"

"물론이지."

"그럼 죄송하지만 저 아이들을 좀 봐주십시오."

"응?"

"알 수 없는 독에 중독되어 내공이 모두 고갈되었습니다. 다른 의원에게 보여봐야 소용없을 것 같아 형님에게 데리고 오는 중이었습니다."

"그, 그래?"

칭찬인 것은 분명한데 왠지 말려드는 느낌이 드는 완완노였다. 그렇다고 자신의 입으로 뱉은 말을 되삼킬 수도 없는 노릇이고…

"이리 와봐라."

완완노는 나연과 부현을 번갈아 진맥하더니 별것 아니라는 투로 말하였다.

"네게 준 상자에 무불해독환(無不解毒丸)이란 약이 세 알 있을 게야. 하나씩 복용하고 나면 일각이 지난 뒤 독이 완전히 사라질 게다. 하지만 잃은 내공은 되돌릴 수 없어."

"해독만 되면 내공은 상관없어요. 아직도 무궁무진하게 쌓여 있으니까요."

"허풍 그만 떨고 약이나 처먹어!"

'씨… 정말인데… 내공이 회복되기만 해봐라. 도망갈 준비 단단히 해놓고 속을 확 뒤집어 버릴 테니까.'

당장은 대항할 방법이 없었기에 속으로 투덜대던 부현은 약을 완완노라 생각하며 어금니로 사정없이 씹어버렸다. 그런데…

"우왁!"

부현은 하마터면 약을 뱉어버릴 뻔하였다. 무슨 말로도 형용할 수 없는 고약한 맛이었기 때문이다. 혀가 말릴 정도로 쓰기도 하려니와 지독한 노린내에 생선 썩는 냄새까지… 세상의 온갖 나쁜 맛과 향은

다 들어 있는 것 같았다.

"그걸 씹었냐? 미련한 놈, 맛이 고약한 약이라 일부러 밀랍 쌈까지 한 약을 왜 굳이 씹어서 처먹어? 그냥 삼키면 될 것을."

약 올리는 것도 아니고…

부현은 오만 가지 인상을 다 쓰고 나서야 겨우겨우 약을 삼킬 수 있었다.

"아이고… 속 울렁거려 미치겠네."

"그 맛을 봤으니 아마 사흘은 식사에 지장이 있을 거다."

"진작 좀 알려줬으면 좋잖아요."

먼저 맛을 본 부현 덕에 나연은 고생 않고 약을 복용할 수 있었다. 알이 조금 굵어서 그냥 넘기는 것노 쉬운 일은 아니었지만.

어쨌거나 완완노 덕에 독상을 치료하게 된 두 사람은 섬검자 곁에 나란히 앉아 운기행공에 들어갔다. 그러자 완완노는 마치 산책이라도 하듯 그 주변을 천천히 돌아다녔다.

이십 년 만에 대하는 바깥 풍경이라서 새로운 것일까? 그는 가끔씩 주변의 나뭇잎이며 풀잎들을 쓰다듬기도 하였다. 한동안이나 그렇게 주변을 돌아다니던 그가 운기 중인 일행에게 돌아온 것은 근 이각이 흐른 뒤였다.

섬검자는 쾌속환의 덕을 톡톡히 보는 듯 어느새 온몸에 혈기가 돌고 머리 위로 뜨거운 기운을 모락모락 피어 올리고 있었다. 운기가 절정에 이른 모양이었다.

'이 상태로 반 시진 정도만 더 운기하면 고갈된 진기의 팔 할은 재충전될 게야. 그게 바로 쾌속환의 위력이거든. 어떤 내상을 당하든 빠르게 내공을 북돋워주는.'

섬검자의 상태를 보며 자못 자부심을 고취하고 있던 완완노의 눈빛이 갑자기 날카롭게 번뜩였다.

"반갑지 않은 손님이 온 모양이군."

그의 눈빛이 박혀드는 곳, 다섯 명의 혈포인이 모습을 나타내고 있었다. 그런 것도 걷는다고 해야 할까? 그들은 미끄러지듯이 일행에게 다가오고 있었다.

그들을 무섭게 노려보고 있던 완완노는 거리가 삼 장 이내로 좁혀들자 드디어 입을 열었다.

"썩을 놈들! 운기 중일 때는 철천지원수라도 건드리지 않는다는 불문율조차 모르는 게로구나!"

"크크크……."

혈포인 중 하나가 음산한 웃음을 흘려냈다.

"그 따위 불문율은 모른다. 교주의 명에 따라 섬검자의 핏자국을 추적해 왔고, 발견했으니 죽일 뿐이다."

"누구 마음대로? 여긴 내 집… 음… 이젠 아니지만… 어쨌든 내가 지배하는 곳이다. 운기 중인 아우를 방해하고 싶지 않으니 조용히 물러가라. 그러면 더 이상의 책임은 묻지 않겠다."

"우스운 늙은이로군. 이 일대는 우리 삼령교의 영지, 너 따위가 지배할 곳은 어디에도 없다!"

"주접들 떨고 있네. 너희가 밟고 있는 땅 한 치, 풀 한 포기조차 내 손길이 미치지 않는 곳이 없는데 뭐가 어떻다고?"

"말로 해서는 안 될 늙은이로군."

"맞아. 말이란 서로 통하는 상대끼리 하는 거지. 너희처럼 예의라고는 쥐꼬리만큼도 없는 놈들에게는 말이 필요없어. 그래서 이 완완노 어른께서 미리 손 좀 써두었지."

순간 다섯 명의 혈포인들은 뭔가 좋지 않은 느낌을 받은 듯 몸을 움 찔했다.

"클클, 이제야 알아차렸냐?"

"늙은이, 우리에게 무슨 짓을 한 거냐?"

"너희에게는 아무 짓도 안 했어. 내 땅에 약간의 안배를 해두었을 뿐이지."

"불문율이 어쩌고 떠들더니 악랄하게 독을 쓴단 말이냐?"

"어리석은 녀석들, 내가 바보인 줄 아느냐? 아우가 피를 흘리며 도 주했으니 그 흔적을 따라 추적자가 올 것은 뻔한 일. 아무 조치도 취하 지 않고 운기조식을 하게 둔다는 건 너무 위험하지 않겠어? 그래서 주 변에 산공독을 약간 풀어놨을 뿐이니 너무 걱정할 필요는 없다. 서너 시진만 지나면 저절로 해독될 테니까."

잠시 전에 주변을 돌아다니며 풀과 나무를 쓰다듬은 것은 괜한 행동 이 아닌 모양이었다.

"뭐, 내공이 흩어진 상황에서라도 나와 대결을 펼치고 싶다면 얼마 든지 응해줄 준비는 되어 있다만."

혈포인들은 분한 표정으로 완완노를 쏘아보았다.

"늙은이, 오늘 일은 절대로 잊지 않겠다!"

"뭐, 마음대로 하도록 해. 하지만 한 가지는 명심해 둬라. 이 완완노 는 절대로 빚지고 사는 성격이 아니라는 사실을 말이다. 너희가 얼마 나 대단한 방파를 가지고 있는지 모르지만 내가 마음만 먹으면 하루아 침에 다 몰살시킬 수도 있어. 알겠냐?"

"좋아. 본 교의 살생부에 완완노란 이름도 올리도록 하지."

"글쎄, 그런 건 너희 맘대로 하고, 내 눈앞에서 어서 사라지기나 해. 자꾸 죽이고 싶은 생각이 들어 미치겠으니까."

완완노의 성격이라면 진짜 죽이고도 남을 일이었다. 혈포인들도 그 정도는 감지하고 있었기에 분한 발길을 돌릴 수밖에 없었다. 내공이 흩어지고 있는 상황에서 완완노 같은 고수와 싸운다는 것은 자살 행위나 마찬가지였으므로.

그들이 저만치 사라지자 완완노는 그제야 한숨을 몰아쉬었다.

"큰일 날 뻔했네. 산공독을 뿌리면서 해독약 먹는 것을 깜빡해서 내가 먼저 중독됐으니……."

혈포인들이 이 말을 듣는다면 땅을 치고 후회할 일이었다.

"워낙 오랫동안 굴 속에 틀어박혀 있었더니 예전 감각을 다 잃어버린 모양이야. 에구, 나이 들면 그저 죽어야지……."

완완노는 푸념을 해대며 품속에서 해독약을 꺼내 마셨다. 그리곤 잠시 휴식을 취하려는데, 갑자기 이상한 기운이 느껴지기 시작했다.

"이것은……."

완완노의 눈길이 운기를 하고 있는 부현에게 향했다.

분명히 형상은 없었다. 하지만 확연히 볼 수는 있었다. 뜨거운 숯불에서 일어나는 공기의 움직임처럼 그의 몸에서 뿜어져 나오는 기운을 말이다. 아롱거리는 공기의 뒤틀림을 동반한 그 움직임은 전신에서 뻗어 나와 정수리로 빠르게 빨려 들어가고 있었다.

'운기를 하고 있는 것으로 보아 독이 해독된 것은 분명한데, 저 기운은 또 뭐지? 진맥할 때는 아무런 기운도 느껴지지 않았는데 밖으로 흘러나온 진기를 다시 흡수한다는 것은…….'

도무지 할 말이 없었다. 그가 알기로 이런 현상은 전설에나 나오는 것이었다.

"저 녀석, 허풍 떤 게 아니었던 모양이군."

놀라움을 넘어 경악에 가까운 표정을 짓고 있던 완완노의 얼굴에 갑자기 낭패한 기색이 떠올랐다.

"그런데 어쩐다지? 내 입으로 허풍이라고 말해 버렸으니……."

자신의 실수였다고 한마디 하면 될 것을 심각한 고민에 빠져드는 완완노였다.

'어떻게 하지? 저놈이 깨어나면 분명히 날 잡아먹으려고 들 텐데…….'

사람이란 역시 자신을 기준으로 모든 것을 판단하는 모양이다. 다른 사람들도 모두 자신처럼 행동할 것이라 생각하고 있으니 말이다.

완완노가 오로지 그 고민에 사로잡혀 전전긍긍하는 동안 세 사람은 운기를 마치고 하나씩 깨어나기 시작했다.

그중 가장 늦게 운기를 마친 것은 부현이었다. 그는 눈을 뜨자마자 나연을 쳐다보며 호들갑을 떨어댔다.

"누나도 느꼈어요?"

"뭘?"

"묘한 기분 말이에요. 뜨거운 기운이 온몸을 구석구석 청소하는 느낌, 그리고 잠시 후 그것이 몸을 빠져나갔다가 아주 상쾌한 느낌으로 다시 돌아오는 느낌. 이런 기분 못 느꼈어요?"

"뜨거운 기운이 돌아다니는 것은 느꼈지만……."

"난 몸이 솜털처럼 가벼워진 기분이에요. 그전보다 훨씬 더 강해진 것 같은데."

"나는 그전과 비슷한 정도밖에는……."

아무래도 나연의 성취가 부현에 훨씬 못 미치는 것 같았다.

"으흐훗! 이젠 나를 못살게 굴었던 인간들에게 복수해 줄 수 있게 됐어."

내공이 아무리 높아져도 근본 성격은 어쩔 수 없는 모양이다. 그러니 이런 말을 듣고 있는 완완노는 얼마나 뜨끔할 것인가?

'운기 상태로 봐서는 저놈 내공이 나보다도 훨씬 강한 것 같던데……'

초조하게 눈치를 살피고 있는데 아니나 다를까, 부현의 눈길이 완완노에게 휙 돌아왔다.

"아까 내가 허풍 떤다고 했죠?"

완완노는 내심 찔끔했지만 자신의 말을 뒤집고 싶지는 않았다.

"왜, 내가 틀린 말 했냐?"

"당연히 틀렸지요. 나는 이렇게 엄청난 내공을 녹여냈으니까요."

"흥, 쥐꼬리만한 내공으로 큰소리는."

"쥐꼬리라고요? 그 쥐꼬리가 얼마나 강한지 한번 보실래요?"

"그러면 내가 겁낼 줄 아냐? 얼마든지 덤벼봐."

"할아버지에게 덤비라고요?"

"내가 받아봐야 엄청난지 쥐꼬리인지 구분할 것 아니냐?"

정말 고집이 끝없는 노인이었다.

"좋아요. 정 그렇게 나오신다면……"

부현은 현무장을 준비하며 우수를 허리춤으로 끌어당겼다. 그런데 웬일인지 섬검자는 말릴 생각을 하지 않았다. 아니, 그럴 수가 없었다. 그가 말린다면 완완노가 부현보다 약하다는 것을 증명하는 셈이고, 그러면 완완노 성격에 절대로 가만있지 않을 것이기 때문이다. 섬검자는 마음속으로 부현이 내공 수위를 조절해 주기만 바랄 뿐이었다. 그런데 허리춤에 얹은 부현의 손이 점점 검게 물들어가기 시작하지 않겠는가? 그건 내공을 극성으로 끌어올리고 있다는 증거였다.

"부현아!"

뒤늦게 섬검자가 말리려 하였지만 부현의 손은 이미 뻗어 나가고 있었다.

"현무장!"

콰우우웅!

내공이 더욱 강해진 부현의 손에서는 시커먼 현무가 애초부터 모습을 갖춘 채 쭉 뻗어 나왔다.

"으헉!"

완완노도 이 정도인 줄은 상상 못한 듯 다급성을 내지르며 장력을 마주 쏘아냈다. 그러나 장력에 관한 한 완완노는 현무장의 상대가 아니었다. 더구나 내공에서도 현격한 차이가 나는 형국이었으니…….

"진기를 회수해라!"

섬검자가 다급히 외치며 검을 휘둘렀다.

쩌저적— 퍼펑!

순식간에 주변은 아수라장이 되었다. 엄청난 경력에 바위가 부서지고 뒤이어 휘몰아친 광풍에 흙이며 풀뿌리가 휘말려 올라갔다. 부현과 완완노의 장력에 섬검자의 검기까지 가세했으니 어찌 보면 이만한 게 오히려 다행이었다.

잠시 후, 흙먼지가 가라앉자 주위 풍경이 서서히 드러났다. 완완노는 낭패한 표정으로 입가에 가는 핏줄기를 흘리고 있었고, 뒤늦게 뛰어들어 현무의 중앙을 잘라 버린 섬검자 또한 기혈이 진탕된 듯 안색이 하얗게 가라앉아 있었다.

이런 상황이니 부현이라고 무사하겠는가? 섬검자의 외침을 듣고 갑자기 진기를 회수하는 순간 휘몰아친 검기에 내상을 입은 듯 부현도 가슴을 부여잡고 있었다.

"도대체 어떻게 된 거예요?"

부현이 투덜거리자 섬검자가 무서운 눈으로 호통 쳤다.

"일신에 지닌 능력이 고강할수록 몸가짐을 조심해야 하거늘, 어찌 장난과 실제를 구별하지 못하고 경거망동한단 말이냐!"

"그야 저 할아버지가 자꾸 우기시니까 그랬죠."

"시끄럽다!"

찔끔.

부현도 자신의 행동이 잘한 일이라고는 생각하지 않는 듯 더 이상 대꾸하지 않았다. 그런데 옷이 너덜너덜해질 정도로 낭패를 당한 완완노의 대응이 걸작이었다.

"놔두게. 쥐꼬리만한 실력이던 걸 뭘 그러나?"

끝내 고집을 굽히지 않는 완완노에게 세 사람의 눈길이 모여들었다.

'질렸다……'

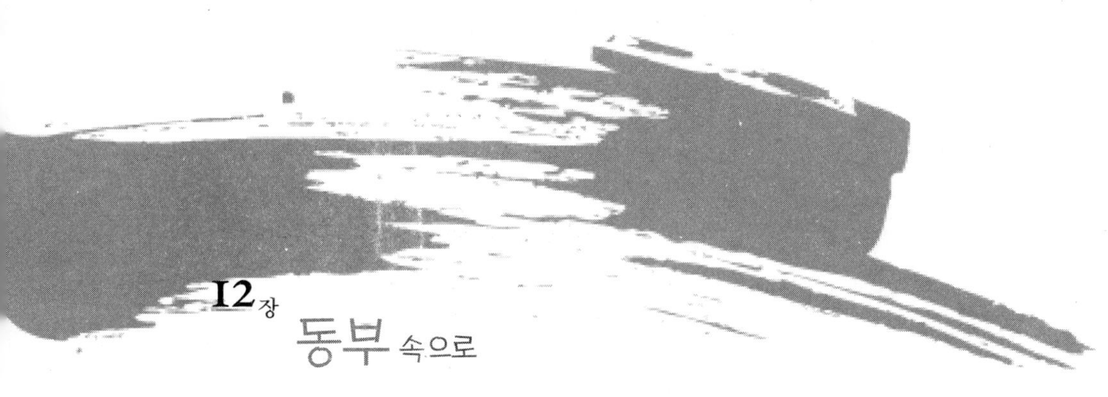

12장 동부 속으로

바람 일행은 불환동부가 열린다는 숭산의 동쪽 끝자락에 도착해 있었다. 때는 동녘이 훤히 밝아올 무렵, 그들은 동부가 열리는 순간을 놓치지 않기 위해 밤을 지새운 것이다.

그들뿐이 아니었다. 그 인근에는 수많은 무림인들이 웅크린 채 동부가 열리기만을 기다리고 있었다. 그 수가 최소한 수백은 넘는 것 같았다.

팽팽한 긴장 속에 이어진 침묵이 얼마나 지속되었을까? 이윽고 태양이 동천으로 고개를 내밀 즈음 어디선가 은은한 진동음이 울려오기 시작했다. 그리고 누군가의 외침이 터져 나왔다.

"저기다! 저기 불환동부가 열렸다!"

그와 동시에 사방에 은신하고 있던 무림인들이 한곳을 향해 새까맣게 몰려들었다.

그 모습을 바라보며 진소희가 침음성을 흘렸다.

"결국 수많은 무림인들이 죽게 생겼군요."

"아마 소리친 자도 배후 세력의 일원일 거요."

바람의 대꾸에 진소희가 고개를 끄덕이며 멀리 입을 벌리고 있는 불환동부를 바라보았다. 조금 전까지만 해도 그곳은 평범한 산비탈일 뿐이었다. 그러나 지금은 수많은 군웅을 집어삼킬 악마의 아가리로 변해 있었고, 이런 사실을 모르는 군웅들은 그 안으로 꾸역꾸역 몰려 들어가고 있었다.

"우리는 언제쯤 들어가지요?"

"이곳에 온 사람들이 다 들어간 뒤에 움직여도 늦지 않을 거요. 지금 들어가 봐야 먼저 들어간 자들과 갈등만 일어날 테고."

"그게 좋겠네요. 빙혈신수의 기관만으로도 버거운데 다른 자들과 싸움까지 할 필요는 없지요."

세상이란 원래 피라미들이 먼저 설치는 법, 아직 이름도 얻지 못한 군웅들이 동부 안으로 속속 사라지고 나자 제법 중량감있는 인물들이 서로의 눈치를 봐가며 동부로 뛰어들기 시작했다. 그중 눈에 익은 인물들이 바람의 시야에 들어왔다. 그들은 좌명학과 칠검노를 비롯한 사상문 무리였다.

"저자들이……."

아륵과의 약속을 아직 지키지 못했다는 생각 때문이었을까? 바람의 주먹에 힘이 잔뜩 들어갔다. 다른 자는 몰라도 그들과 마주친다면 대결은 불가피할 것 같았다.

"아륵과의 약속은 반드시 지킬 것."

바로 그때였다. 예사롭지 않은 기운이 느껴지는 거구의 사내 하나가 사상문 일행을 따라 동부 안으로 스며들어 가는 모습이 바람의 시야에 잡혔다. 거리가 멀어 자세한 모습은 살필 수 없었지만 왠지 섬뜩한 느낌이 드는 인물이었다.

'저자… 엄청나게 강한 고수다! 사부님이 오신다 해도 감당하기 힘들 정도로!'

비록 먼 거리이기는 했지만 바람은 순간적으로 느낄 수 있었다. 그에게서 뿜어져 나오는 어마어마한, 거치는 것은 무엇이든 부숴 버리고 말 듯 광포한 기운을 말이다.

하지만 바람은 아직 모르고 있었다, 그 거구가 바로 로스티드란 사실을.

"이제 우리도 들어갑시다."

바람의 의견에 따라 일행도 움직이기 시작했다. 계획대로 나 총관은 도격문인들을 인솔해 바깥에 대기하고 동부에는 바람, 역리상, 은강, 진소희, 음월만 들어갔다.

겉보기는 그저 평범한 동부였다. 하지만 입구로 한 발 들어서는 순간 일행은 뭔지 모를 강렬하면서도 기분 나쁜 느낌을 받을 수 있었다. 진한 피비린내도 진동하고 있었고.

어쨌거나 일행은 안으로 걸어 들어가기 시작했다. 그런데 몇 걸음 가지 않아 일행은 아주 참혹한 광경에 직면하고 말았다.

질퍽하게 고여 있는 선혈과 그 안에 널려 있는 고깃덩어리들… 그것은 얼마 전까지만 해도 살아 움직이던 사람이었을 것이다.

"우엑!"

은강은 구토를 시작했고 진소희와 역리상도 차마 쳐다볼 수 없는 듯 외면했다. 하지만 바람과 음월은 바닥을 뚫어지게 쳐다보고 있었다.

"잘려진 모양으로 보아 사방에서 동시에 날아온 아주 예리한 병기에 당한 것 같군요. 이 사람들은 아마 비명도 지르지 못하고 순식간에 난도질당했을 거예요."

음월도 치를 떨고 있는 듯 면사에 잔잔한 일렁임을 보이며 입을 열었다.

"그런 것 같소. 그런데 한 가지 이상한 것은 이들이 모두 되돌아 나오던 중에 당한 것 같다는 사실이오."

"그렇군요. 우리 쪽으로 뇌수가 많이 고여 있는 걸 보니……."

바람과 음월은 바닥과 벽, 그리고 천장을 유심히 살펴보았다. 하지만 특이한 흔적은 발견할 수 없었다. 그러자 바람은 검을 빼내 바닥의 살점 하나를 앞으로 퉁겨 보냈다. 그렇게 몇 번을 반복해도 동굴은 아무런 변화를 일으키지 않았다.

"이해하기가 힘들군, 도대체 어떻게 당했는지."

"일단 들어가 보기로 해요. 만약을 위해서 한 사람씩 움직이는 게 좋겠군요."

"내가 먼저 가겠소."

바람이 먼저 걸음을 옮겼다.

철벅!

바닥에 고인 피가 기분 나쁜 음향과 함께 그의 첫발을 맞아들였다. 하지만 아무런 일도 발생하지는 않았다. 그렇게 몇 걸음을 옮기는 동안 일행은 바짝 긴장한 채 바라보고 있었지만 다행히 바람은 무사했다.

그가 어느 정도 전진하자 이번에는 음월이 나섰다. 그녀 역시 열 걸음 이상 옮길 동안 별다른 일이 발생하지 않았다. 그러자 이번에는 나머지 세 명이 한꺼번에 움직이기 시작했다. 하지만 문제는 은강이었다. 아무리 성격이 괄괄하다 하더라도 그녀는 궁궐에서만 곱게 자라온 공주였다. 그러니 이런 험한 일을 언제 겪어보았겠는가? 그녀는 차마 발이 떨어지지 않는 듯 제자리에 얼어붙어 있었다.

"아무래도 은강은 나가는 게 좋을 것 같구나."

앞서 나가 있던 바람이 하는 말이었다.

"시, 싫어요."

바람의 말에 자극을 받은 것일까? 은강은 얼른 한 걸음 내디뎠다. 그런데 하필이면 살점을 밟을 건 무언지.

물컹!

"까아악!"

은강은 눈을 감고 비명을 질러대면서도 발을 떼지는 않았다. 그리고는 얼른 한 발을 다시 내디뎠다.

물컹!

또다시 살점이 밟히자 죽어라 비명을 질러대며 앞으로 내달렸다. 눈을 질끈 감은 채 정신없이 달려나가던 그녀는 바람이 팔을 붙잡고서야 멈추어 섰다.

"이제라도 늦지 않았으니 돌아 나가거라."

"싫다니까요!"

은강은 또다시 강하게 거부했다. 내심 나가고 싶은 생각이 없는 것은 아니었다. 그런데 이상하게도 되돌아 나가면 큰일이 벌어질 것만 같은 불길한 예감이 들었던 것이다.

"좋아, 그럼 나가라는 말은 더 이상 하지 않겠다. 하지만 한 가지 명심할 것은 나중에 후회해도 그때는 이미 늦은 뒤라는 것을 알아야 한다."

“걱정 마세요. 방해가 되지는 않을 테니까요.”

말은 야무지게 잘하는 은강이었다.

수십 구는 족히 될 시신의 잔해가 널려 있던 곳에서 벗어나니 시신은 더 이상 없었다. 피로 인해 생긴 발자국만 무수하게 찍혀 있을 뿐이었다. 그리고 또 한 가지, 동굴에 처음 들어설 때 느껴졌던 그 묘한 느낌이 더욱 강하게 전달되고 있었다.

뭐라고 딱 집어서 말할 수는 없지만 괜히 몸을 움츠리게 만드는 그 느낌은 저 안쪽에서 스멀스멀 흘러나오고 있었다.

“도대체 저 안에 뭐가 있기에 이렇게 강력한 사기(邪氣)가 흘러나오지? 보통 사람이라면 원기가 크게 손상되고 심약한 사람은 죽음에까지 이를 정도로 지독하니…….”

일행 중 그쪽 방면에 가장 조예가 깊은 역리상의 말에 모두 공감하는 표정이었다. 굳이 설명하지 않더라도 모두가 느낄 수 있을 만큼 강력한 사기였으니까.

일행은 진기를 끌어올려 점점 강해지는 사기에 대항하며 안으로 천천히 걸음을 옮겼다. 그런데 한 걸음 옮길 때마다 사기의 위력은 배가 되었고, 그렇게 몇 걸음 옮기자 일행 중 공부가 가장 떨어지는 은강에게서 문제가 발생하기 시작했다.

와들와들!

은강은 최선을 다해 버티고 있었지만 자기도 모르게 사지가 떨리는 것은 어쩔 수 없었다.

“견디기 힘든가요?”

진소희가 물었지만 은강은 사기에 대항하기에만도 힘에 부쳐 대답을 못했다.

"어떻게 하지요? 은강 소저가 계속 들어가는 것은 위험할 것 같은데……."

진소희가 다시 은강의 문제를 거론하자 은강은 강하게 도리질쳤다.

"고집으로 해결될 일이 아니에요. 입구에서 이럴 정도면 앞으로 일어날 일은 도저히 감당할 수 없을 거예요."

"되돌려 보내긴 이미 늦은 것 같습니다, 문주님. 아니, 동부에 발을 들여놓는 순간 되돌아 나가는 것은 이미 불가능해진 것인지도 모르겠군요."

뭔가 알아낸 듯한 음월의 말에 일행의 시선이 모여들었다.

"그게 무슨 뜻이냐, 음월?"

"이 동부의 이름이 불환동부라는 사실을 상기해 보십시오. 되돌아나갈 수 없는 곳입니다."

"하지만 입구에는 아무런 기관도 없었는데……."

"들어오는 사람에게는 그랬겠지요. 하지만 나가려는 사람들에겐 그렇지 않은 것 같습니다."

"네 얘기는 그럼……."

"제 추측대로라면 저 안에서 흘러나오고 있는 강렬한 사기는 인간의 본성에 잠재되어 있는 두려움을 일깨우고 있습니다. 따라서 이겨내지 못하는 사람들은 결국 되돌아 나가게 되지요. 하지만 그들은 몇 걸음 가지 못해 사방에서 튀어나온 예리한 병기에 난도질되고 맙니다. 조금 전에 보았던 그 시체들처럼."

소름 끼치는 얘기였다. 그녀의 말이 맞는다면 바람이나 진소희는 자칫 은강을 사지로 몰아넣을 뻔한 것이니 말이다.

"음… 일리가 있는 말이구려."

바람도 그녀의 말에 수긍의 뜻을 표했다.

"내가 하마터면 너를 죽일 뻔했구나."

바람은 은강을 되돌려 보내는 것을 포기하는 대신 그녀의 명문혈에 장심을 밀착시키고 진기를 불어넣어 주기 시작했다.

정순한 그의 진기가 몸 안으로 밀려들자 은강의 떨림도 서서히 진정되어 갔다. 이윽고 그녀의 떨림이 완전히 잦아들자 바람은 그녀의 명문혈에서 손을 떼었다.

"휴우… 이제 살 것 같네."

그동안 떨었던 것은 순전히 진기 부족이었다고 강변이라도 하는 듯 은강은 곧 밝은 표정을 지었다. 물론 그녀의 얘기를 온전히 믿을 사람은 아무도 없었지만.

"어차피 전진해야 한다면 조금이라도 빨리 움직여요. 여긴 피 냄새가 나서 정말 싫어요."

"그래, 움직이자."

일행은 다시 안으로 걸어 들어가기 시작했다. 다섯 명이 나란히 걸어 들어갈 만한 넓이의 동굴을 십여 장쯤 더 들어가자 갑자기 동굴이 확 넓어지며 사방 삼십여 장은 족히 될 거대한 석실이 나타났다.

천장은 반구형으로 높이 솟아 있고 천장과 벽이 맞닿는 부분에는 야차의 형상이 수없이 조각되어 있었다. 그리고 그곳은 입구에서 들어오는 빛이 전혀 닿지 않는데도 사물의 윤곽을 알아볼 만큼의 밝기가 유지되고 있었다.

석실의 중앙엔 어마어마한 아수라 동상이 우뚝 서 있고 그 주변에는 수십 명의 무림인이 가부좌를 틀고 있었다.

하나의 두상에 세 개의 얼굴을 하고 여섯 개의 손에는 도, 검, 창, 편,

류, 극 등 각기 다른 무기를 쥔 채 금방이라도 달려들듯 무시무시한 안광을 빛내고 있는 거대한 아수라 동상, 사기의 근원지는 바로 그것이었다.

"아무리 사악한 형상을 하고 있다 해도 돌을 깎아놓은 동상에 불과한데 이토록 강력한 사기를 내뿜고 있다니……."

바람의 말에 역리상이 고개를 저었다.

"저건 단순한 돌 조각이 아닌 것 같아. 수십 명의 원혼이 저 안에서 꿈틀대고 있는 듯한 힘이 느껴져."

"원혼이 저 안에 깃들어 있다는 얘긴가?"

"아니, 꼭 그렇다는 것은 아니고… 어쨌든 단순한 돌덩이가 아닌 것만은 확실해."

공부가 모자라다 보니 뭔가 짚이는 것은 있는데 확실히 알아낼 수는 없는 모양이었다.

"그렇다면 베어버려야겠군."

바람이 천천히 검을 뽑아 들자 역리상이 놀란 눈으로 물었다.

"저 거대한 돌 동상을 벨 수 있겠어? 키가 삼십 척도 더 되는 것 같은데."

"해보면 알겠지."

바람은 정말로 아수라 상을 베어버릴 태세로 전신의 기를 끌어 모았다. 그리고 도약을 하려는 순간이었다.

"잠시 멈추세요, 바람 대협!"

음월이 다급히 소리쳤다.

"무슨 일이오?"

"역 도사의 말대로 저 동상은 단순한 돌덩이가 아닐 가능성이 농후

해요.”

“그래서 베어버리겠다는 것이오.”

“다시 한 번 생각해 보세요. 여긴 빙혈신수가 만든 기관이에요. 그 정도의 인물이라면 기관이 파괴될 것에 대비한 다른 함정을 두지 않았을까요? 자칫 잘못 건드리면 무서운 결과를 초래할 수도 있어요.”

“음… 일리있는 말이오.”

바람이 고개를 끄덕이며 검을 집어넣자 진소희가 입을 열었다.

“제가 데리고 있는 아이라 이런 말을 하기는 낯부끄럽지만, 음월은 기관에도 약간의 조예를 가지고 있어요. 빙혈신수의 기관을 한눈에 파악할 정도는 아니지만 많은 도움이 될 수는 있을 거예요.”

“그렇다면 앞으로는 음월 낭자의 의견에 좇아 움직이기로 하겠소.”

바람은 음월에게 모든 권한을 부여하겠다는 의미로 뒤로 한 발 물러섰다. 그러자 음월은 사양치 않고 고개를 가볍게 숙여 감사의 뜻을 전했다.

“미천한 저를 믿어주신다니 최선을 다하지요. 우선 저희가 할 일은 이곳을 빨리 빠져나가는 거예요.”

“저들을 도울 방법은 없겠소? 저대로 두면 결국은 탈진해서 쓰러지고 말 텐데…….”

바람은 바닥에 정좌한 채 사기에 대항하고 있는 무림인들을 가리켰다.

“어쩔 수 없는 일이에요. 저들 모두 스스로 자초한 일이니 능력이 안 된다면 죽음으로 대가를 치를밖에요.”

냉정하기 그지없는 말이었지만 한 치도 틀림이 없는 것 또한 사실이었다. 세상일이란 항상 원하는 욕망만큼의 위험이 도사리고 있는 법.

이곳에서 죽어가는 자들은 스스로의 능력을 가늠치도 않고 욕심을 앞세운 자신을 탓해야 할 일이었다.

"알겠소. 움직입시다."

일행은 음월을 앞세워 다시 움직이기 시작했다.

거대한 아수라 상을 지나 뒤로 돌아가니 입구 위아래로 커다란 송곳니가 솟아 있어서 마치 마귀의 입을 연상케 하는 커다란 동굴이 뚫려 있었다. 그 위에는 '환(幻)'이란 글자가 새겨져 있었는데, 동굴 내부에 붉은 기운마저 감돌고 있어서 매우 음산한 느낌을 불러일으켰다.

음월은 그 앞에 멈추어 선 채 한동안 생각에 잠겨들더니, 이윽고 생각을 정리한 듯 가까운 곳에 쓰러져 있는 시신 한 구를 들고 와 입구에 던져 넣었다. 하지만 아무런 변화도 일어나지 않자 갑갑함을 못 이긴 역리상이 물었다.

"대체 뭘 하는 거요?"

"잠시만 기다려 보세요, 제 생각이 맞는다면 얼마 지나지 않아 다른 입구가 나타날 테니까."

"다른 입구?"

눈앞에 뻔히 보이는 입구를 놔두고 다른 입구 운운하는 것을 이해할 수 없다는 듯 역리상이 고개를 갸웃거릴 때였다.

그그그극!

기분 나쁜 마찰음과 함께 기존의 입구 옆으로 새로운 입구가 생겨나기 시작했다. 그러자 역리상이 놀란 표정으로 물었다.

"이걸 어떻게 알았소?"

"입구 위에 새겨진 환(幻) 자를 보고 추측해 보았어요. '그것이 만약 이번 관문의 이름이라면 새로운 동굴은 열리지 않았을 테고, 기존의 동굴 내부에 환영을 이용한 기관이 설치되어 있을 것이다. 하지만 그것이 이번 관문을 파훼하는 열쇠라면 얘기는 완전히 달라질 것이다. 기존의 입구는 말 그대로 환영에 의한 거짓 형상일 테고, 그 안으로 들어가면 상상도 할 수 없는 위험이 도사리고 있을 것이다' 라는…… 빙혈신수는 정말 교활한 자예요. 그릇된 길로 들어가고 난 뒤에야 바른 길이 열리게 만들어뒀으니 말이에요. 물론 이곳이라고 안전하지는 않겠지만 최소한 환영이 만들어낸 입구보다는 나을 거예요."

단 하나의 글자에서 해답을 이끌어내는 음월의 능력에 일행은 좀 더 굳은 신뢰를 가질 수 있었다.

"새 입구가 닫히기 전에 들어가기로 해요."

음월이 먼저 들어가자 나머지 일행도 뒤따라 몸을 날렸다. 그리고 얼마 지나지 않아 그들이 들어간 입구는 다시 원래의 모습으로 되돌아왔다. 뒤에 온 자는 그곳에 또 하나의 입구가 존재했었다는 사실을 도저히 알아볼 수 없는 완벽한 모습으로.

태양이 천중에 걸려 있을 무렵.

부현 일행은 뒤늦게 불환동부 입구에 도착해 있었다. 그나마 낙양으로 향하던 중 소문을 들을 수 있었고, 상황으로 미루어 바람 일행이 불환동부로 먼저 향했으리란 판단을 내릴 수 있었기에 일찍 발길을 돌리게 되었던 것이다. 만약 그렇지 않았다면 이제 겨우 낙양에 도착할 시간이었다.

"그런데 바람 형님이 정말로 먼저 들어갔을까요?"

"녀석이라면 분명 그랬을 게다. 그보다… 우리가 과연 이 동부의 기관을 파훼할 수 있을지가 걱정이구나. 기관이란 무공으로 어찌해 볼 수 있는 상대가 아니라서…….”

“걱정 마세요. 빙혈신수의 기관은 사상문에서도 한 번 겪어보았으니까요.”

부현이 자랑스럽게 대꾸하자 완완노가 마음에 들지 않는 눈초리로 쏘아보았다.

“쥐꼬리만한 실력으로 허풍은…….”

“허풍 아니에요!”

“난 네 말 중 허풍 아닌 걸 본 적이 없다. 쥐꼬리만한 실력으로…….”

“쥐꼬리만한 실력에 당한 사람은 어떻고요?”

“당하긴 누가 당했다고 그래!”

부현에게 일격을 당한 이후 그의 말이라면 사사건건 붙잡고 늘어지는 완완노였다. 그렇다고 가만히 있을 부현도 아니었으니 나연과 섬검자는 두 사람의 입씨름 때문에 신경통에 걸릴 지경이었다.

“여기서 이러고 있을 시간 없으니 어서 들어갑시다, 형님!”

그냥 놔두면 한두 시진은 족히 떠들어댈 두 사람이었기에 섬검자가 나섰다. 하지만 이 정도로 물러설 두 사람이 아니었다.

“그때 내가 내공의 일부를 회수하지 않았으면 할아버지는 벌써 저 세상으로 갔을 거예요. 알아요?”

“그 따위 장력에 내가 쓰러져? 어림도 없다, 이놈아!”

보통 방법으로는 두 사람을 말릴 수 없다고 판단한 섬검자가 나연과 함께 동굴 안으로 들어서며 소리쳤다.

“계속 입씨름이나 할 요량이라면 우리라도 먼저 들어가겠소.”

이번에는 과연 효과가 있었다.

“잠시 기다리게, 내가 앞장설 테니까.”

완완노는 섬검자의 걸음을 멈추게 한 뒤에 부현에게 얼른 말했다.

"쥐꼬리 실력, 저 안에서 보자. 그 실력으로 뭘 할 수 있는지."

완완노는 자신이 할 말만 뱉어낸 뒤에 훌쩍 몸을 날려 동굴로 들어섰다. 그러자 부현도 약이 오른 표정으로 뒤를 좇았다.

부현은 완완노를 따라잡는 즉시 입씨름을 이어갈 생각이었으나 막상 동굴에 들어서고 나니 생각을 바꿀 수밖에 없었다. 진한 피비린내와 함께 물씬 풍겨 나오는 사악한 기운은 장난스러운 기분으로 받아들여도 좋을 만큼 만만하지 않았기 때문이다.

"이 더러운 느낌은 뭐죠? 냄새도 고약하고."

부현이 인상을 찌푸리며 중얼거리자 완완노도 긴장감을 감추지 않은 채 대꾸했다.

"빙혈신수의 역작이라더니… 입구부터 심상치 않군. 모두 조심하거라. 이런 곳에서는 순간의 실수가 전체를 죽음으로 몰아넣는 법이니까."

완완노는 일행을 이끌고 조심스럽게 전진해 나가기 시작했다. 그리고 얼마 가지 않아 나연의 비명이 터져 나왔다.

"까아아아악!"

난도질당한 시체 수십 구가 널린 지역을 만났기 때문이었다. 충분히 놀랄 만한 일이니 그냥 두어도 되련만 완완노는 매몰차게 소리쳤다.

"앞으로 더 심한 꼴도 볼지 모르는데, 이 정도 가지고 소리를 고래고래 지르면 어쩌자는 거냐?"

"죄송해요… 하지만……."

"견디기 힘들면 잠시 눈을 감고 호흡을 멈추면 될 거 아니냐! 지금은 다행히 아무 일도 일어나지 않았지만, 경우에 따라서는 그 소리 때문에 모두가 위험해질 수도 있어. 그러니 소리를 지르고 싶어도 참아라! 알았느냐?"

"네……."

나연은 완완노의 말대로 눈을 질끈 감고 전진해 나갔다. 그렇게 얼마 더 전진한 일행은 동굴이 확 넓어지는 석실에 도착하게 되었다.

그동안 지독한 사기를 느껴온 완완노는 그 근원이 석실 중앙에 서 있는 아수라 상이란 사실을 한눈에 알아볼 수 있었다.

"실로 대단한 사기로군. 무슨 수작을 부려놨기에 동상에서 이런 기운이 흘러나오는 것이지?"

완완노가 중얼거리는 소리를 들은 부현이 두 팔을 걷어붙이며 앞으로 나섰다.

"이 더러운 기분이 저 동상 때문이란 말이지요?"

"그렇기는 한데……."

완완노는 건성으로 대답하며 깊은 생각에 잠겨들었다. 그런데…

"현무장!"

콰— 콰우우웅!

부현이 동상을 향해 느닷없이 일장을 갈겨대는 것이 아닌가!

"뭐 하는 짓이냐!"

뒤늦게 완완노가 소리쳤지만 일은 이미 벌어지고 난 뒤였다. 시커먼 현무가 가공할 위력으로 아수라 상을 뒤덮고 있었으니 말이다.

콰콰콰앙!

엄청난 충격으로 인해 동굴이 무너질 듯 진동하며 거대한 아수라 상이 서서히 뒤로 기울어지기 시작했다.

"단 일 장에 나가떨어질 놈이 기분 나쁘게 떡 버티고 서서 말이야."

부현은 손을 툭툭 털며 어깨를 우쭐거렸다. 놀라운 일은 바로 그때 벌어졌다.

기기기긱!

아수라 상의 다리가 움직였던 것이다. 뿐만 아니라 움직인 다리로 뒤를 버티며 넘어지던 상체를 곧추세우는 것이 아닌가? 두 눈으로 시뻘건 기운을 토해내며 말이다.

"저, 저, 저, 저게 어떻게 된……!"

너무 놀라 말도 잇지 못하는 부현에게 완완노가 버럭 소리쳤다.

"그렇게 경솔하게 굴지 말라고 몇 번이나 이르더냐!"

평소 같으면 완완노에게 대꾸를 하고도 남았으련만, 워낙 놀라운 일을 눈앞에 둔 처지라 부현은 입만 쩍 벌리고 있을 뿐이었다.

"우, 움직인다……."

쿠웅!

삼십 척에 이르는 거대한 동상이 걸음을 내딛고 있었다.

"네놈이 아수라 상의 잠을 깨워놓은 거야! 쥐꼬리만한 실력으로 설쳐 대더니 이젠 어쩔 테냐!"

완완노가 또 소리를 질러대자 부현도 은근히 오기가 치솟았다.

"저까짓 거 부숴 버리면 되잖아요!"

부현은 기세등등하게 소리치며 우수에 진기를 끌어 모았다. 얼마나 강력한 장력을 준비 중인지 그의 손은 금방이라도 먹물이 뚝뚝 흘러내릴 만큼 새까맣게 물들어갔다. 그런데…

쩌적, 쩌저저적!

아수라 상의 전신에 균열이 가고 있었다. 오래된 도자기 표면에 균열이 가듯 아주 미세한 금이 그어지고 있었다.

"얼래? 손도 까닥 안 했는데, 알아서 부서지네?"

"멍청한 녀석아! 저게 어디 부서지는 거냐? 허물을 벗고 있는 거잖아!"

완완노의 말이 옳았다. 아수라 상은 지금 허물을 벗는 중이었다.

우수수!

어느 순간 균열된 돌 가루가 한꺼번에 쏟아져 내리기 시작하자 드디어 그 안에 들어 있던 실체가 드러나기 시작했다. 모든 빛을 흡수해 버리듯 칙칙한 검은색 몸뚱이, 그것은 분명 금속으로 이루어진 몸체였다.

"저거 쇳덩이잖아?"

이건 기가 막힐 일이었다. 수십 척에 이르는 거대한 쇳덩이가 살아 움직이고 있으니 말이다.

"뭐, 이런 개 같은 경우가 있냐고! 돌덩이도 힘겨울 판에 쇳덩이라니……."

하지만 문제는 여기서 끝나지 않았다. 천장 테두리에 매달려 있던 수십 개의 야차 조각이 동시에 눈을 떴던 것이다.

끼드드득, 쿵쿵!

눈을 뜬 야차는 하나둘 떨어져 내려 아수라 상 주변으로 모여들었다. 날카로운 이빨, 긴 손톱, 새빨간 눈동자… 방금 지옥에서 튀어나온 듯한 야차들 또한 무쇠의 몸으로 만들어져 있었고, 각자의 손에는 십 척 가까운 철 창이 한 자루씩 쥐어져 있었다.

거대한 아수라 상 하나를 상대하기도 힘에 부칠 판국에 단 한 놈만 인세로 뛰쳐나가도 세상이 발칵 뒤집힐 만한 야차가 수십에 이르니 정말 앞이 깜깜한 일이었다.

"쥐꼬리 실력! 네놈이 저지른 일이니 알아서 해결해!"

완완노가 끝까지 비협조적으로 나오자 섬검자가 걱정스러운 투로
말했다.

"부현이 경거망동한 것은 사실이지만, 지금은 힘을 합할 때입니다,
형님."

"쥐꼬리 녀석이 잘못했단 말 한마디도 안 하고 있잖아."

부현의 이름이 '쥐꼬리 실력'에서 '쥐꼬리'로 바뀌는 순간이었다.
부현은 배알이 꼴렸지만 자신이 엄청난 잘못을 한 것은 사실이기에 말
대꾸를 할 수 없었다.

'더러워서 정말… 내가 일부러 그랬나? 바닥에 앉아서 고생하는 사
람들이 불쌍해서 한 일이지.'

일행이 우물쭈물하는 사이 야차들은 모두 이수라 근처로 모여들었
다. 그러자 드디어 아수라가 움직임을 보이기 시작했다.

끼드드득!

쇠붙이의 마찰음을 울려내며 여섯 개의 팔을 양 옆으로 쫙 벌린 아
수라는 붉은 기운이 일렁이는 눈으로 부현을 쏘아보았다. 마치 온몸을
관통하는 듯한 눈길이었다.

"뭐야, 저 기분 나쁜 눈빛은……."

부현의 중얼거림이 끝나기도 전이었다.

키기긱!

아수라의 손 하나가 휘둘러지는가 싶더니 부현의 몸통만큼이나 크
고 날카로운 창이 쏘아져 나왔다.

쾌애액!

"히익! 저, 저, 저, 무식한 자식!"

부현은 경악성을 내뱉으며 몸을 뽑아 올렸고, 그 자리에 창이 틀어

박혔다.

콰가각!

암반으로 이루어진 바닥을 꿰뚫고 들어가는 창의 위력은 보는 이를 질리게 하기에 충분했다. 그러나 그것은 시작일 뿐이었다.

쑤우웅!

부현이 미처 자세를 잡기도 전에 거대한 도가 정수리로 떨어져 내리고 있었다.

"으갸갸갹!"

콰— 콰앙!

부현은 이번에도 아슬아슬하게 피해냈고, 도는 바닥을 한 자 가까이나 파고들어 갔다.

콰쾌쾌쾌쾌!

이번에는 륜이었다. 굵은 쇠사슬로 연결된 톱날 륜이 엄청난 속도로 회전하며 쇄도해 오고 있었다.

"미치겠네! 왜 나만 못살게 굴어!"

콰가가가각!

부현은 숨 돌릴 틈도 없이 다시 신형을 날려야 했고, 륜은 그가 서 있던 자리의 바닥을 한동안 맹렬하게 파고들어 간 뒤에 회수되었다.

아수라의 공격이 부현에게 집중되는 동안 야차들도 나름대로의 사명을 수행하고 있었다. 일부는 섬검자 일행을 나머지는 사기에 대항하고 있던 무림인들을 덮쳐 갔던 것이다. 섬검자, 완완노, 나연은 호락호락 당할 실력이 아니었지만, 여타의 무림인들은 상황이 달랐다.

"크아아아악!"

사기조차 이겨내지 못하던 그들이 무슨 수로 야차들을 당해내겠는가?

그들은 처절한 비명을 질러대며 속절없이 죽어갔고 석실은 금방 피비린내로 가득 채워졌다.

그렇다고 부현이나 나머지 일행이 그들을 구제해 줄 수 있을 것 같지는 않았다. 그들도 근근히 버티고 있는 실정이었으니 말이다.

"이 우라질 자식! 너도 한번 당해봐라!"

아수라의 공격을 계속 피하기만 하던 부현이 드디어 일장을 쏘아냈다.

콰우우웅!

시커먼 현무가 거대한 형상을 이루며 아수라의 가슴을 격타하자 놈도 힘에 밀리는 듯 움찔하는 모습이었다. 하지만 그뿐이었다. 쇠붙이로 만들어진 몸뚱이에 내장이 있을 리 없으니 내상 또한 입지 않을 테고, 방법이 있다면 몸뚱이를 부서뜨리는 것뿐인데, 부현의 내공이 아무리 강하다 해도 삼층 건물만한 쇳덩이를 무슨 수로 부순단 말인가?

키기기긱!

콰콰쾅!

장력으로 어쩔 수 없으니 부현에게 남은 방법이라곤 피해 다니는 것뿐이었다.

"에구… 내가 왜 저런 괴물은 건드려 가지고……."

후회는 항상 늦는 법이고 당장 닥친 문제를 해결하는 데는 아무런 도움도 되지 않는 법이다.

그래도 섬검자와 나연은 나름대로의 장기를 살려 야차를 하나둘 처치해 나가고 있는 중이었다.

차아압!

섬검자의 검이 예리하다고는 하나 쇳덩이를 무 자르듯 벨 만큼은 되지 않았기에 그는 비교적 약한 놈들의 목을 노리고 있었다.

슈가각!

빛살처럼 빠른 그의 쾌검이 훑고 지나가자 한 놈의 목이 여지없이 잘려 나갔다. 하지만 그것도 쉬운 일은 아니었다. 일단은 공격해도 좋을 만큼 야차가 허점을 보이는 시기를 기다려야 했고, 때가 오면 혼신을 다한 일검을 휘둘러야 겨우 자를 수 있었다.

그에 비하면 나연이 오히려 수월한 형국이었다. 그녀는 자신의 장기인 돌주먹에 내공을 실어 야차의 가슴 한가운데를 격타했다.

콰앙!

이 갑자의 내공 실린 주먹이 얹혀지는 순간 야차는 일단 움직임을 멈추었고, 곧 이어 균열이 가기 시작하여 와수수 부서져 내렸다.

무림고수와의 대결이라면 분명 섬검자가 한 수 위이겠지만, 단단함에 기초를 둔 쇳덩이를 상대하기에는 나연의 돌주먹이 더 유용해 보였다.

그렇다고 나연이 손쉽게 싸우고 있는 것은 아니었다. 그녀는 야차를 하나 부서뜨릴 때마다 손을 내두르고 있었다.

"아야야… 내공을 운용했는데도 손목이 끊어지는 것 같아."

하긴 팔 척이 넘는 거대한 쇳덩이를 한주먹에 부수고도 아무렇지 않다면 그게 어디 사람이겠는가? 아무리 돌주먹의 소유자라 해도 말이다.

한편 완완노는 이렇다 할 만한 움직임을 보여주지 못하고 있었다.

"불상 깎는 일이라면 얼마든지 자신있는데, 이걸로 쇳덩이를 자르는 것은 아무래도……"

완완노의 손에 들려 있는 것은 불상 깎을 때 쓰던 조각도였다. 그러니 무슨 재주로 쇳덩이 야차를 상대하겠는가? 일행에게 누가 되지 않도록 야차의 공격을 피하는 것이 그에게는 최선의 방책이었다.

"아무리 대단한 놈들이라고 해도 인간이 만들어낸 이상 분명히 약점이 있을 거야. 그걸 빨리 찾아야 해. 우선은 막아내고 있지만 이대로 시간이 흐르면 결국은 모두 탈진해 쓰러지고 말 테니……."

완완노는 부지런히 몸을 피해 다니며 야차와 아수라의 약점을 파악하는 데 온 신경을 쏟았다. 그러는 사이 석실에 남아 있던 무림인들은 모두 갈가리 찢겨 죽었고, 야차들은 온통 일행을 노리고 달려들었다. 이렇게 되자 섬검자와 나연도 서서히 밀리기 시작했다. 뿐만 아니라 야차 중 일부는 아수라와 싸우고 있는 부현에게 달려들었다.

여섯 개의 손으로 쉴 새 없이 공격을 퍼붓는 아수라를 상대하기도 벅찬 상태에서 야차까지 가담하자 부현은 곧 궁지에 몰렸다.

"아다닷! 으힉! 누, 누가 어떻게 좀 해봐요!"

부현은 이리저리 바쁘게 도망 다니며 소리를 질렀다.

"가만히 좀 있어봐, 이놈아! 좋은 생각이 떠오를 것도 같으니까."

완완노는 섬검자와 나연의 활약에 의지한 채 간혹 조각도를 던져 야차의 이곳저곳을 찔러보는 중이었다. 물론 조각도가 아무리 예리하다 해도 쇠로 만들어진 야차들에게 큰 타격을 입힐 순 없었다. 하지만 가는 줄을 이용해 자유자재로 쏘아내고 회수하는 완완노의 움직임은 그야말로 전광석화 같았다.

'생명력없는 저 쇠붙이를 움직이게 하는 것은 분명히 강력한 힘에 봉인된 영적인 존재일 거야. 그렇다면 그 존재를 가운데 가둔 뒤에 여러 개의 조각을 짜 맞춰 놈들을 만들었을 테고… 짜 맞춘 조각은 반드

시 풀리는 시작점이 존재하는 법이니까.'

완완노는 조립의 시작점을 찾기 위해 나름대로 노력 중이었던 것이다. 하지만 그런 약점이 있다면 분명 찾기 쉽지 않은 곳에 감추어두었을 터. 완완노가 늦기 전에 찾을 수 있을지 의문이었다.

"무슨 방법이든 빨리 좀 강구해 봐요!"

십여 명의 야차와 거대한 아수라를 동시에 상대하는 부현은 금방이라도 당할 듯 위태로워 보였다.

〈제3권 끝〉

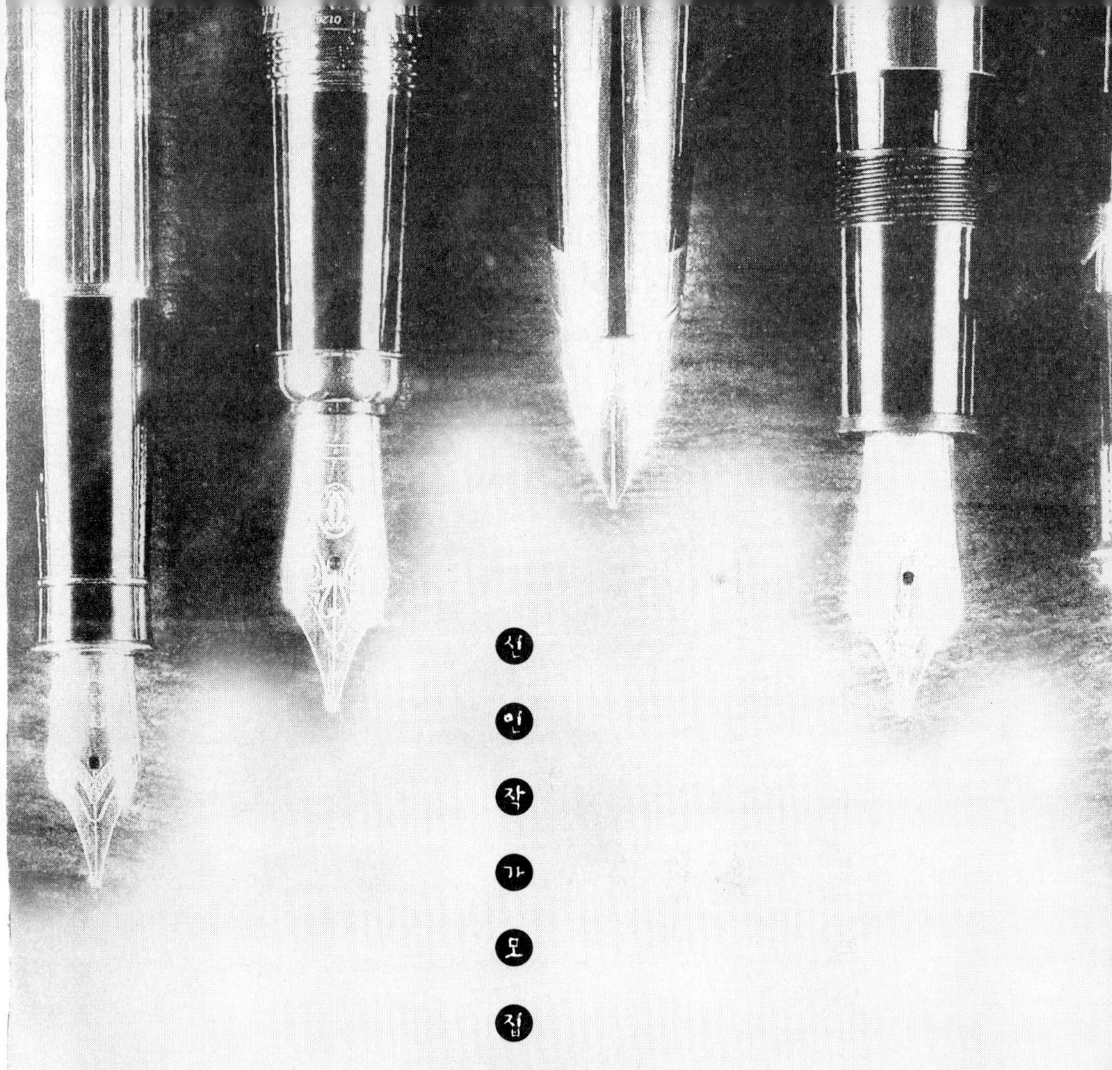

신
인
작
가
모
집

시작이 반이라고 했습니다.
작가의 길에 대한 보이지 않는 벽을 과감히 깨뜨리십시오!
청어람은 작가 지망생 여러분들의
멋진 방향타가 되어드리겠습니다.

저희 도서출판 청어람에서는
소설 신인 작가분들을 모집합니다.
판타지와 무협을 사랑하시는 분들의 많은 참여를 바랍니다.
소정의 원고(A4용지 150매)를 메일이나 우편으로 보내주시면
검토 후 출판 여부를 알려드리겠습니다.

주소:경기도 부천시 원미구 심곡1동 350-1 남성B/D 3F 우편번호420-011
TEL:032-656-4452 · FAX:032-656-4453
http://www.chungeoram.com
e-mail:chungeoram@chungeoram.com